Re:ゼロ
Re: Life in a different world from zero
から始める異世界生活

tle
gana
IV
II

V
III

「そうしたら、竜をお嫁さんにしてくれるっちゃ？」
『――そうでやすね。そうできたら、あっしもマデリンもどれだけいいでやしょう』
その精一杯のバルロイの優しさで、マデリンは自分が彼の一番でないことを十分にわからされた上で、大切な大切な約束を交わしたのだ。

Re：ゼロから始める異世界生活37

長月達平

MF文庫J

Re: Life in a different world from zero

The only ability I got in a different world "Returns by Death"
I die again and again to save her.

CONTENTS

口絵・本文イラスト●大塚真一郎

第一章　『星の落とし方』

1

帝都ルプガナからの大規模避難と、それに伴う史上類を見ない規模の撤退戦。

民にも兵にも少なくない犠牲者を出しながら、それでも本来想定された被害を大幅に下回る現状を作り出せたのは、常日頃の帝国民の心構えの影響が大きい。

——帝国民は精強たれ。

その教えと哲学は帝国民の端々にまで染み渡り、極限状態においても多くのものが生き残るための最善手を打つことに成功した。

そうした個々の覚悟と行動が功を奏したのに加えて、連環竜車を始めとした有事の際の備えが十全に機能したことも大きかった。元々、『星詠み』から予言されていた『大災』の訪れを、いずれ来たる脅威と捉えて備えていた人物の功績だ。

その当人が、この『大災』との戦いの場に辿《たど》り着《つ》けなかったのは痛恨と言える。

「だが、その滅私が帝国を生かした！　自分は敬意を表します、チシャ一将……！」

そう声を大にしながら、カフマ・イルルクスは両腕から放出した茨《いばら》で屍人《しびと》の群れを薙《な》ぎ払《はら》い、背にした城塞都市への道を守って奮戦する。

帝都から城塞都市へ続く街道で段階的に展開した帝国軍は、逃げる帝国民の撤退を支援しながら、徐々に都市へ後退し、籠城組との合流を目指していた。

その最中《さなか》、後退する陣のいずれでも殿《しんがり》を務め、その内に取り込んだ『虫』の力で屍人《しびと》の進軍速度を鈍らせ続けたカフマの功績は、歴史書に残されるべき偉業と言えた。

しかし、それも全《すべ》てはヴォラキア帝国が滅びを免れられればの話である。

「――ッ」

ガイラハル湿地帯を傍《かたわ》らにした大平原は、見渡す限りを屍人が埋め尽くしている。

それらに茨《いばら》を、光弾を、風刃を叩《たた》き付《つ》けながら戦うことすでに五十時間以上――カフマは己を内側から蝕《むしば》む『虫』の食欲に歯を食い縛り、悲鳴を噛《か》み殺《ころ》して耐えていた。

虫籠族《むしかごぞく》は体内に共生する『虫』の力を借りて戦う。だが、両者の関係はあくまで共生であって、一方的な使役でもなければ、情や絆《きずな》があるわけでもない。

当然ながら、『虫』は己の働きの対価を宿主に求める。それは宿主のマナや生命力、そしてそれで足りなければ、血肉だ。

「約束を、反故《ほご》にしているのはこちらの方だ。しかし……！」

ここで、自分が戦線を離脱するわけにも、倒れるわけにもいかない。

帝国には自分以外にも多くの頼れる武人がいるが、カフマはその中でも一番勇敢に死ねるという自負があった。その自負が本物だと証明するためにも――、

「自分が、ここで倒れるわけにはいかない、と己を鼓舞し、内臓を食い破られながら踏み出そうとしたときだ。

「下がれい、カフマ二将！　貴公は十分、役目を果たした！」

大きな掌《てのひら》に肩を掴《つか》まれ、それ以上に大きな声に鼓膜を殴られたのは。

凝然と目を見開くカフマ、その傍らに並んだのは黄金の鎧《よろい》を纏《まと》い、彼にしか扱えない黄金色の鎚矛《つちほこ》を担った『獅子騎士《しし》』ゴズ・ラルフォンだった。

「ゴズ一将……何故《なぜ》こちらへ！　一将には要塞から指揮を……」

「そちらはドラクロイ上級伯がいる！　私が要塞にこもらずとも、かの女傑が兵たちをうまく扱おう！　それよりも、戦場の方が私は閣下のお役に立てる！」

「――。でしたら、自分も一緒に」

悲壮に綻びかけた心を再び鎧《よろ》い、カフマはゴズに並び立とうと躍起になる。だが、そのカフマの訴えに、ゴズは「いや」と太い指でこちらの胸を突くと、

「貴公の内で『虫』が制御を失っていよう。貴公が喰《く》い尽くされれば大きな損失だ！」

「それは……ですが、自分の積み重ねてきたものはこの戦いのために！」

「カフマ・イルルクス！　死ぬこととは、贖罪《しょくざい》ではないぞ!!」

正面から、爆音のような怒声をぶつけられ、カフマの全身が震え上がった。

このときばかりは、カフマの体を貪るのに夢中だった『虫』たちも竦《すく》み上《あ》がり、眼前のゴズの猛々《たけだけ》しい気配に動きを止めたほどだった。

「貴公がなおも、同族がバルロイめと組んで起こした反逆の咎《とが》を償おうとしているのはわかる。だが！　死んで果たせる償いではない！　貴公は生きよ！」

「ゴズ一将……」

「この『大災』が収まったのちも、帝国は即座に元通りになるわけではない！　まだまだ私も貴公も閣下のお力になれる！　故《ゆえ》にだ！」

怒号に忠義をはち切れんばかりに詰めて、ゴズはここは命の捨て場所ではないと、こちらの内心まで見透かしてカフマの浅慮を殴り飛ばした。

「なに、どのみちまたすぐに出番がくる！　それまでに喰《く》らい、眠り、気力を戻せ！」

「承知、しました。ゴズ一将、この場をお任せします……っ」

「言われずともだ。――私も、鬱憤は溜《た》まっている！」

絞り出したカフマの言葉に破顔し、ゴズが肩に担いだ鎚矛《つちほこ》を敵陣へ向ける。

その全身から溢《あふ》れる闘気に再び体内の『虫』の怯《おび》えを感じ、カフマは深く頷《うなず》いた。

帝国の滅亡を未然に防ぐ鬼謀を発揮したチシャ・ゴールドも、覇気をみなぎらせて立つだけで『虫』たちを怯えさせるゴズ・ラルフォンも、ヴォラキア帝国の一将とされる座へ至ったものたちは、いずれ劣らぬ超越者なのだ。

そこに自分が並べられかけた過去と、並ばなくてはならない未来を思い描き――、

「――帝国は強い。屍人《しびと》や災厄などに奪われるほど、自分たちは易《やす》くはないぞ」

2

「帝国が強いとか弱いとかではなく、物量の問題は如何《いかん》ともし難《がた》いですね。幸い、城塞都市の物資は潤沢、防備は堅牢《けんろう》ではありますが……そう何日も籠城はできません」

「帝国兵だらけの軍議室ではっきり言うものだ。相手の顔色を窺《うかが》って碌々《ろくろく》意見できないようなものよりよほどいい。この戦いが済んだら私に召し抱えられてはどうだ？」

「ドラクロイ伯、脱線はそのあたりに」

窘《たしな》めてくるベルステッツに睨《にら》まれ、セリーナがやれやれと肩をすくめた。そのセリーナの口説き文句を本気にせず、オットーは話の本線の方に思考を注力する。

ここは都市の本丸であり、籠城戦の本陣となる大要塞の指令室。集められているのは自分も含めて、この大きな戦いの指揮を任された頭脳たちだ。

すでに始まっている。――国家存亡をかけた、帝国史上最大の籠城戦が。

「とはいえ、普通なら籠城戦は援軍がくるのを待つんが勝利条件やけど、今回はそれは見込めんわけや。あくまでウチたちが勝ったて言えるんは……」

「――ナツキくんたちと皇帝閣下が、敵の首謀者を見事に討ち果たしたときのみだね」

「うっかりヴォラキアに滅びられたら、そのままカララギもルグニカも危ないやろし……なんや、ホントに世界の存亡がかかった戦いやねえ」

白い頬《ほお》に手を当てて、そうはんなりとまとめるアナスタシアに、合いの手を入れる狐《きつね》の襟巻き――彼女の連れた精霊のエキドナが、呆《あき》れたように嘆息する。

ともあれ、相手が精霊だろうと一蓮托生《いちれんたくしょう》の運命共同体だ。使える頭は一個でも多い方がいいと、指令室は彼女さえ知恵者の一人に加えている。まさに、総力戦だ。

「まずは都市の防壁がどこまでもつか、だ。イルルクス二将と入れ替わりにラルフォン一将が向かった。あの見た目で存外に繊細で器用な仕事をする男だからな。可能な限り、閣下の下知に従ってゾンビの命を奪わぬよう立ち回るだろうが……」

「不殺を一貫するのは無理ですよ。それはゴズ一将に限らずです。強いて言うなら……」

「あの、ナツキくんのお友達一行らぐらいちゃう？　期待できそうなんは」

アナスタシアの意見に、オットーも「そう思いますね」と賛同する。

二人が話題に挙げたのは、珍奇な防衛戦力として期待される『プレアデス戦団』――ナツキ・スバルと強い連帯感で結ばれ、不可解な戦闘力を有したものたちだ。

現状、帝都突入組に加わったスバルとは別行動中だが、代理を務めるグスタフ・モレロの下、他の兵たちと明らかに毛色の違った戦果を叩《たた》き出し続けている。

「士気も高く、不殺性能も高い。加えてとても頑丈で頼もしいか。たびたび思うが、ナツキくんは必要なモノを必要な場所に持ってくる天才だな」

「それが唯一の取り柄みたいな人ですからね。できれば届け物や橋渡しだけして、一番危ないところに突っ走っていく悪癖は何とかしてほしいですが」

「それ、エミリアさんもそうやし、主従揃《そろ》ってって感じの悪癖やねえ」

困り顔のアナスタシア、彼女は侮れない商人であり、王選では対立候補でもあるが、エミリアを案じる気持ちには嘘《うそ》がないように感じられていた。なんにせよ、この状況では政争はいったん後回しだ。――自分がこの場に立たされている違和感も、後回し。

と、そう自己評価を棚上げしたオットーの傍《かたわ》ら、「さて」とセリーナが切り出して、

「事前に話し合った通り、我々の方針はあくまで防衛に徹した籠城戦だ。これといった相手を仕留《しと》めれば終わる戦なら、それを暗殺できるのが最善手だが……」

「残念ながら、都市を包囲する屍人《しびと》の軍に指揮官の存在は確認されてはおりませぬ。その役目は、帝都へ向かわれた閣下たちへお任せするよりないでしょう」

「――では、我らは我らの役目を果たすとしよう」

セリーナの一言に、ピリッと空気の渇く感覚があり、全員の表情の熱が変わる。

直前までの笑いを交えたやり取りは終わり、ここから先は死力を尽くす世界だ。

帝国軍の将兵、反乱軍の戦士たち、プレアデス戦団の剣奴《けんど》に『シュドラクの民』、果ては王国の協力者に都市国家の使者と、数えられる手札の全《すべ》てを使った戦い。

その、最初の関門として――、

「期待させてもらうぞ、都市国家の使者」

「ええよ、任せといたって。――なんせ、ウチの覚えてる限り、ウチの期待を裏切ってくれたこと、ないんやもの」

3

——戦において、制空圏を確保することの優位性は語るまでもない。

高所から矢や石を落とされるだけで、戦いは一方的なものになる。ましてや、手の届かない空から狙われては、その後に待ち受けるのは戦いとも呼べない虐殺だ。

実際、『飛竜将』マデリン・エッシャルトが率いる飛竜の群れに襲われた城郭都市《じょうかくとし》グァラルは、その高い守備力をまるで活《い》かせずに壊滅状態へ陥った。

それが制空圏を押さえられるという状況であり、その脅威は高い防壁に囲まれた城塞都市ガークラであっても変わらない。——故《ゆえ》に空への対策は、この籠城戦を始めるにあたって最も強い警戒が割り当てられたところであった。

「放テ——っ!!」

城壁の上に並び立った『シュドラクの民』が、族長の合図で一斉に空へ矢を放つ。

逃げ場のない矢の弾幕が嵐となり、堅牢《けんろう》な都市を上空から襲うように命じられていた死したる飛竜——屍飛竜《しひりゅう》の群れを真正面から呑《の》み込《こ》み、迎え撃った。

容赦なく降り注ぐ矢の雨に撃たれ、次々と頭や翼を砕かれた屍飛竜が地へ落ちる。中には多少の被害を意に介さず、初志を貫徹しようと飛ぶ個体もいるが——、

「やっちまエ！」

「落っこちちゃうといいノー」

二心一体、通常の矢とは長さも太さも比較にならない強弓が流星のように迸《ほとばし》り、しぶとい屍飛竜の個体は木端微塵《こっぱみじん》となる末路を迎える。

「構エ！　矢の数にも限りがありまス！　無駄撃ちはせズ、よく狙いなさイ！」

屍飛竜に対する特攻戦力として力を発揮しながら、しかし、シュドラクを率いるタリッタは一切の油断なく、厳しい目を空に向けながら長期戦を見据えた指示を出す。

制空圏の奪い合いは、現時点ではシュドラクが圧倒している。だが、勝敗は燃え広がる炎のように、風向き一つで全く異なる結果を出しかねない。

事実、『シュドラクの民』は前述した城郭都市で、飛竜の群れに大敗を喫している。そのときの経験を、敗北からの学びを、未来の勝利へ繋《つな》げなくてはならない。

シュドラクもまた、ヴィンセント・ヴォラキアの追放から端を発した動乱、その一番最初から共に戦ってきた仲間であるのだから。

「私たちの放つ矢の一矢ガ、未来の礎になると知りなさイ！」

「へんッ、タリッタも気合い入ってるじゃねーカ」

「私たちも負けちゃいられないノー！」

その猛《たけ》る戦意を声に乗せて、女戦士たちがこの戦いの最初の趨勢《すうせい》を握る。そんな彼女たちの意気込みに、負けてはおれぬと応えるのが――、

「さア、いケ！　顔のいい男ヨ！」

「ご期待に沿おう。――アル・クラウゼリア！」

勇ましさの塊のような声に押され、優麗な声色の詠唱と騎士剣の切っ先が重なる。空をなぞる剣の軌跡を追いかけ、生まれるのは虹の光――それは幻想的な眩《まばゆ》さと裏腹に、大空を翔《かけ》る屍飛竜《しひりゅう》たちの進路を美しく阻み、城塞都市に蓋をした。

空路を塞ぐ極光に、屍飛竜たちの体は日差しを浴びる新雪のように溶けて消えゆく。

それを成し遂げたのは、眩く瞬く六種類の光――、

「蕾《つぼみ》だった頃とはまた違う、花開いた彼女たちの瞬きだ」

ほんの瞬《まばた》きほどの時間だけ、城塞都市の空は虹の輝きに覆われた。しかし、その虹の包容力は十万人都市であるガークラの空を丸ごと包み込むほど雄大だった。

「「――ッ」」

その規格外の攻防力に、前線の帝国兵も、防壁から都市を守る衛兵も目を奪われ、言葉を失い、次いでその頼もしさに勇気を与えられずにはおれない。

高揚した闘争心を爆発させ、兵たちが勇ましく声を上げて屍人《しびと》たちを押し返していく。

そうした士気の高まりを肌に感じながら、虹を生んだ青年――『最優の騎士』ユリウス・ユークリウスはキモノの裾を翻《ひるがえ》し、主《あるじ》に与えられた役割を忠実に果たす。

左目の下、白い傷跡も精悍《せいかん》なユリウスは、一片の迷いもない眼差《まなざ》しで彼方《かなた》の空、その向こうの戦場へ向かった友の奮戦を信じ、剣を掲げる。

「――私は私の役目を果たそう。君も、存分にやるように、スバル」

4

「おおらぁぁ!!」

野卑な雄叫《おたけ》びと裏腹に、振るわれる双剣は洗練された軌道を描いた。

素早い身のこなしと巧みで繊細な剣技、それが相手の突き出してくる矛《ほこ》を強く弾《はじ》き、大きく相手の体勢を崩す。瞬間、翻る白刃が相手の首を断たんと放たれ——、

「馬鹿！　殺しちゃダメだ！」

「うおおおう!?」

飛び出した制止の声に、とっさに白刃の軌道がブレた。

首を断つはずだった刃《やいば》は相手の左腕を肩口から落とすにとどまり、斬撃を浴びた敵は片腕を犠牲に致命傷を免れ、痛みに鈍い死者の利点を存分に活《い》かして追撃せんとする。

だが、その狙いが実現することはない。

「——『白雲公《しらくもこう》』ガオラン・ペイシット」

静かな、しかしはっきりと意思のこもった男の声が、その二つ名と姓名を音にする。

途端、巨躯《きょく》に長い白髭《しらひげ》を蓄えた屍人の動きが止まった。その瞬間を見逃すまいと、連なる小さな影が相手の懐《ふところ》へ飛び込み、屍人の金瞳《こんどう》——白目部分を黒く染め、金色の瞳《ひとみ》を浮かべた生者とかけ離れた双眸《そうぼう》が見開かれ——、

「ガオラン・ペイシット!!」

「いああいあう」

その、かつて生者だった存在の、生者であった頃の証《あかし》を確かめるように剥《は》ぎ取《と》り、屍人《しびと》として酷使される役割をスピカという星が喰《く》らう。

街路を削るような速度ですれ違い、小さな手を振るったスピカの背後で、その役割を喰われた屍人――否《いな》、ガオラン・ペイシットの体が塵《ちり》に変わる。

「――」

ただその散り際に矛《ほこ》を地に突き立て、自分の名を呼んだ男への一礼を残して。

それがいったい、消える死者のどんな心情がそうさせたのかはわからないが。

「アトレム・ネヴィ、ディフォン・トレヴォラ、ガイオン・タルフォ、レスカー・ブレイン、ニオルフ・トラッド、ヤレン・スウォーカー、ベラム・ジョイト――」

ガオランの名を呼んだのと同じ声が、続けざまに別の名を読み上げていく。

思いつく名前を片っ端から挙げているようなスピード感だが、それはいずれも確かな、一人一人の人生を生きて、死んで、この場に居合わせたものたちだ。

帝都を往《ゆ》くスバルたち『ヴォラキア帝国を滅亡から救い隊』を阻むため、次々と飛び出してくる屍人たち――生前と変わり果てた姿の彼らを、ヴォラキア皇帝たるヴィンセント・ヴォラキアは誰一人違《たが》えずに言い当てて、『星食』が喰らう道を示すのだ。

それは実に腹立たしいことだが――、

「ちょっとカッコいいじゃねぇか、チクショウ！」

「なら、ベティーのスバルも負けてもらっちゃ困るかしら！」

　堂々と役目を果たすアベル、その姿に頬《ほお》を歪《ゆが》めたスバルの手をベアトリスが引く。

　屍人の闊歩《かっぽ》する街中を、ベアトリスは変わらぬ愛でスバルを導きながら、繋《つな》いだ手と反対の手を立ちはだかる死者たちへ向け、可愛《かわい》らしい唇で魔を紡ぐ。

「エル・ミーニャ!!」

　詠唱と同時、ベアトリスの掌《てのひら》を起点に生み出される紫紺の結晶が宙を走り、屍人たちの手を足を、武器を奪って戦闘力を削《そ》ぐ。屍人特効のベアトリスの魔法で相手の機動力を奪い、可憐《かれん》な相棒がお膳立てしてくれた道を駆け抜ける。

　そして、スバルはベアトリスと反対の手を繋いだスピカに頷《うなず》きかけ――、

「いくぞ！　アトレム・ネヴィ、ディフォン・トレヴォラ、ガイオン・タルフォ、レスカー・ブレイン、ニオルフ・トラッド、ヤレン・スウォーカー――」

「あう！　う！　うーう！　ああう！　うあう！　うっうー！」

　アベルが読み上げた名前、それを正確に順番通りに、押し寄せる屍人それぞれと一致させながら、余さずスピカと行き合わせる。スピカも求められる役割に応え、スバルが顔と名前を一致させた屍人へ、その『星食』の権能を発動する――。

「ラスト！　ベラム・ジョイトぉ!!」

「いあいあう！」

　正面、スバルの額を叩《たた》き割《わ》る寸前で、その技手――ベラム・ジョイトの手が止まった。

自分の意思ではない。ベアトリスの的確で絶妙な援護射撃が、相手の右半身を結晶化させたためだ。そして、結晶化していない左胸にはスピカの掌《てのひら》が当たっている。

一拍、満足げに頬《ほお》を歪《ゆが》めたベラムの体が、砂の城が崩れるように塵《ちり》へと変わった。

「ぶ、はぁ……っ」

そのベラムを含めた周囲の屍人《しびと》の無力化を見届け、スバルは深く息を吐く。

綱渡りに近い乱戦は、剣奴《けんど》孤島での過激な日々を彷彿《ほうふつ》とさせるものだった。肩で息するスバル、その背を「あーう？」と覗《のぞ》き込《こ》むスピカが撫《な》でてくれて、ようやく一息。

ただし、スピカの反対ではベアトリスがキリッとした顔でスバルを睨《にら》みつけ、

「スバル！　向こう見ずに突っ込みすぎなのよ！　ベティーはカッコいい活躍が見たいって言ったかしら。死に様なんてカッコよくても見たくないのよ」

「わかってる。今のはベア子のフォローありきの動きだった。反省してる」

「む……わかってるなら、いいかしら」

素直に反省するスバルの態度に、お説教モードのベアトリスが唇を尖《とが》らせる。

戦地で長々と反省会していられないとはいえ、肩透かしな顔つきだ。でも、適当に聞き流したわけじゃない。ベアトリスのお叱りはちゃんと胸に留めておくべきものだ。

今さっきも、不用意に踏み込みすぎた。――危うく、無駄死にするところだ。

「そういう無茶《むちゃ》はしないって、エミリアたんと約束してるからな」

そう述懐し、スバルはこの場に同行していないエミリアとの約束と、別行動中の面々の

顔を思い出し、握り拳《こぶし》を自分の胸に押し当てる。

弾む鼓動は戦意より、不安や緊張の色の方が濃い。――この形のチーム分けを提案したのはスバルで、自分たちよりも戦力的に不安な組み合わせはないとわかっていても。

5

――時は、『ヴォラキア帝国を滅亡から救い隊』のチーム分け時に遡る。


「スバル、大丈夫？　もしかして、どこか調子悪いの？」

「ふぇ？」

そう声をかけられ、宝石のように綺麗《きれい》な紫紺の瞳《ひとみ》に顔を覗き込まれたスバルは、思いがけず顔の距離が近いエミリアに激しく動揺してしまった。

彼女に心配されたのは、スバルが顔を洗ったあと、水桶《みずおけ》に映った自分の顔をぐにぐにと手でこねていたのを見られたからだろう。考え事が山ほどあって、すっかり見慣れた幼い顔を無心でぐにぐにやっていたので心配もされようというものだ。

「だ、だいじょうブイだよ、エミリアたん。ちょっと頬肉をほぐしてただけ。ほら、いつだってエミリアたんには俺の一番の笑顔を見せたいからね」

「私は別に、無理してるときの笑顔じゃなかったら、スバルがどんな風に笑った顔をしてくれてても嬉《うれ》しいけど……」

「おおう、トキメキが押し寄せてくる……とと」

唇に指を当てて、何の意図もないエミリアの言葉にスバルはまたも動揺。熱くなる頬《ほお》を誤魔化《ごまか》すように、濡《ぬ》れた顔を袖で拭おうとすると、そこへ手拭いが差し出された。

同時に二枚の手拭い──ベアトリスとタンザだ。

「鹿娘、スバルはベティーのタオルをご所望なのよ。そっちは引っ込めるかしら」

「シュバルツ様は何も仰《おっしゃ》っていませんよ。ご自分の考えをあたかもシュバルツ様の意見のように口にされるのは出過ぎた真似《まね》というものでは？」

「ななな、なんて腹の立つ言い草なのよ！」

「待て待て待て待て、なんでケンカすんの！　ほら、二つとも使うよ！　よーし、二人の手拭いで顔の右側と左側拭いちゃうぞー！」

何故《なぜ》か勃発したいがみ合いを食い止めようと、スバルは二人の手拭いを両方とも使う。が、二人にはため息をつかれ、謎の力不足を痛感させられる羽目になった。

その三人のやり取りに、「もう」とエミリアが腰《こし》に手を当てて、

「ベアトリスもタンザちゃんも、スバルを困らせてあげないの。ただでさえ、ずっと大変続きでスバルも参ってるのに……」

「おお、エミリアたんの思いやりが身に染みる……って、二人に思いやりがないわけじゃないぞ！　二人にはいつも助けられて……言えば言うほど言い訳臭くなるのはなんで⁉」

「はぁ、やれやれかしら」

「シュバルツ様のなさることですから」

うまく場をまとめられないスバルに、仕方なくベアトリスとタンザが折れてくれる。

結局、二人が揉《も》めた理由も、和解案が通った理由もわからないままだが――、

「でも、ちゃんと出発前にぐっすり休んでたから心配いらないよ、エミリアたん。なんせ、俺がうっかり寝不足で倒れようもんならプレアデス戦団のみんなも道連れだから」

強い絆《きずな》で結ばれたプレアデス戦団、その強味《つよみ》と弱味《よわみ》ははっきりしている。

一丸となった戦団は向かうところ敵なしのイケイケ集団だが、それをまとめているのがスバルの存在――自慢ではなく、スバルの『コル・レオニス』なのだ。

この権能の効果が、士気の高い戦団の能力を一律で引き上げているとベアトリスは分析してくれた。ただし、その効果はスバルが寝たり気絶したりするとぷっつり途切れてしまうので、ここから先のスバルには迂闊《うかつ》な居眠りも気絶も許されない。

「ってわけなんだよ。これならエミリアたんも信じてくれるでしょ？」

「そう？　それならいいんだけど……本当に無茶《むちゃ》しないって約束できる？」

「ちっともエミリアたんの信用がない」

「なんでそうなのかは、ちゃんと自分の胸と相談してみて」

信用とは、これまでの行動の積み重ねと思い知らされ、スバルはぐうの音も出ない。

ただ、スバルの心身が自分でも驚くぐらい調子がいいのは本当だ。おそらく、過度な緊

張感が精神を昂《たかぶ》らせているおかげだろう。たぶん、今回の戦いが全部片付いたあと、その負債が一気に噴き出してひっくり返るかもしれない。

が、元気の前借りで乗り切れるなら、その後の負債は甘んじて受ける覚悟だ。

——今、城塞都市ガークラを出立し、帝都ルプガナへ向かう『ヴォラキア帝国を滅亡から救い隊』は、目的地への到着を見据えた竜車の交換中だ。

ガークラからルプガナまでの道中、中継ポイントとなる陣の一つに立ち寄り、アベルたち識者が戦況を確認しつつ、万全な地竜と取り換え、決戦へ備える流れである。

「もちろん、パトラッシュはずっと俺たちと一緒だけどな」

手を伸ばし、スバルは竜車と繋《つな》がれた漆黒の地竜——パトラッシュの首を撫《な》でる。

無事に帝国で合流できた愛竜は、スバルが縮んでいようと一切変わらず、心配をかけた報復に強烈な尾撃をお見舞いしてくれた。派手に壁に激突する羽目になった一発は、剣奴《けんど》孤島の『スパルカ』を思い出させる威力だったが、一発で済むなら御の字だ。

その後はスバルの平謝りを受け入れ、最終決戦にもついてきてくれる頼もしさだ。

「——へえ、この地竜の子、君らのとこの子ぉやったんやねえ」

と、そうしてパトラッシュとスバルが戯《たわむ》れるところにハリベルがやってくる。背の高い狼人《おおかみびと》のシノビは、その大きな口にくわえた煙管《きせる》を噛《か》んで上下に揺すり、

「僕が黒い龍《りゅう》のゾンビとやり合《お》ぅてるとき、頑張っとって偉い偉い思うてたんよ」

「おお！　ハリベルさんもわかってくれるか、うちのパトラッシュの優秀さを！」

「せやね。君は果報者や。――アナ坊やらこの子らやら、みんなに心配されて」

カララギ都市国家最強と名高いハリベル、規格外の援軍である彼のお墨付きに喜びかけたスバルは、続いた言葉に目を丸くして、それから真剣に頷《うなず》いた。

言われずともだが、言われて改めて思う。――自分は、恵まれている。

エミリアたちが、ユリウスとアナスタシアが、色々な障害を突破して帝国へ駆け付けてくれただけでなく、スバルのワガママに最後まで付き合ってくれている。

それがどれだけ頼もしくて心強くて、申し訳ないことなのか。

「だからこそ、俺もやれること全部やらなきゃいけねぇよ」

「スバル？　さっきの私との約束、覚えてる？」

「覚えてる覚えてる無茶《むちゃ》はダメ！　だけど、どうしても必要なら……？」

「ほら、またそうやってすぐに破ろうとする」

唇を尖《とが》らせ、エミリアにそう拗《す》ねられてスバルは自分の頬《ほお》を掻《か》いた。

その様子にくつくつと喉を鳴らし、ハリベルは何とも楽しげだ。待ち受けているのが帝国の、もしかしたら世界の存亡をかけた戦いかもしれないのに剛毅《ごうき》なものである。

「ハリベル殿も、そーぉれはスバルくんに言われたくないんじゃーぁないかね」

「……出たのよ」

「そりゃ、一緒にいるんだから出もするでしょーぉよ。いい加減、帝国では私が全面的な味方であると認めてほしいものなんだーぁけどね」

やれやれと肩をすくめ、しょっぱい顔をしたベアトリスに苦笑するロズワール。竜車を停《と》めた陣の隅っこに顔を出した彼に、エミリアが「いいの？」と首を傾《かし》げた。

「アベルたちと一緒に、ここの責任者の人たちと話してたはずでしょう？　……もしかして、アベルたちからも邪険にされちゃったの？」

「だとしたら、王国にも帝国にも居場所がなくて困ったものですねーぇ。幸い、必要な話は終えましして、皇帝閣下が兵たちをねぎらう邪魔をしたくないので下がっただけですよ」

「そう。それならよかった。それと、ロズワールの居場所はちゃんと私たちとおんなじところにあるから安心して。ロズワールが悪巧みしなければいいだけだから」

そう唇を綻ばせ、ロズワールの自虐にエミリアが天使の回答をする。が、罰当たりなロズワールは苦笑するだけで、悪巧みについてはノーコメントを貫いたが。

「しかし、アベルの顔見せにちゃんと効果がありそうなのが腹立つな」

そう言ったスバルの耳に、陣の中央の方で上がる帝国兵たちの歓声が聞こえてくる。

それは戦いに向けた士気高揚の雄叫《おたけ》びではなく、皇帝を直接目にしたものたちの感極まった声だった。当たり前だが、スバルは見飽きたアベルの仏頂面も、ほとんどの帝国兵にとっては一生見ることのできない帝国の頂点のご尊顔なのだ。

「俺が一国民で、エミリアたんの名前しか知らない立場だったらって考えると、気持ちがわかる……あ、いや、そう考えたら泣きそう」

「どうしたの、スバル、あなたは私の騎士様じゃない。しっかりして！」

「だよね！　夢じゃないよね！　あー、アベルのせいで危なかった」

アベルが聞けばしかめっ面は避けられないだろう閑話を挟みつつ、スバルは皇帝の凱旋《がいせん》が兵たちにプラスに働くこと自体は歓迎する。もっとも、その効果を倍増させるため、終戦後に迎える后《きさき》として見世物扱いされているミディアムは複雑だろうが。

「べったりくっついてくれてるスピカが、ちょっとでもミディアムさんの気を紛らわしてくれてるといいけど……あの野郎、結婚をなんだと思ってやがんだ」

「そうよね。アベルはすごーく頭がいいと思うけど、そういうところはダメだと思うの」

「こういうことばっかやってるから玉座から蹴り落とされてんだよな」

うんうんと頷《うなず》き合うスバルとエミリア、その様子にまたハリベルがくつくつと笑い、

「ヴォラキア皇帝相手に、恐れを知らん子ぉらやねえ」

「相手が誰だろうと、ベティーが一緒ならスバルに怖がる理由なんてないかしら」

「ヨルナ様を拒まれている時点で、皇帝閣下が心無い方なのは周知の事実です」

「さすがに、この会話は帝国の人たちに聞かせたくないねーぇ」

皇帝の凱旋に盛り上がるのと同じ陣の会話とは思えない。そう苦笑したあと、ロズワールは「それで」と片目をつむってスバルを見ると、

「――ガーフィールは、スバルくんの大抜擢《だいばってき》によほど集中しているようだねーぇ」

「――。だな」

閉じなかった黄色い方の目を向けてくるロズワール、その言葉にスバルが頷く。

普段なら、こうして話している場に我先にと顔を出してくるガーフィール。彼は今、竜車の中で瞑想《めいそう》し、会話に交ざれないほど集中力を高めている。

全《すべ》てはスバルからの頼み──『雲龍《うんりゅう》』メゾレイアとの戦いに、全力を注ぐために。

「メゾレイアの機動力と殲滅《せんめつ》性能は最初に手を打てなきゃヤバい。俺たちの中で、その役目を割り振れるのはガーフィールが一番だ」

「それ、理由聞いてもええ？　一応、アナ坊からは君らの指示になるたけ従うよう言われとるんやけど……あの虎の子ぉより僕の方が強いよ？」

そのスバルの判断に、ハリベルが煙を吹かしながら首を傾《かし》げる。

それは自分の実力を過小評価されていると怒った物言いではなく、あくまで純粋な疑問を口にしたというフラットな問いかけだった。

「もちろん、ハリベルさんが今いるメンバーで最強なのは疑ってないよ。うちのガーフィールがいずれ追い越すにしても、今はまだそうじゃない。……だから、ハリベルさんには適材適所、別に任せたい役割があるんだ」

「なんや、怖い話やねえ。それ、龍《りゅう》より厄介なんがおるいう話になるよ？」

「ある意味、そうだ」

うだうだと出し惜しんでも仕方ないと、スバルははっきりそう肯定した。

そのスバルの断言に、ハリベルは一瞬だけ押し黙ったが、

「そかそか。そしたら、僕も張り切らんといかんねえ」

と、すぐに狼人《おおかみびと》特有の大きな口を笑みに歪《ゆが》ませ、指示に従う姿勢を見せてくれた。

「二人だけじゃなくて、私たちにもそれぞれやってほしいことがあるのよね？」

「そうだ。ここにいる全員……向こうのアベルたちも含めて、総力戦だ」

胸元の魔晶石に触れ、真剣な顔をしたエミリア。彼女の問いに、スバルはベアトリスとタンザ、ロズワールらの顔を見回し、深く頷《うなず》いた。

「──。幸い、大まかな敵の居場所はスバルがわかっているのよ」

「ええ。あの、プレアデス監視塔でもやってた、権能っていう特別な力よね」

「うん。あれのおかげだ」

エミリアとベアトリス、二人の言葉にスバルは自分の胸を拳《こぶし》で叩《たた》く。

プレアデス監視塔で発揮された『コル・レオニス』──離れた場所にいる相手の居所を掴《つか》み、塔内の的確な指示に繋《つな》がった実績が、エミリアたちにスバルを信じさせる。

帝都ルプガナで待ち受ける敵──その強敵に対抗するため、どこに誰を向かわせるのがベストな選択か知り得たというスバルの『嘘《うそ》』を。

「──俺は、俺のできることを全部する」

エミリアを、ベアトリスを、スピカを、タンザを、ガーフィールを、ロズワールを、ハリベルを、アベルを、ミディアムを、ジャマルを、オルバルトを、振り分ける。

持てる手札の全てを用いて、帝国を滅びから救い出すために──。

「もちろん、お前も頼りにしてるぜ、パトラッシュ」

手を伸ばし、改めて首を撫《な》でられるパトラッシュがスバルに応じるように嘶《いなな》く。

そのパトラッシュの一声に、皆が意気を高める中――、

「――スバルくん、これが最善なんだね？」

じっと、スバルの顔から視線を外さないロズワール。

そのロズワールの問いかけに、スバルは深々と頷《うなず》いて、答える。

「ああ、これが最善のはずだ。――ちゃんと確かめた」

これは、ナツキ・スバルができることをしただけ。

だからエミリアとの、『無茶《むちゃ》をしない』という約束破りにはならないはずだ、と。

6

そうした事前の作戦会議を経て、帝都最終決戦の火蓋は切って落とされた。

今頃は、帝都の各所で『滅亡から救い隊』のメンバーが死力を尽くした戦いを始めているはずだ。それは無論、スバルたちも同じである。

特に、『星食』の権能を持つスピカの果たす役割は大きく――、

「――開戦早々に勇み足で無駄死にするところであったな。自重せよ」

「お前な……」

背後からの、ねぎらいの気持ちが一切ないアベルの一声にスバルは渋い顔になる。

ベアトリスとスピカと協力し、複数の屍人《しびと》を退治――成仏させたスバルに対し、後ろで腕を組んでいた男がこの態度。清々《すがすが》しいほどに人任せな皇帝だと感心する。

「これまで色々あったが、今ほどお前を皇帝らしいと思ったことねぇな」

「ひと働きしたところだ。貴様の脇の二人に免じ、その放言も見逃してやろう」

「お前、傍目《はため》には子どもが戦ってるのをふんぞり返って見てただけの最悪の王侯貴族ムーブだってこと、ちゃんとわかっといた方がいいぞ」

子どもと屍人の戦いを傍観していた皇帝なんて、外聞が悪いにも限度がある。

ただ、アベルの立場と役回りと戦闘力を考えれば、下手に前に出ないでもらえた方が同行する側としてはありがたいので、やむを得ない向きもあった。

と、そこへ――、

「ここら一帯は片付いたが……ちっ、このやり方じゃ手間取って仕方ねえ」

そう言いながら、忌々《いまいま》しげに地面に唾を吐いたのはジャマルだ。

多数の屍人を相手取り、緒戦の勝利に貢献した彼は手にした双剣の汚れを肘で拭い、

「出てくる屍人を片っ端からぶった斬《ぎ》ってけば話は早いってのに、なんでそうしねえ」

「……どこまで話を聞かない男なのよ、お前。それだと、このスピカの権能で屍人を『ジョーブツ』させられないかしら」

「なんだぁ、そのジョーブツってのは」

「一度倒した屍人が立ってこられなくする手段なのよ！　何度も説明したかしら！」

小さい足でベアトリスが地団太を踏むが、ジャマルは全くピンときていない顔だ。その反応がますますベアトリスの顔を赤くさせるが、何回説明しても小難しい理屈を拒むジャマルの頭に、かけた労力は残念ながら見合わないので――、

「ジャマル・オーレリー、此奴《こやつ》らに従え。それが最善と、俺が判断した」

「承知しました！　閣下がそう仰《おつしや》るんでしたら、オレは何でもやりますぜ！」

「ぐぬぬぬなのよ……！」

結局、横から口を挟んだアベルに場を収められ、ベアトリスが悔しがる。可愛《かわい》い。そのやり取りに少しだけ和むスバルを、背中を撫《な》でていたスピカが覗《のぞ》き込《こ》み、

「うあう？」

「ああ、大丈夫だ。スピカの方こそ、調子おかしいとことかないか？」

「う！　あーう！」

質問に、スピカは気持ちキリッとした顔を作ると、スバルを安心させるように胸を張って健在ぶりをアピールしてくれる。その素振りに嘘《うそ》はなさそうだと、度重なる『星食』がスピカに悪さを働いていないのを確かめ、スバルは作戦の進捗に拳《こぶし》を握った。

そのスバルの表情の変化を目敏《めざと》く捉え、アベルが黒瞳《こくどう》を細める。

「業腹だが、貴様の読みは的中したようだな」

「なんで業腹になるのかわかんねぇけど、何が？」

「知れたこと。――敵の軍としての主力は、籠城の構えをした城塞都市へ向かっている。

帝都に残ったのは屍人《しびと》たちの一部と、戦争に不向きな兵だ」

「戦争に『不向き』が、戦いが『不得意』って意味じゃねぇのはポイントだけどな。残ってるのは団体行動ができない奴ら……悪い帝国流は俺たちにとっちゃ追い風だ」

帝都の状況を観測し、そう判断したアベルにスバルも頷《うなず》く。

彼の言う通り、屍人の本隊である十数万の大軍はガークラ攻めに参加していて、籠城する居残り組を包囲している状態だ。そうしてあちらが大軍を引き付けている間、スバルたち突入組が帝都で動くことができる。――だが、その籠城戦に勝利はない。

この作戦の勝利は、城塞都市が落ちるより前に帝都の首魁《しゅかい》を討つ電撃戦しかないのだ。

ただし、城塞都市の敵が『数』重視なら、帝都のそれは『質』重視だ。

帝都の空を広くカバーする『雲龍《うんりゅう》』メゾレイアを始めとして、都市の防衛に残された戦力はいずれも一騎当千、常外の力を有した超越者揃《ぞろ》い。

だからこそ――、

「――各頂点への同時攻撃による、陽動の二段構え」

スバルの口にした言葉に、アベルやベアトリスたちが表情を引き締める。

現状、スバルたちがいるのは帝都北西の第五頂点付近だ。帝都攻防戦の最中《さなか》、ガーフィールがこじ開けたという防壁の大穴から侵入したのは、スバル＆ベアトリスｗｉｔｈスピカの三人と、アベルとジャマルという凸凹《でこぼこ》主従の組み合わせだった。

およそ、戦闘力という意味では頼りない組分けに思われるが、これが最善――この組み合わせ以外では、『滅亡から救い隊』の作戦は確実に失敗するのだ。

ただ、この形に持ち込めた今も、あくまでスタートラインに立てただけに過ぎない。

「本命の矢は俺たちで、矢の的はあの水晶宮《すいしょうきゅう》にいるで間違いない。俺たち以外がスピンクスとやり合っても逃げられる。それじゃダメなんだ」

長い長い年月をかけて、王国と帝国の二国で大暴れした存在だ。

『大災』の主導者でもあるスピンクスを取り逃がせば、次はどんな災いを計画されるものかわからない。――何があろうと、スピカの『星食』で決着を付けなくては。

「なら、余計な邪魔がわらわらと出てきやがる前に、こっから水晶宮まで突っ走って敵の親玉をぶっ殺す！　それから閣下の宣言で、帝都の奪還だ！」

「うっうー！」

「で、勝利の宴《うたげ》といきたいとこだが、そう簡単にはいかねぇ」

「ああん？」「ああうう？」

水晶宮を見据え、意気込んだジャマルとスピカがその勢いを挫《くじ》かれて振り向く。その二人の視線に、スバルはゆるゆると首を横に振った。

「真《ま》っ直《す》ぐ水晶宮にはいけない。それどころか迂闊《うかつ》に城に近付くのも無理だ」

「なんだと？　てめえ、まさか臆病風に吹かれて……」

「弱気が理由のはずもないかしら。スバル、何が待っているのよ」

「――呪いだ。そのせいで、城に近付くだけでみんな動けなくされる」

怒気に顔を赤くしたジャマルを遮り、こちらを見るベアトリスにスバルはそう答える。

ぎゅっと自分の胸に手を当てて、避け難《がた》く、耐え難い痛みを思い出すように。

その妨害がある限り、城には近付けない。――それどころか、生者は誰もこの帝都でまともに動くことすらできなくなるのだ。

「なんで、てめえはやってもねえことでそこまで言えんだ。あ？」

当然ながら、そのスバルの説明を簡単に飲み下せないものもいる。

ジャマルはその筆頭だ。エミリアやベアトリスたちと違い、スバルの見立てがどこから発想されたものなのか、何も聞かずに信じる信頼は彼との間にない。

そしてそれは、アベルにも同じことが言える。

スバルとアベルの間にも、エミリアたちとのような信頼はないのだ。

それ故《ゆえ》に彼は――、

「一見、無謀とも迂遠《うえん》とも思えるこの行為に、貴様の意図したものがある」

「閣下!?」

「控えよ、ジャマル・オーレリー。三度目はない。此奴《こやつ》らに――此奴に従え」

ヴィンセント・ヴォラキア皇帝は、スバルへの信頼を理由にではなく、その行動と真意を自らの智謀《ちぼう》と結び付けて合理を選び取る。

皇帝からの重ねた命令に、ジャマルは隻眼を見開いて沈黙し、それから双剣の柄《つか》で自分の額を打った。打って、打って、額から血が滲《にじ》むほど打って、

「──承知しました。三度目は決して言わせません」

迷いの消えた顔をして、そう深々とお辞儀した。

そのジャマルの答えにヴィンセントが顎《あご》を引くと、ベアトリスが目を怒らせ、

「なんで自分で怪我《けが》しやがるかしら⁉　とっとと治すのよ！」

「ああ⁉　クソ、チビが余計な真似《まね》すんな！　これはオレの誓いの……」

「片目しかないくせに、そっちの目に血が入ったらどうするかしら！　後先考えてない奴ばっかりでベティーが大変なのよ！」

ぎゃあぎゃあと言い合い、ベアトリスが手早くジャマルの額の傷を治療する。

そのやり取りの傍《かたわ》ら、アベルは「さて」と改めてスバルを見やり、

「まさか、他のものが時を動かし、道を作るまで無為に待つだけとは言うまいな？」

「なんでお手並み拝見的な言い方なんだよ。……まだ、ここで試したいこともある」

試す眼差《まなざ》しに応じ、スバルは傍らのスピカの頭に手を置く。作戦の要であるスピカに「う？」と見上げられ、スバルは彼女に頷《うなず》き返した。

現状、水晶宮《すいしょうきゅう》には乗り込めず、『呪い』に対してスバルたちができることはない。となれば、アプローチする対象を別と割り切ることが必要だ。

そのために──と、話を切り替えようとしたところで、状況の変化が生じた。

「────」

複数の建物が倒壊し、噴煙と瓦礫《がれき》が派手に街路にばら撒《ま》かれる。その光景に、言い合っ

ていたベアトリスとジャマルは素早く動き、スバルとアベルをそれぞれ背後に庇《かば》う。

そして、警戒する一同の前に姿を現したのは――、

「……さすが、閣下の護衛役は楽じゃねえぜ」

そう声を硬くしたジャマルに、スバルたちも異論を挟めない。

彼の抱いた感覚は正しく、この場の全員に共通した思いだったからだ。

「――ォォォォ」

それは、深く暗い洞窟の奥から届いた、ぬるく湿った風のような声だった。

ずるりずるりと地面を這《は》うように移動するのは、手足の数や胴体の大きさがおかしいが、かろうじて元は人の形をしていた名残を感じる異形だ。まるで、初めて筆を握った幼子が親を描いたような、無邪気さと無秩序さの表れのような姿――そんな中で、頭部と思われる部位に残った、大きな金色の瞳《ひとみ》だけが異様なぐらい特徴的で。

瞬間、スバルの脳裏に雷鳴のような衝撃が走った。

「――スバル」

「ああ、わかってる」

ベアトリスに名を呼ばれ、スバルは皆まで言うなと頷いた。

異形異様の存在、それとスバルたちが出くわすのは初めてではなかった。あの、粉塵《ふんじん》爆発で今度こそ仕留《しと》めたと思われていたそれとの再会――、

「――ォォォォ‼」

その事実に伝った冷や汗を拭う暇もなく、屍人《しびと》の出来損ない——否《いな》、魂の在り方を見失った怪物が大きく大きく咆哮《ほうこう》し、途方もなく長い腕を振り上げていた。

7

——そうして、スバル&アベル組は異形の存在と対峙《たいじ》する。

帝都攻防戦から大きく日を空けず、最終決戦の地へと再び選ばれた帝都ルプガナ。

そのヴォラキア帝国を巡る戦いは、盤面の指し手を変えながらも本質は変わっていない。

帝都の最奥にそびえる美しき城、水晶宮《すいしょうきゅう》の支配者、その首魁《しゅかい》を狙う決戦だ。

それは勝利条件だけでなく、戦いの進め方においても同じ——すなわち、帝都を囲った星型の城塞、その五つの頂点の奪い合いが勝敗を決するということ。

故《ゆえ》に——、

「まだッまだ！『勝ち目のないイフルーゼ』はこっからだぜ、鼻血龍《りゅう》ッ！」

戦意と昂揚《こうよう》感に痛みを忘れ、折れぬ信頼に応えようと、黄金の魂を持つ少年は己の全身全霊を燃やし尽くして神話に挑む。

「天上の観覧者も照覧あれ。——世界がいずれを選ぶかを」

歌うように気取り、装うように笑い、らしさとらしくなさの境界で踊りながら、幼い姿の雷光が肥大する二つ目の太陽に諦めの悪さと共に斬《き》り込む。

「──ようやく。ようやく、もう一度お目にかかることが叶《かな》いました」

隠し切れない歓喜を声に乗せて、キモノ姿の鹿角の少女は、再会を待ち望んだ大切な相手の窮地に雪を引き連れて参上する。

「もう、どこにも勝手にいかせないよ。ちゃんと、あたしと話をしてよ、バル兄《に》ぃ」

日向《ひなた》のように朗らかな表情を引き締め、残酷な再会を決意した娘は、魔法使いの手を借りて天空を舞う飛竜乗りと見つめ合う。

そして──、

「なんや、性格の悪い術者がいたもんやねえ。──愛がないやん」

黒いキモノと黒い獣毛の忌まわしき獣は、その己の存在よりもはるかに忌まわしき呪いを前に、糸目に伏せられた金色の眼《め》を開く。

──帝都決戦、五大頂点攻略、星を落とすための戦いが、真に幕を開けた。

第二章『タンザ』

1

——青く煌《きら》めく宝珠に、この世の終わりを思わせる煌炎《こうえん》の光景が映し出される。

「——————」

地下牢《ちかろう》に繋《つな》がれ、吊《つ》るされるプリシラに青白い死者の肌色をしたスピンクスが見せつけるのは、帝都を形作る星型の城塞、その頂点の一個を舞台とした壮絶な戦いだ。

片や帝国の核たるモノを己に取り込み、片や強大な存在を相手に一歩も引かぬ大立ち回り——慮外な事柄を二つ合わせた現実は、もはや神話の一節だ。

古くより語り継がれる歌や物語も、こうして生まれたのだと思わされるほどの。

「——しかし、それは見聞きしたものを語り継ぐものがいればの話です」

「他者の、ましてや妾《わらわ》の感慨へ割り込むな。無粋も極まれば怒ることさえ煩わしい」

同じ光景を宝珠に見ながら、熱の弱い声を発した相手にプリシラは応じる。

弱い。そう、熱の弱い声だ。熱のないではなく、弱い。それを感じ取って、形のいい眉《まゆ》を顰《ひそ》めたプリシラは宝珠越しに相手を見る。

相対する屍人《しびと》――『大災』の首魁《しゅかい》を名乗ったスピンクス、彼女はわざわざプリシラの下に足を運び、プリシラと関係の深いアラキアの悲劇的な姿を見せつけている。

囚《とら》われのプリシラが動けぬ間、スピンクスがアラキアに何を吹き込んだのかは知れない。

だが、その結果は宝珠に映し出され、その目的は目の前にあった。

アラキアは、その内に大きすぎる存在を取り込んではち切れる寸前で、スピンクスは苦しむアラキアを目の当たりにするプリシラを観察している。

その黒に金色を沈めた双眸《そうぼう》には、隠し切れない好奇と、期待の熱があった。

スピンクスは期待している。――アラキアの悲劇に、プリシラの心が揺れることを。

それは紛《まぎ》れもなく――、

「――妾への執着」

そう紡いだプリシラと目を合わせ、スピンクスは無言のままに唇を綻ばせる。

それは肯定であり、歓喜の表現だ。こうして『大災』を引き起こした切っ掛けも含め、スピンクスのプリシラへの執着は疑いようがない。

ただ、その発端がなんであれ、執着を原動力とした行いはいずれも唾棄すべきものだ。

「与えられたモノを奪われること。それが最も感情をさざくれさせる行いであると、私は実体験から学んでいます。あなたはどうですか？　要・回答です」

「己の望みに適《かな》って、上機嫌じゃな」

「そうですね。肯定します。あなたの言う通り、昂揚《こうよう》感を覚えています。過去の私も、達成感というものを知っていれば、『亜人戦争』の結末も変わっていたでしょう。バルガやリブレには悪いことをしました」

「――」

「――ですが、それでは私は与えられることも、得ることもできなかった」

プリシラ相手に朗々と語っていたスピンクスが、噛《か》みしめるように俯《うつむ》いた。そこに、こちらへ向けた歓喜とも怒りとも異なる感情を見出《みいだ》し、プリシラは理解する。

今、垣間見《かいまみ》えた哀切――それこそが、スピンクスを『大災』へ駆り立てた源泉だと。

「――」

そのスピンクスの内情を余所《よそ》に、プリシラは再び宝珠の光景に注目する。

変わらず、世界の在り方さえ変えてしまいそうな戦いが繰り広げられる戦場で、ぶつかり合うのは帝国そのものと言える力の塊と、押し切られない雷光。

だがその中に、プリシラは掻《か》き消えそうなほど弱いものを見逃さない。

「弱く、脆《もろ》く、臆し、何も持たぬままあどけなく生まれ、何者にもなれぬという定めに抗《あらが》うものが、神話の一節に足跡を残すか？」

「何を――」

プリシラの呟《つぶや》きを聞きつけ、宝珠に何を見たのかとスピンクスが訝《いぶか》しむ。しかし、彼女がプリシラの気にしたものの正体を確かめることはなかった。

――それよりも早く、地下牢《ちかろう》にも届く揺れが帝都の各所で勃発したからだ。

「察するに、兄上であろうな」

「ヴィンセント・ヴォラキア皇帝？」

プリシラの確信に対し、スピンクスの声は疑念に満ちていた。

それは彼女の中で、さして高いとは言えない可能性だったのだろう。地下牢のプリシラには知る由もないが、スピンクスが擁した戦力は帝国全土を覆い得るものだ。

一度は帝都を放棄した皇帝が、再び帝都へ乗り込んでくるなど――、

「私の生を終わらせた剣士も、アラキア一将と一騎打ちの最中《さなか》……たとえ、ヴォラキア皇帝が『賢帝』と謳《うた》われる知恵者でも、詰んだ盤面は覆せない。――いえ」

口元に指を這《は》わせながら、スピンクスはプリシラの言葉を検証し、否定しようとする。

が、その途中で彼女の黒い眼《め》が細められた。

そして――、

「――バルガの策を防いだ、異物が混じっている？」

「ほう、思い当たる節があったか」

はたと、そう口走ったスピンクスは芽生えた考えを「まさか」と否定しようとしていた。

そこへ待ったをかけ、プリシラは振り向く彼女に艶《あで》やかに笑い、

「理屈が通らぬと急《せ》いていよう？　であれば、妾《わらわ》からの『あどばいす』じゃ。――貴様の抱いたそれを直感と呼ぶ」

「直感……」

「心が風の味を感じたとでも思うがいい。死者には皮肉なことであろうがな」

そう鼻を鳴らしてやると、スピンクスは押し黙り、プリシラの言葉を吟味する。

笑い飛ばしも、無下に切り捨てもしないのは生来の習性——これを生来と呼ぶのも同じく皮肉だが、スピンクスは生死の観念を余所《よそ》に思考を続ける。

やがて、ゆっくりと頭上を見上げ——、

「認めましょう。私の計画を狂わしかねない異物がいる。——要・修正です」

一段、自らの変化を認めたスピンクスを眼前に、プリシラも同じく頭上を仰《あお》ぐ。

あるのは宝珠の光にうっすらと照らされ、それでも歴史の重さを隠し切れない黒くすんだ地下牢《ちかろう》の天井だけ。

だが、それはそう見るものの狭量さを証《あか》しただけのこと。

プリシラが天を仰ぐのは、汚れた天井を確かめるためではない。

その心が、風の味を感じる機を見逃さないためなのだから。

2

——突発的に始まり、即物的に決着し、冒涜《ぼうとく》的に再開した戦い。

四方八方から襲いかかってくる、同じ顔をした無数の剣士の攻撃に、アイリスは一瞬の驚きのあとで、それらを真っ向から打ち砕いた。

「面妖な、それでもこけおどしに過ぎぬでありんす」

青いドレス姿のアイリスが腕を振るい、迫ってくるワソーの剣士――ロウアン・セグムントの集団が、頭部を、胴を、腰《こし》を足を薙《な》がれ、吹き飛ばされる。

その応手を掻《か》い潜《くぐ》り、アイリスへ刃《やいば》を届かせたロウアンも一部いた。だが、それが放り込んでくる渾身《こんしん》の一撃を、アイリスは事も無げに片手の指で二本止め、体を傾けて一刀を躱《かわ》し、上げた足を振り下ろした衝撃で残りを蹴散らす。

文字通りの鎧袖一触《がいしゅういっしょく》、それがアイリスと屍人《しびと》と化したロウアンの力の差だった。

ただ――、

「次」「でござんす」

蹴散らした相手が次から次へと湧《わ》き出す非常識さには、その思考が凍った。

会心の笑みを浮かべ、自らの望みに手をかけたと言わんばかりのロウアンたち。その荒れ狂う斬撃を全《すべ》て跳ね返しながら、アイリスの胸中を後悔が膨れ上がる。

力ずくでねじ伏せ、命を奪わずに追い払い、些少《さしょう》でも死者を減らそうとした。

そのアイリスの驕《おご》った考えが、帝国流に染まったものたちの心をひび割れさせ、苦しませるだろうことから目をつぶった。――その結果が、目の前のロウアンだ。

「わっちは……」

また一人、アイリスのとっさの拳打に打たれたロウアンが砕け散る。

まるで陶器のようにバラバラになるロウアンを、しかし次のロウアンがゾーリで踏《ふ》み躙《にじ》り、意に介さずに飛び込んできてはまた砕かれる。

それを幾度も繰り返すのは、終わりのない処刑人の立場に置かれたも同じだ。

——元来、人の形をしたものを壊すことを何とも思わないものもいる。

しかし大抵の場合、人の形をしたものを、命の容《い》れ物《もの》を壊すという行いは、大きな覚悟や決意、あるいは慣れや諦めが実現を可能とさせるものなのだ。

アイリスなど、まさに後者の極みだったと言える。

一介の村娘だった頃から長い時間を経て、いくつもの名前と体を渡り歩いた今でも、敵対する相手であろうと、心に何の痛痒《つうよう》もなく殺すことはできない。

だからこそ、アイリスには『魂婚術《こんこんじゅつ》』という他者への思いやりがなければ使いこなせない力が発現した。それがアイリスを『九神将』へ押し上げたのは、彼女の魂が帝国の大地に縛り付けられている悪魔的な奇跡の皮肉と言わざるを得なかったが。

いずれにせよ——、

「わっちは……っ」

たとえ、ロウアン・セグムントのような常軌を逸した相手でも、いくら砕かれても次々と蘇《よみがえ》る異常な在り方の存在でも、それを砕くたびにアイリスの心は軋《きし》む。

命を一つ摘み取るたびに、形あるものを壊すたびに、今ある世界の在り方を、ありのままのそれを失わせるたびに、アイリスの魂はひび割れていくのだ。

「私は――っ」

そうして、軋む心とひび割れた魂の行き着く先。

それは、長い長い時を不本意に生き続けてきたアイリスにとっても、プリスカを生んで悲運に命を落としたサンドラ・ベネディクトにとっても、数百年越しの愛《いと》しい再会に揺れたヨルナ・ミシグレにとっても、知り得ぬ境地――、

「――ぁ」

掠《かす》れた吐息が赤い唇からこぼれ、次の瞬間、血がしぶいた。

跳ねたそれが刃《やいば》の持ち主の頬《ほお》に当たり、伸ばされた舌が血を舐《な》め取る。

笑みがこぼれた。――邪悪な、剣客の笑みが。

「――天剣の階《きざはし》、足の爪先がかかってござい」

3

伸ばされた手をすり抜けて、白刃が剥《む》き出《だ》しのご婦人の肩口を撫《な》でる。

一拍遅れ、飛び散る血の飛沫《しぶき》を頬に浴びて、ロウアンは生涯――否《いな》、すでに屍人《しびと》なのだから生ではなく、存在して以来の最高の剣技を更新した。

「まだまだまだまだこれからでござんす」

しかし、飽くなき欲はより高みを目指し、死したるロウアンを加速度的に進化させる。

正面、相対する美貌の狐人《きつねびと》は恐ろしく強い。彼女は信じ難《がた》い力で以《もっ》て、ロウアンが人生をかけて積み上げたものを容易《たやす》く打ち砕いた。

本来なら、その敗北でロウアンの挑戦は終わるはずだった。しかし、帝都を、帝国を、世界を脅かすこの異常事態が、ロウアンを終わらせなかった。

――自らの首に刃《やいば》を宛《あて》がい、無為で無価値な人生に見切りを付ける。

身を捨ててこそ届く領域があると信じ、及ばなければ朽ちて死ぬだけと刃を引いたとき、ロウアンの視界は本当の意味で拓《ひら》けたのだ。

「ああ、ああ、嗚呼《ああ》！　これまで見ていた世界のなんと不細工なことでござんしょう」

やはり命はダメだ。命はよくない。なまじ、生まれて最初に与えられたものだから、ロウアンぐらいの世捨て人にすら執着があった。

その一切をかなぐり捨てて初めて、ロウアンは天剣を目指す身軽さを手に入れた。

これこそが、この執着のなさこそが、天剣へ至る階を上る資格なのだ。

「おうさ、見てろい、馬鹿息子。お前にだって無理だろう」

これは、命をなくして初めて至れる境地。

すなわち、死を超克できないセシルス・セグムントですら見られない景色。

賭けには勝った。――故《ゆえ》に、膨れ上がった賭け金を頂戴する。

「はははははハはハハはハハハハ！」

高笑いするロウアンの剣筋が、生前、血眼で至った次元を容易に置き去りにし、その剣技は次第に、まるで太刀打ちできなかったアイリスにすら届き始める。

――ここで今一度、ロウアン・セグムントという男の不幸を語ろう。

ロウアンには悲願があった。求め続けたものがあった。渇望し続けた祈りがあった。

だがしかし、それを叶《かな》えるための機会に、好敵手に、巡り合えなかった。

それがロウアン・セグムントという、命尽きるまで不幸だった男の悲劇だ。

――ここで一つ、ロウアン・セグムントという男の奇跡を語ろう。

ロウアンには悲願があった。求め続けたものがあった。渇望し続けた祈りがあった。

そして、それを叶えるために必要な機会に、好敵手に、ようやく巡り合った。

死してなお失われることのなかった『天剣』への妄執に蘇《よみがえ》らされ、生前は巡り合えなかった強敵との命懸けの応酬が、ついにロウアンを怪物へ変じさせた。

ナツキ・スバルがいたならば、死して学ぶそれを『死に学び』とでも称したろうか。

死して学び、生前には開花することのなかった剣技の才を解放した『屍剣豪《しけんごう》』たるロウアン・セグムント――そのおぞましき業前が、アイリスの命へ切っ先を合わせる。

「う、ぁ……っ」

前後左右、四方向から囲まれたアイリスが、振るわれる剣撃に対処し切れず、その腕と脇腹を刃に裂かれ、血をこぼしながら小さく呻《うめ》く。

その弱々しい吐息が聞こえ、ロウアンは嫌々と首を横に振った。

聞きたくない。聞きたくない。強者の弱さは聞きたくない。

ロウアンはアイリスに感謝していた。彼女のおかげで強くなれた。死はいい切っ掛けだった。いずれ『天剣』へ至るため通る道だ。アイリスが気に病むことはない。

だから、聞きたくないから、耳障りでならないから、劣ったものが優れたものを追い越していくのに、欲しいのは泣き言ではなく喝采だから——、

「泣くのはおよしよ、お嬢さん。綺麗《きれい》な顔《かんばせ》が台無しでござんす」

唐竹割りの一撃をとっさに煙管《きせる》で受け、アイリスの反対の手がロウアンの胴体を貫く。

このロウアンはおしまい。だが構わない。次いで別のロウアンが飛び出し、貫かれたロウアンが砕け散るまで腕を封じられたアイリスへ迫る。

「そちらさんも死んで蘇《よみがえ》って、延々と某《それがし》に付き合ってくんない」

それは実に痛快な未来、しかしおそらくは叶《かな》わぬ未来。

「——————」

アイリスの瞳《ひとみ》は目の前の生や死とは無関係の、もっと別のどこかを見ている。それは目の前の勝敗や生死ではなく、言うなれば過去を見る眼差《まなざ》しだ。

未来ではなく過去を見て、過去を悔いて足を止めるものに、栄光は訪れない。

それだけは、この空っぽの、空洞となった心の底からロウアンには悔やまれて——、

「——御命《おいのち》、頂戴」

ひた走った銀光、存在以来最高を更新する剣技、それが女の細い首へと襲いかかる。

そのまま、芸術的なほど鮮やかな斬首が成立する——はずだった。

「な」

固い硬い堅い、難《かた》い感触に阻まれて、命をついばむ剣技が止まる。

生前最大の難敵であり、最高の好敵手であり、ある意味では師とも言える女への感謝の一撃を止められ、ロウアンは黒く染まった金瞳《こんどう》を見開き、驚嘆した。

一撃を止められたことも痛恨だが、一撃を止めた相手がまた問題だ。

「――ヨルナ様」

そう、幼い声が誰でもない名前を呼んで、ロウアンの剣撃を遮っていた。

強引に、体ごと割って入って剣を止めた横槍《よこやり》にロウアンは驚嘆する。止められるはずのない剛剣、それが何ゆえに止められたのかと腕にさらに力を込め――、

「おんなじ顔だけど、全員どいて！」

次いで、鈴の音のような声が勇ましく、空気の張り詰める音で世界をつんざく。

刹那《せつな》、氷が花のように地上を咲き乱れ、動きの止まったロウアンとロウアン、その他のロウアンをも呑《の》み込《こ》み、幻想的な景観の一部へ作り変えた。

凍り付く自分たちを横目に飛びのき、ロウアンは油断なく刀を構え直し、見た。

「――ようやく。ようやく、もう一度お目にかかることが叶いました」

静かな声で、しかし愛情深く、そう呟《つぶや》いた鹿角の少女がアイリスを抱きしめる。

血を流し、膝《ひざ》をついたアイリスは、背の低い少女の薄い胸に抱かれ、青い瞳を驚きに丸くしながらその抱擁を受けていた。

そうして、アイリスを抱擁した少女は、その黒い眼《め》をロウアンへ向けると、

「ヨルナ様へ刃《やいば》を向ける悪漢は、不肖《ふしょう》の身なれど私がお相手いたします」

そう、強い決意と確かな覚悟の上で断言したのだった。

4

——これはとても複雑な気持ちだが、ナツキ・シュバルツと同じで、タンザはヴォラキア帝国が嫌いだった。

帝国民は精強たれ、なんて考え方を素晴らしいと持《も》て囃《はや》し、その通りに強くないものが虐げられ、命を落としても弱いことが悪いと言い切られる。

弱いものは、帝国民である資格がない。——だったら、こちらから願い下げだ。

誰も、生まれる場所を選ぶことはできない。

だから、タンザだって誰だって、望んでヴォラキア帝国に生まれたわけじゃない。

タンザは、ヴォラキア帝国が嫌いだった。

父と母を奪い、幼く弱かったタンザを懸命に育ててくれた姉を、ようやく安住の地を見つけられたと安堵《あんど》した姉を、やっとこれまでの恩返しができるはずだった姉を、帝国流なんてわけのわからない理由で嬲《なぶ》り殺《ごろ》しにした帝国が、嫌いだった。

きっと、だからだったのだと思う。

「主さんは、この国のことが嫌いでありんすか？」

そう問われたとき、滅多《めった》に感情の出ない表情を強張《こわば》らせ、息を詰めた。

気付かれてはならないことを、知られてはならない考えを、排斥《はいせき》されて当然の思想を、見抜かれてしまったと思ったのだ。

しかし、総身を震わせて俯《うつむ》くタンザを見つめ、その心の内を見透かした美しい女性は微《ほ》笑《え》み、強張ったタンザの頰《ほお》に優しく手を添えた。

その手指の温かみが、もう失われた姉のそれと同じように思えて。

我が身さえ惜しまずにタンザに尽くし、自分の幸せらしい幸せを何一つ知らないまま死んでしまった姉のそれと、同じように思えて。

「わっちもでありんす」

一瞬、それが何を意味しているのかわからず、タンザは困惑した。

困惑したあとで、それが何に対する所感を述べたものだったのかを理解し、息を吞《の》む。

タンザのような、物の道理がわからぬ童子が口にしたのであれば、それは叱責と罰を与えられるだけで済む。しかし、相手はそうではない。

大人というだけでなく、この強さを奉じる帝国の、強さの象徴たる九人の一人——。

「——わっちも、この国の在り方が大嫌いでありんす」

そう、優しく慈しむように微笑みながら、その人はタンザに本音を打ち明けたのだ。

「どうか、私をヨルナ様の下へいかせてください。あの方のお傍《そば》にいたいんです」

帝国の存亡をかけた戦いで、自分がワガママを言っている自覚はあった。

だから、どんな罵りの言葉にも耐えるつもりだった。言われても仕方がないと、悪罵《あくば》や叱咤《しった》を浴びて、それでも自分の気持ちに正直であろうと。

そう思っていたのに。

「――ああ、そのつもりだ。ちゃんと顔見せて、ちゃんと話してこい」

いつも、タンザの気持ちなんて身勝手に後回しにするくせに、こういうときだけ、まるで誂《あつら》えたみたいにタンザの気持ちを言い当てる。

そういうところが、この黒髪の少年の嫌なところだった。

5

「――ヨルナ様」

と、そう呼びかけた直後、タンザは小さな体を目一杯広げて、迸《ほとばし》った銀光から背後の女性を守り抜く。衝撃が全身を貫き、手足の先までビリビリと痺《しび》れが走った。

だが、自分が痛い思いをしたと、そう伝わらないように奥歯を噛《か》んだ。剣撃を放った相手ではなく、自分が庇《かば》った大切な女性に気付かれないように。

普段はもどかしいことも多いが、このときばかりは自分の仏頂面に感謝する。きっと、自分がなんてことのない顔で耐えたように見えただろう。

本当は、懐《ふところ》に忍ばせた氷の盾《たて》がなかったら、真っ二つにされていたに違いないのに。

「おんなじ顔だけど、全員どいて！」

そのタンザの強がりに続いたのは、勇ましい銀鈴の声音だった。

長い銀髪を躍らせ、颯爽《さっそう》と戦場へエミリアが舞い降り——次の瞬間、並び立つ同じ顔をした屍人《しびと》たちが、一挙に氷の牢獄《ろうごく》に収監される。大気にガラスの割れるような悲鳴を上げさせ、標的である屍人たちには悲鳴さえ上げさせない圧倒的な制圧能力だ。

そのエミリアの手並みを言葉を尽くして称賛したいところだが、今は——、

「——ようやく。ようやく、もう一度お目にかかることが叶《かな》いました」

安堵《あんど》を噛みしめながら告げて、タンザは膝《ひざ》をつく女性の頭を抱きすくめた。相手にこんな風にされることはあっても、自分から抱きしめたのは初めてのことだ。

正直、こうしたことをされるのはこそばゆいと思っていた。

示しがつかないとも思っていたし、子ども扱いされているようでもどかしくて。でも、決して嫌ではなかったし、子ども扱いについても考えが変わった。

シュバルツもセシルスも、立場も年齢も関係なくやりたい放題ではないか。

子どもであることは、何かをしようとしたときの障害にはなっても、諦める理由には程遠い。それを、タンザは自分の体一杯で女性へ返した。

血を流し、青い瞳《ひとみ》を驚きに丸くした女性——ヨルナ・ミシグレを抱きしめながら、タン

ザは黒い眼《め》を敵へと、立ちはだかった邪魔者へと向けて、言うのだ。

「ヨルナ様へ刃《やいば》を向ける悪漢は、不肖《ふしょう》の身なれど私がお相手いたします」

「――――」

そのタンザの宣言に、屍人《しびと》の男たちも、胸の中のヨルナも声が出ない。

何を馬鹿なことをと呆《あき》れているのか、突然のタンザの登場に呆《ほう》けているのか。いずれであろうと構わないと、タンザはヨルナを抱いたまま身構えようとした。

そこへ――、

「あなたたちの相手は私よ！」

「うおおおう⁉」

タンザや敵が動くよりも、駆け出したエミリアの一撃が早い。

両手で巨大な氷槌《ひょうつい》を振り下ろしたエミリア、その豪快な一撃に、タンザに注目を奪われていた男は仰天しながら飛びのき、冷たい衝撃波を挟んでエミリアと対峙《たいじ》する。

「今、そっちの娘っ子が某《それがし》の相手をするようなことを言ってござんしたが？」

「タンザちゃんは今、ようやく会いたいヨルナさんと会えたところなの。あなたに……あなたたち？　同じ顔だけど……あなたたちに邪魔はさせないわ！」

「悩ましかれど、数は増えようと某は某……ロウアン・セグムントは一人でござい。そこで惑う必要はねえでござんしょう」

「あなたに邪魔はさせないわ！」

言い直したエミリアが両手に氷の双剣を生むと、酷薄に笑った屍人――複数のロウアン・セグムントが全員、同じ構えで彼女と相対する。

その光景に、タンザは「エミリア様！」と加勢しようとするも、

「大丈夫、先にヨルナさんと話して。――スバルにお願いされてるの」

「――――」

シュバルツの名前を出され、タンザがわずかに口ごもる。

その間に、微笑を残したエミリアはキリッと表情を切り替えると、刀を鞘《さや》に納めた構えのロウアンたちへ一歩踏み出し、

「――アイシクルライン」

エミリアの唇がそう紡いだ直後、周囲の光景が一段階白く染まる。

あらゆる色に銀白を添えて、氷雪を纏《まと》ったエミリアの双剣を迎え撃たんと、ロウアンたちは会心の笑みを浮かべ――そこに、氷柱の嵐が降り注いだ。

「おおおおお――!?」

「いくわ！」

剣技の競い合いが始まると考えていたらしいロウアンは、その氷塊爆撃に度肝を抜かれながらも、突っ込んでくるエミリアの攻撃に立ち向かう。

軽やかな氷の武器と、振るわれる屍人の刀がぶつかり合い、剣戟《けんげき》が始まった。

その剣戟の光景を背後に、タンザはエミリアの配慮に甘え、改めてヨルナを見る。彼女

はなおも、状況に追いつけていない顔をしていて。

「ヨルナ様のそのようなお顔、初めて目にいたしました」

「――タンザ、でありんすか？」

微《かす》かに目尻《めじり》を下げたタンザ、その顔をじっと見つめながら、ヨルナが再会して初めて意味のある言葉を口にする。その問いかけに、タンザは頷《うなず》いた。あの、カオスフレームでの別れ以来、ヨルナと離れ離れになってからふた月近くが経《た》っていた。

便りも出せなかったのだから、死んだと思われていて当然だろう。

「ですが、私は無事でおりました。ヨルナ様の下へ帰るために」

それは自分で言っていて、自分のものとは思えないぐらい力強さのある言葉だった。

たぶん、こうしたことを何の躊躇《ためら》いもなく言える人たちの影響だ。そのぐらい、このふた月は初めてのことだらけで、タンザも変わらないままではいられなかった。

ただ、ふた月の間に変化があったのはタンザだけではない。

青く、美しいドレス姿でいるヨルナ。見慣れたキモノ姿ではなく、結い上げた髪も下ろしている彼女の姿は、目新しい感動以上の疑念をタンザに与えた。

趣味の変化を疑問視したのではない。ヨルナが装飾品――カオスフレームの住人から献上された品々、それを身につけていない事実を訝《いぶか》しんだのだ。

魔都カオスフレームで暮らす住民は、その誰もがヨルナを愛し、尊敬してやまない。

その敬愛の念を表すため、住民は自分たちが排斥《はいせき》される原因となったそれぞれの亜人族としての特徴を削り、活《い》かし、装飾品へと加工してヨルナへと献上した。

簪《かんざし》や耳飾り、帯留めやキモノに通した針や糸の一本に至るまで、ヨルナはカオスフレームの住人の想《おも》いを纏《まと》い、威風堂々と自分の存在を示してきた。

その中にはタンザの、タンザの姉の角の一部を削り出した櫛《くし》もあって。

「タンザ……」

震える唇に名を呼ばれ、タンザはヨルナの動揺が収まるのを待つ。

一人で戦っているエミリアへの加勢も急ぎたいが、今は目の前のヨルナの感情に全力で向き合いたかった。恐る恐る、タンザの頬《ほお》へ触れてこようとする主《あるじ》の感情に。

しかし、ヨルナの指はタンザの頬に、触れてこなかった。

「ヨルナ様？」

頬に触れる代わりに、ヨルナはタンザの胸を押し、一歩後ろへ下がらせていた。

タンザとヨルナ、ようやく抱き合えた二人の距離がまた離れ、タンザは目を瞬かせる。

その真意が読み解けないタンザに、ヨルナは口を開き、

「何をしに、このような場所へきたでありんすか」

「――――」

「今や、この帝都は屍人《しびと》の都……帝国の兵たちどころか、『九神将』や皇帝さえも放棄したこの場所に、主さんのような娘が何をしにきたでありんす」

地面に跪《ひざまず》いていたヨルナが立ち上がり、険しい目でタンザを睨《にら》む。その切れ長の瞳《ひとみ》に射《い》

竦《すく》められ、タンザは反射的に肩を縮めていた。

一瞬、何を言われたのかわからない。でも、すぐにそれが拒絶の言葉とわかった。

ヨルナが、あらゆるものを受け入れた慈愛の女性が、タンザを拒絶したのだと。

「ここは、生者が過ごすには過酷で殺伐とし過ぎた場所でありんしょう。すぐに立ち去るのが賢明でありんす。できぬなら、わっちの手でそうしんしょうか？」

「……生者と死者、そうお分けになるのであればヨルナ様も条件は」

「同じとでも？　──わっちと、主さんが？」

刹那《せつな》、伸びてくるヨルナの手に胸倉を掴《つか》まれ、タンザの足が地面から浮いていた。

「──っ」

抱き上げられたことはある。でも、こんな風に乱暴にされたことはなかった。

「わっちと主さんは同じ側には立っておりんせん。わっちは……お傍《そば》に居続けたい方がいるでありんす。ようやく、その御方《おかた》とまた。だから……」

「よ、るな様……っ」

「もう、主さんも、他の子らもわっちには必要ありんせん」

吐息がかかるほどの距離で、ヨルナがタンザの顔を覗《のぞ》き込《こ》む。彼女の口から告げられるそれは、ヨルナが屍人《しびと》だらけの帝都に残っていた理由。

囚《とら》われの身になったのではなく、自ら望んでこちらへ残ったという事実。

「──」

ヨルナの青い瞳《ひとみ》の奥に、タンザは切実な願いの光を目にした。

それはヨルナが魔都で穏やかに過ごしながら、タンザや魔都の住人たちを柔らかく慈しんで過ごしながら、それでも決して消えることのなかった切望の欠片《かけら》だ。

――ヨルナ・ミシグレはずっと、何かを探し続けていた。

それはきっと、タンザでは計り知れないほど大きく遠く、ヨルナであっても手を届かせることのできない、星のような探し物だったのだと思う。

光り輝き、眩《まぶ》しく煌《きら》めいていることがわかっているのに、手の届かないモノ。

ヨルナはずっと、それを探し続けていた。

彼女がそうしたモノの探し人であることを、タンザも、誰もが知っていた。その願いが叶《かな》えばいいと祈り、叶わないなら代わりのモノを差し上げたいと望む。

タンザだけではなく、みんながそう思っていた。

そして、それがようやく見つかったと、ヨルナの願いが星に届いたのだと。

それがこうして、タンザの胸倉を掴んでいる理由なら――、

「――もっと幸せそうに、私を拒んでください、ヨルナ様」

そう、タンザは相手の手首を掴み、下手くそな嘘《うそ》をつく大切な人にそう言った。

6

――ああ、自分は悪い子になってしまった。

ヨルナの細い手首を掴《つか》みながら、タンザは変わり果てた自分のことをそう嘆く。

こんなはずではなかった。タンザにはタンザの理想とする姿――死んでしまった姉のゾーイのようになりたいという、理想像がちゃんとあったのだ。

――ゾーイはとても芯が強く、心優しい女性だった。

タンザの生まれ故郷が滅んだのは、鹿人《しかびと》族の角を煎じれば万能薬になるなんて迷信が流《は》行《や》り、高値で売り買いされる角を狙った野盗の襲撃に遭ったからだ。

父も母も殺され、姉はまだ幼かったタンザの手を引いて命からがら難を逃れた。

だが、姉妹の受難はそれでは終わらない。角を狙ったものの魔の手は幾度も追いつき、そうでなくても弱者は食い物にされるのがヴォラキア帝国の習わし。

何度も命を危うくし、皿一杯のスープを手に入れるために姉がどれだけ過酷な目に遭っていたか、あれから歳《とし》を経たタンザにも想像がつく。同時に、何もできずに姉の庇護《ひご》に甘えるばかりだった自分を、殺したいほど憎くも思うのだ。

「タンザ、誰かを呪ってはダメよ。誰かを簡単に呪う人は、自分も同じように簡単に呪われてしまうの」

痩せ細り、ボロボロの服を纏《まと》いながら、何とか手に入った一杯のスープを姉妹で分け合う夜に、姉はタンザにそう言って聞かせた。

誰も優しくしてくれず、みんながタンザにもゾーイにも冷たく当たる。そんな世の中を腐したとき、優しい姉は必ずそう言ってタンザを叱った。叱って、それから痩せた体でタンザを抱きしめ、朝までぎゅっと離さないでいてくれたのだ。

──姉だって、まだ親に甘えたい年頃で、親になるなんて早すぎる歳だったのに。

鹿人の角にまつわる迷信はなかなか立ち消えず、姉妹は一所に留《とど》まれなかった。

ずっと逃げて、逃げて、逃げ続けて、逃げ続けるのも疲れた頃に、姉妹の耳に飛び込んできたのが、『魔都』カオスフレームの噂《うわさ》だ。

そこは、多くの亜人族が群れ成して暮らす、排斥《はいせき》されたものたちの楽園だと。

そこを支配する女主人は強く、慈しみに満《み》ち溢《あふ》れ、弱者が虐げられるのを許さない素晴らしい人だと。──そんな馬鹿なと、子供心にタンザは思った。

そんな人がいるはずがない。そんな都合のいい人がいてたまるものか。

そんな人がいたんだとしたら、どうして父と母は死んだのか。どうして、姉はこんなにボロボロで痩せ衰えて、タンザの手を引いているのか。

だから──、

「──よく頑張ったでありんす、ゾーイ、タンザ」

あるはずがない楽園に辿《たど》り着《つ》いて、美しいキモノの女性が薄汚れた姉妹を躊躇《ためら》いなく抱きしめたとき、タンザは生まれて初めて、姉が声を上げて泣くのを聞いた。

父と母が死んだ日も、スープ一杯のために見世物にされた日も、聞き分けのないタンザが心無い言葉で姉を罵った日も、ゾーイは決して泣かなかった。

そのゾーイが声を上げて泣く横で、同じく泣きじゃくりながらタンザは思った。

この女性の作った楽園に――否《いな》、この女性に、ヨルナ・ミシグレに一生を尽くそうと。

――食事と寝床を与えられ、キモノを纏《まと》ったゾーイは美しく、タンザの自慢だった。

ヨルナを慕い、彼女に仕えたいと懸命に祈ったものは大勢いた。ゾーイはその中で一番真面目で努力家で、ヨルナもそんな彼女を重用してくれるようになった。

すごいヨルナに仕え、大切な仕事をするゾーイのことがタンザは自慢だった。

いずれは姉のようになり、ヨルナに誠心誠意お仕えして、カオスフレームという楽園の在り方を大勢の、苦しむ弱者に知ってほしいとそう思った。

姉が死んだのは、その生活が始まって二年後のことだった。

カオスフレームに庇護《ひご》を求める亜人族の一団、彼らを魔都へ案内するため、ヨルナの名代として出かけた姉は、街道近くの砦《とりで》の帝国兵たちの暇潰しに呆気《あっけ》なく殺された。

鹿人《しかびと》の角とも無関係に嬲《なぶ》り殺しにされ、亡骸《なきがら》は無惨に晒《さら》された。

『タンザ、誰かを呪ってはダメよ。誰かを簡単に呪う人は、自分も同じように簡単に呪われてしまうの』

姉の言葉が脳裏を過《よぎ》り、悲しみの中でタンザの心はズタズタに引き裂かれた。

これでも、ダメだろうか。これでも、誰かを呪ってはならないだろうか。ようやく、幸せになれるはずだった姉を殺され、まだ呪ってはならないだろうか。

「主さんは、この国のことが嫌いでありんすか？」

絶望に苛《さいな》まれ、己の角が折れんばかりに苦しんだタンザに、そう声がかけられた。

姉を真似《まね》して袖を通したキモノ、姉の真似事《まねごと》にもならない傍仕《そばづか》えの乏しい知識、そして自分の胸の内すら隠せない弱く脆《もろ》い心。

そんな自分を見抜かれたと、そう嘆くタンザの頬《ほお》に、彼女は触れた。

「わっちもでありんす」

触れながら、彼女はタンザの怒りを、呪いを、肯定してくれた。

そして、その呪いを形にする術《すべ》を持たないタンザの代わりに動いてくれた。その結果、帝国という大きな大きな相手を敵に回すことも厭《いと》わずに。

「――わっちも、この国の在り方が大嫌いでありんす」

『極彩色《ごくさいしき》』ヨルナ・ミシグレが帝国に反旗を翻《ひるがえ》すのは、いつだって誰かのためだった。

そうしてしまう女性だと知っているから、タンザはそうさせたくなかった。

ヨルナを危ない目に遭わせない子でいたかった。

ヨルナに悲しい目をさせない子でいたかった。

姉のゾーイのように、ヨルナを困らせない、ちゃんとした従者でありたかった。

――それなのに、タンザは悪い子になってしまった。

「ヨルナ様は姉を救ってくださいました」

ぎゅっと、胸倉を掴《つか》んだ手首を握り返し、タンザの唇がそう述べる。

そのタンザの言葉と行動のいずれも予想外だったのか、ヨルナが青い瞳《ひとみ》を見開いて唇を震わせた。――それが『ゾーイ』と、姉の名を象《かたど》ったのをタンザは見逃さない。

「ヨルナ様は私の勝手な願いを聞き入れてくださいました」

ゾーイが命を落とし、その絶望に抗《あらが》う『謀反《むほん》』の決着後、姉の敵討ちをしてくれたヨルナに仕えたいと、姉の代わりになりたいとタンザは願い出た。

力不足に知識不足と、図々《ずうずう》しさの極みのような願いを、ヨルナは受け入れてくれた。

「ヨルナ様は大勢の人生に、幸いをもたらしてくださいました」

自分や姉だけではない。ヨルナがどれほど多くのものの命を、心を救ってきたか。

その全部を置き去りにして、ヨルナが心置きなく星を追えるというならそれもいい。

ヨルナが幸せであれないなら、自分たちといてほしいとは思わない。ヨルナが幸せであれないのに傍《そば》にいてほしいなんて言うなら、それは呪いと変わらぬワガママだ。

だから、せめて、繋《つな》いだ手を振りほどくなら、幸せを望んで微笑《ほほえ》んでほしい。

そうできないなら――、

「――ヨルナ様は、私たちを愛してくださっています」

過去形ではなく、今もそうであるという確信の上でタンザは断言する。

「――」

眼前、驚愕《きょうがく》するヨルナはタンザに言い返されるなんて思ってもいなかった顔だ。

それはそうだろう。タンザは姉のように、よくできる従者でいたかった。ヨルナを困らせない優秀な従者でいたかった。だから、逆らうなんてしなかった。

でも、タンザはゾーイではない。それはヨルナと別れる切っ掛けからしてそうだ。

元々、その片鱗《へんりん》はあったのだ。カオスフレームを訪れた皇帝と偽皇帝、両者の争いからヨルナを守るために独断で動き、徒《いたずら》に混乱を拡大したように。

「──私は、悪い子になってしまいました」

幸せになってほしい人に、幸せになるために妥協してほしくない。そのためなら、相手の言葉や祈りだって押しのけてしまう。そんな、悪い子になったのだ。

「──ぁ」

か細い吐息をこぼし、ヨルナは自分の手首を掴んだタンザを振りほどけない。

──ヨルナの『魂婚術《こんこんじゅつ》』は、愛するモノへと力を分け与える。

その効果がヨルナ自身に適用されるには、自分への肯定感や、自分の行いを正しいと信じられる根拠が必要だ。自信こそが、ヨルナの途方もない力の源。

だが、そう思えなくなったとしたら、どうなる。

己の行いを肯定し、認められなくなったとき、ヨルナから加速度的に力は失われる。それこそ、生を手放した『屍剣豪《しけんごう》』に太刀打ちできなくなるほどに。

今、自分を真《ま》っ直《す》ぐに見つめるタンザの手を、振りほどくことができないように。

ヨルナは愛せないものを、肯定できないものの背中を押すことができない。

だから、今の自分の背中を押すことができない。

だから——、

「——ヨルナ様は、その愛情だけは偽ることができません」

その左目に青い炎を点《とも》したタンザは、ヨルナの愛を一切疑わずに信じられるのだ。

「——」

浮いた足を地面について、瞳《ひとみ》を燃やしながら自分を見るタンザにヨルナは絶句する。

強く握られた手首を自分で押さえながら、ヨルナは目の前のタンザの顔を、そこに宿った炎というこれ以上ない『愛』の証《あかし》を、信じられないように見つめている。

まるで、自分は自分の心を完璧に騙《だま》せるとでも思い込んでいたみたいに。

「ヨルナ様は、そう器用な方ではありませんよ。——髪を結い上げるのもキモノの着付けも、いつも私や姉、あなたを愛する皆に力を借りていらっしゃるじゃありませんか」

そう言って、タンザはその場で背伸びをし、伸ばした手でヨルナの頬《ほお》に触れた。

いつか、自分がそうされたように、愛《いと》しく慈しみたい相手にそうするように。その指先の感触に、ヨルナの青い瞳が大きく揺れた。揺らいだ。

姉が初めて声を上げて泣いたときのように、頑《かたく》なな心がひび割れるように。

そこへ——、

「——っ！　いけない！　タンザちゃん！」

ヨルナと向かい合うタンザの背後、切羽詰まったエミリアの声と同時に、鞘走《さやばし》りする刃の音――エミリアの妨害を掻《か》い潜《くぐ》り、ロウアンが飛び込んでくるのがわかる。

「そこをおどきよ、娘さん。こっちゃ夢見たほどに焦がれた舞台でござんす！」

勝手なことを言いながら、相手は疾風の如《ごと》く駆けてくる。

おそらくは肩越しに、ヨルナはその相手のことを見たのだろう。とっさに彼女の手がタンザの肩に伸び、その体を押しのけて守ろうとする。

先ほどのお返しに、今度は自分がタンザの盾《たて》になろうとでもいうように。

「ですが、いけません」

「タンザ……っ？」

押しのけようとする手に踏ん張って耐えて、タンザはその行いを拒絶する。代わりにヨルナを背後に庇《かば》うように振り向き、眼前にやってくる醜悪な金瞳《こんどう》と対峙《たいじ》した。

放たれる斬撃がタンザの首を、その後ろにいるヨルナの胸下ごとの両断を狙う。冷たく冴《さ》えた空気を焦げ付かせるほどの一刀、それがタンザの首に迫り――、

「――ッ」

「夢見た舞台ですか」

驚愕《きょうがく》を喉の奥で押し殺し、ロウアンの金瞳が見開かれる。

それはそうだろう。放たれた渾身《こんしん》の一撃を、こんな幼子に掴《つか》み取《と》られるとは思ってもみなかったに違いない。

掲げた手で、タンザは空気を焼き切る銀光を掴《つか》み取《と》って止めた。

――ヨルナの『魂婚術《こんこんじゅつ》』は、愛するモノへと力を分け与える。

自分は正しいと、愛されていることに疑いはないと、そう心の底よりワガママに信じられるものであれば、その効果は絶大となろう。

『タンザも俺のものだから、実質こっち側みたいなもんだろ？』

ああ、腹立たしい。愛されることに自信がある、悪い子がうつってしまった。

それがあまりにも、むず痒《がゆ》くて耐え難《がた》い。顔に出ない性質《たち》で、本当によかった。

「申し訳ありません。私は忙しいので、幸せな夢を見ている暇なんてありません」

掴み取った刀、手に力を込めてそれをへし折り、タンザは驚きに息を呑《の》む反応に前後を挟まれながら、正面の邪魔者の顔面目掛け、刀を砕いた拳《こぶし》を叩《たた》き込《こ》んだ。

その鼻面が、頭部の内側にめり込むほどの拳骨《げんこつ》を喰《く》らわせ、タンザは宣言する。

楽園を夢見て、大切な人のために祈り続けるだけの日々は終わりだ。

楽園も大切な願いも、自ら動かなくては掴み取ることはできない。

それが姉に救われ、ヨルナに助けられ、ナツキ・シュバルツやプレアデス戦団の仲間たちと出会い、ここへ辿《たど》り着《つ》いたタンザの答え――。

「――辛《つら》く苦しく、愛《いと》しい現実が待っているので」

星に手を届かせるために、立ち止まっている暇なんてないのだから。

第三章 『ユーガルド・ヴォラキア』

1

――『荊棘帝《けいきょくてい》』ユーガルド・ヴォラキアの名は、世界中で広く広く知られている。

その理由は、帝国史に残る悲恋の物語『アイリスと茨《いばら》の王』にある。

心優しいアイリスという少女と、『茨の王』と恐れられたヴォラキア皇帝との出会いと別れを描いた物語は、その終幕の悲劇性も相まって多くの読み手の心を打った。

二人の運命的な出会いと、『茨の王』が臣下の裏切りで玉座を追われたあとの再会。手を取り合った二人の叛逆《はんぎゃく》の物語は、長い時の中で細部の形を変えながらも、その最も中核となる、愛し合う二人の絆《きずな》だけは変わることなく物語られ続けた。

それほどまでに、『アイリスと茨の王』という不変の愛の物語は世界中で愛され続けているのだ。――しかし、その愛の物語は無自覚に史実の一端を覆い隠してしまった。

アイリスと『茨の王』の二人は、安穏と愛を育み合ったのではなく、激動の時代の中、願った未来を勝ち取るために命懸けの日々を過ごし、燃えるような恋をしたのだ。――無論、そして数多《あまた》の艱難辛苦《かんなんしんく》の果てに、二人は見事に玉座の奪取を成し遂げた。

の後に二人を襲った悲劇は語るまでもない。

だが、その悲劇の終幕を迎える前に、二人は確かに成し遂げたのだ。

慈愛の心と献身的な在り方で、多くのものを味方に付けたアイリス。そのアイリスを傍《かたわ》らに置いて、『茨の王』はヴォラキア皇帝に相応《ふさわ》しい戦果を挙げた。

ヴォラキア皇帝に相応しい戦果――それは古《いにしえ》の時代より変わらない、ヴォラキア帝国の鉄血の掟《おきて》の体現者、すなわち、力の証明だ。

――『荊棘帝』ユーガルド・ヴォラキアは、帝国史上最強の皇帝なのである。


「クソッッッッたれがぁぁぁ!!」

轟然《ごうぜん》と怒声をぶちまけながら、グルービー・ガムレットは持ち手の半ばで切断された鎖鎌を放り捨てた。――瞬間、手元を離れた鎖鎌が空中で赤く燃え上がる。

刹那《せつな》でも躊躇《ちゆうちょ》していれば、あの炎に自分も焼かれただろうと獣毛が逆立った。だが、焼死が未遂に終わったことを安堵《あんど》する暇は、ない。

「子犬がよく踊る。だが、舞なら我が星のものの方がよほど見応えがある」

淡々と、無感情な声色で惚気《のろけ》ながら、赤い軌跡が咲き乱れるように襲ってくる。

鎖鎌の末路でわかる通り、振るわれるのは打ち合うことさえ許されない最悪の凶器――帝国の名を冠した宝剣の脅威、できればあんな武器を自分でも作ってみたい。

「せめて、クソ閣下が間近で見せてくれてりゃよぉ！」

正当な所有者以外は持つこともできない宝剣は、実物を見る機会さえ滅多《めった》にない。

思いがけずに観察の機会を得ながら、グルービーは子犬と煽《あお》られた矮躯《わいく》を駆使し、素早い身のこなしで紅の剣閃《けんせん》を回避、回避、回避する。受けられないから躱《かわ》すしかない斬撃、この場にいたのがモグロやゴズなら一巻の終わりだっただろう。

斬撃の余波に焼かれる街の匂いを嗅ぎながら、グルービーは真紅の剣風を躱し切り――世界を焼き斬《き》る『陽剣』の次の、黒い一閃が世界を両断するのを見た。

「――ッ」

口癖になっている悪罵《あくば》さえ、出ない。

『陽剣』の連撃に続いた『邪剣』の一閃、それは屈《かが》んだグルービーの頭上数センチを薙《な》いでいき、その射線上数十メートルを軌跡に沿って撫《な》で斬った。

帝都の街並みが斜めに断ち切られ、傾《かし》いだ建物の連鎖的な崩壊が背後で相次ぐ。

あまりにも馬鹿げた切れ味、刀身を納める鞘《さや》を作ることさえ難儀したそれが、『邪剣』ムラサメと呼ばれる一刀の威力だ。

ありえざる剣力を発揮する『邪剣』は、当然ながら扱うのに相応の代償を必要とする。

常人であれば、一振りするだけで命と引き換えになりかねない魔境――。

「それをブンブンブンブン、クソ気軽に振り回しやがって……！」

「相対しながら余を案じるか？　ならばその憂慮は不要だ。貴様らの如《ごと》き矮小《わいしょう》なるものは、我が身のことだけ憂えていればよい。余を案ずるは、我が星だけで十分だ」

「クソ話がクソ通じねえ！」

右手に『陽剣』ヴォラキア、左手に『邪剣』ムラサメ。

グルービーの想像力の及ぶ限り、最悪の二刀流を揃《そろ》えた敵は名乗りもしないが、『陽剣』を手にして焼かれない以上、それを持つ正当な資格の所有者だ。

加えて、緑髪に茨《いばら》の冠、死者が屍人《しびと》として蘇《よみがえ》っている状況——最悪の二刀流使いの正体の最悪の可能性、それをグルービーは悪罵を堪《こら》えて口にする。

「ユーガルド・ヴォラキア……」

「呼ばれずとも、己が何者かは余が知っている。だが、時を隔てても余を見分けた貴様の見識は褒めて遣わす」

そう言って、屍人——ユーガルド・ヴォラキアは、グルービーの呼びかけに躊躇《ちゆうちよ》なく自らの正体を明かした。が、当たってもグルービーの方に喜びはない。

むしろ、帝国史に残る最強の皇帝を引き当てた運の悪さを呪いたくなる。

「これでも、クソ揃いの一将の中じゃあ本を読む方なんだぜ。クソついでに言わせてもらえりゃ、俺は『九神将』の一人なんだよ」

「『九神将』……ああ、まだあったのか、その役職は」

「てめえの代で、いっぺんクソ消えしちまったみてえだけどなぁ」

興味があるのかないのか、喋《しやべ》っていて言葉に抑揚が付かないユーガルドの前で、グルービーが己の腰裏《こし》に腕を回し、そこから二本の手斧《ておの》を抜いて構える。

『呪具《じゆぐ》』はまだまだある。問題は、呪具の残数よりもグルービーの命の残量だ。

「──────」

ユーガルドと視線を合わせながら、視界の端で自分の胸を見下ろす。相変わらず、心の臓の詰まった胸には、透き通る茨《いばら》が鋭い棘《とげ》を突き立てながら蠢《うごめ》いていた。

自らに毒を巡らせ、心臓を蝕《むしば》む『茨の呪い』に急ごしらえで対処したはいいが、この命知らずもいいところな作戦は長期戦を想定していない。

見たところ『茨の呪い』は、術者を中心に広範囲を無差別に巻き込む強力な代物だ。それ故《ゆえ》に呪術師は呪いの発動と維持に集中し、まともに戦えないものと推測した。

甘かった。大甘だった。推測は大外れで、敵はまともに戦えないどころか、堂々と強力な武器を二本も引っ提げていた上、尋常ならざる使い手だった。

現在のヴォラキア帝国で、一将の地位はそのまま『九神将』の立場を示す。

それは今代の皇帝であるヴィンセント・ヴォラキアが復活した制度であり、歴史上、何度か蘇《よみがえ》っては消えてを繰り返したものだが、史上最初に『九神将』の制度が失われたのは他ならぬユーガルド・ヴォラキアの在位した時代だ。

何故《なぜ》、ユーガルドの在位中に『九神将』の制度は消滅したのか。

それは──、

「──仕方あるまい。余より弱きものたちが、我が星の命を奪おうとしたのだから」

『荊棘帝《けいきよく》』自らの手で、当時の『九神将』が一人残らず誅殺《ちゆうさつ》されたからだ。

無論、当時の『九神将』にグルービーはいなかったし、セシルスやアラキアといった超越者もいなかったとは思う。だが、それでも『九神将』の地位にあった実力者たちが、今のグルービーたちの足下にも及ばないほど弱かったはずがない。
つまるところ――、

「――クソ短期決戦！」

「先ほどから不浄の言葉を重ねるな。不敬であろう」

二種類の斬撃の痕跡が残る街路を蹴散らし、グルービーがユーガルドへ飛びかかる。

その攻撃にではなく、言動の方に不快感を示し、悠然と『陽剣』を構えるユーガルドへとグルービーが二本の手斧《ておの》を叩《たた》き付《つ》ける。

当然、斧撃《ふげき》は『陽剣』に受けられる。だが、望むところだ。

「む」と小さく声を漏らし、ユーガルドの顔が文字通り、ひび割れる。その青白いすまし顔の頬《ほお》に亀裂を生んだのは、燃やされた手斧の呪具としての効果だ。

「効いただろうが、クソが！」

『陽剣』に焼かれた斧は対象を切るのではなく、衝撃を貫通させる効果の呪具だ。

元々、鋼鉄の鎧兜《よろいかぶと》を装備した敵をそのまま殺すために作った呪具で、手斧の刃部分はマナを通すと細かく超振動し、ほんのひと時の接触で骨を、内臓を粉砕する。

生者には致命的な被害、それが屍人《しびと》にどれほど有効かはわからないが――、

「面白い。だが、先が続かなければ――」

「どこのクソがそんなこと言った？　クソほどあるぜ、俺の呪具《じゅぐ》は！」

一本二本で足りぬのならばと、グルービーがさらに抜いた手斧《ておの》を両手に構える。その答えにひび割れた顔の眉《まゆ》を上げたユーガルドへ、手斧の嵐が襲いかかった。

「おらおらおらおらおらおらおらぁ！」

「――――」

吠《ほ》えるグルービーと沈黙のユーガルド、両者の間で致死性の攻撃が交錯する。

縦横無尽の呪具に対し、『陽剣』と『邪剣』の二重奏が荒れ狂い、掠《かす》めるだけで形勢の傾く攻防は実力伯仲――だが、その本質はグルービーの方がはるかに分が悪い。

残存している体力、呪具の残数、互いの武器の致死性と、全部が不利。

血の中を流れる猛毒は命を刻々と減らし、投げ続ける呪具もいずれは尽きる。こちらの呪具は当たれば大きく被害を与えるが、相手の剣は当たれば死を免れない。

素人目に見てもどちらが有利かは明白で、やり合う当事者同士ならなおさらそうだ。

だから、不利な立場にあることをグルービーは利用する。

「目にクソ物を見せてやる」

グルービーは、自分が『九神将』の中で飛び抜けて強いとは思わない。

かつてはヴォラキア最強を自負していたこともあったが、ヴィンセントに呼ばれ、同じ『将』の地位に与《あずか》ったものたちを目の当たりにして幻想は消えた。

強くはありたいが、外れたいとは思わないし、外れることも適《かな》わない。

強さではセシルスに、爆発力ではアラキアに、多芸さではオルバルトに、知性ではチシャに、『将』の器ではゴズに、規格外さではヨルナに、生存力ではモグロに、対軍性能ではマデリンに、対人性能ではバルロイに、遠く及ばない。

それがグルービーの自己評価であり、『将』としての到達点だ。

だが、しかし、それでも、他の『将』にはない強みがグルービーにはある。

——相手を殺すための執念と、やり方の詰め方はグルービーが一番だ。


「がぶっ」


投擲《とうてき》の最中《さなか》、血走った目つきのグルービーの口から大量の血が溢《あふ》れた。

体内を巡っている毒が血の管を壊し、それが体のあちこちで破れて溢れ出した結果だ。

そのグルービーの吐血を見て、ユーガルドの表情は動かない。

あちらも超級の武芸者だ。グルービーが『茨《いばら》の呪い』を何らかの方法で防いでいたことも、それがグルービーの体に多大な負荷をかけていたこともわかっていたはず。

吐血はその確信の裏付けに過ぎない。刃《やいば》が届かなくとも、グルービーは勝手に力尽きて死ぬのだと、そうユーガルドは卓越した洞察力で見抜いていたはずだ。

故《ゆえ》に、口に溜《た》めた血を噴くグルービーの血霧を躱《かわ》し切れない。


「——」


微《かす》かに眉を寄せ、『陽剣』の炎で血霧を蒸発させながらユーガルドが下がる。

血は毒に侵されているが、それを浴びせても相手の被害は微々たるもの。狙いは毒を浴びせることではない。血を付けることだ。――それは、相手の袖に成功した。

「クソ嵌《は》め殺《ごろ》しだ」

そうグルービーが血塗《ちまみ》れの牙を見せて笑った直後、ユーガルドの周囲――彼がこれまで躱《かわ》した無数の手斧《ておの》が、まるで糸に引かれるように彼に殺到した。

グルービーの血を媒介に標的を照準する、呪具《じゅぐ》『血斧《ちおの》』の誘導弾だ。

「これは……」

引き寄せられる血斧を躱し、しかし避けたはずのそれが旋回して再び迫ってくるのをユーガルドは目にする。四方八方から押し寄せるそれをユーガルドは躱し続けるが、打ち落とさなければ血斧は延々と飛来し、いずれは彼に追いつく。

そしてそのいずれを悠長に待つほど、グルービーはお行儀がよくない。

「終わりがいつだってクソ悩んでんだろ？　俺が答えをくれてやらぁ！」

そう吠《ほ》えたグルービーの手には追加の血斧ではなく、最初の攻防で『陽剣』に燃やされた鎖鎌、その切り離した鎖分銅が握られていた。

「――！」

矢のような速度で放たれた鎖分銅、それをユーガルドが『陽剣』で打ち落とす。

とっさに血斧との違いを見抜き、これは防いでも構わないと判断した眼力は見事だ。だがしかし、『呪具師《じゆぐし》』グルービー・ガムレットの呪具に触れていいものなどない。

衝突の瞬間、鎖分銅は赤く光り、凄《すさ》まじい爆発がユーガルドを包んだ。

「おおお――っ」

爆炎と爆風に揉《も》まれ、ついにユーガルドが苦鳴を上げて吹っ飛ぶ。それでもユーガルドはすぐさま姿勢を立て直し、追撃に備えんと顔を上げた。――そのユーガルド目掛けて、血の誘導弾が一斉に群がっていく。

血斧一本で骨、二本で内臓、三本以上で命を砕く。

それが十も二十も降り注いでは、さしものユーガルドも耐えようがない。

故《ゆえ》に、殺《や》ったとグルービーも確信し――、

「――誇るがいい。貴様は余の時代の『九神将』のいずれよりも強い」

刹那《せつな》、グルービーの眼前にユーガルドの精悍《せいかん》な顔が迫った。

振り抜かれる『邪剣』の斬撃がとっさに傾けたグルービーの右耳を削《そ》ぎ、跳ね上がった相手の蹴りがその鳩尾《みぞおち》にぶち込まれ、矮躯《わいく》が後方へ吹っ飛ぶ。

が、飛ばされながらグルービーは腰帯《こしおび》を解いて、蛇人《へびびと》の牙を連ねて作った蛇腹剣《じゃばらけん》を振るい、追撃してくるユーガルドの頭部を薙《な》ぎ払《はら》いにかかった。

「謀反《むほん》者に貴様がいれば、我が星の命も危うかったやもしれぬ」

蛇の胴体のようにうねり、長くのたくる一撃を放つ蛇腹剣――己に迫ったそれを『邪剣』で容赦なく解体し、ユーガルドはグルービーの力をそう評する。

その歴代最強の皇帝の光栄な評価への返礼に、グルービーは足と足を打ち合わせ、服の裾から二本の鍵縄を発射し、相手の両肩の粉砕を狙った。

「この状況でなおも見事」

鍵縄ごと両足の踵《かかと》を削《そ》がれ、グルービーは胸骨を蹴り折られて込み上げた血を吐きながら、首元に巻いた布を剥《は》がし、空中に広げた。

一瞬、それでグルービーとユーガルドとの視界が遮られる。

「ク、ソ、がぁぁあああぁ――ッ!!」

その広がった布越しに、グルービーは自分の喉に埋め込んだ魔晶石を指で弾《はじ》いて、大気を鳴動させる咆哮《ほうこう》波を放つ。――死角から、音速の攻撃、躱《かわ》しようのない奇襲だ。

だが――、

「重ねて言おう。見事だ」

その見えざる奇襲に対して、ユーガルドは『邪剣』の本領を発揮する。

――芯を食う、という言葉がある。

物事の核心を突くという意味合いだが、何事にもそれに値する『芯』がある。どんな物にも現象にも、概念にさえその本質を表す『芯』が存在するのだ。

『邪剣』ムラサメは、その捉えた『芯』を断つ魔剣――かつてムラサメは、自らを鋳溶かして打ち直したグルービーを嫌い、二度と探されまいと『臭い』の芯を斬《き》った。

以来、誰にも『邪剣』ムラサメを臭いで追うことができなくなった。

そしてここではムラサメは、グルービーの放った咆哮波を斬った。

グルービーの鼓膜が、自分の首元に埋め込んだ魔晶石が砕ける音を聞き、それを察した

刹那《せつな》、斬撃はそのままグルービーさえ両断しようとし――、

「――――」

不意に吹いた風が、断たれるはずだった命を両断から救った。

「いやぁ、危ういとこやったねえ。僕がお散歩してて命拾いしたやん、君」

緊急避難的にばら撒《ま》いた呪具《じゅぐ》を片端から無力化され、命まで断たれる寸前だったグルービーを抱きかかえ、ふらりと現れた長身が気安い調子でそう告げる。

その突然の闖入者《ちんにゅうしゃ》にグルービーもだが、ユーガルドも驚きを隠せない。

この激戦に割り込むだけでなく、この瞬間まで接近にすら気付かせなかったのだ。

「デベェ……」

「あぁ、無理したらあかんよ。斬られたんは技の方やけど、声までとばっちりがきてもうてるやん。無理くり喋《しゃべ》ったら二度と喋れんようになるよ」

固めた血の中を通したようなグルービーのだみ声に応じ、何が起こったのかをきっちり見極めた相手――黒い獣毛の狼人《おおかみびと》が、グルービーをその場に下ろす。

そのまま、彼は糸のように細い目で、こちらを睥睨《へいげい》するユーガルドを見やり、

「なるほど。どこまでも追いかける呪具なんて便利なもんやのに、腕一本で無力化したわけや。しかも」

そこで言葉を区切った狼人の視界、ユーガルドの失われた右腕が再生する。

狼人の言う通り、ユーガルドは血斧《ちおの》の嵐が炸裂《さくれつ》する瞬間、血の付いた袖ごと自らの右腕

を切り落とし、それを回避したのだ。

そうした回避方法が考慮の外だったわけではないが、それでも腕を一本落とせば、相応に行動は鈍る。屍人《しびと》であることを念頭に入れても、それは変わらないはずだ。

にも拘《かかわ》らず、ユーガルドは腕を落とす前後で変わらぬ動きを見せた。

それがグルービーの想定外であり、狼人《おおかみびと》の横槍《よこやり》がなければ命を奪われていただろう致命的な隙に繋《つな》がった。——だが、それの意味するところは。

「オィ、グゾ」

「……今、僕のことクソって言うた？」

「ゾレヨリ……ッ」

「わかっとるわかっとる。言われんでも百も承知や」

呼びかけに顎《あご》を引いて、狼人は金色の煙管《きせる》をくわえると、先端に火を落とした。

そして、煙をくゆらせながら、わずかに声の調子を落として続ける。

「なんや、性格の悪い術者がいたもんやねえ。——愛がないやん」

そう口にした狼人と同じものを見て、グルービーも同様の感想を抱いた。

再生した右腕の感触を確かめるユーガルド、左手に『邪剣』を持った古き強き皇帝は、
爆風に揉《も》まれて焦げた上着を脱ぎ捨てていて。

——そのユーガルドの胸に、グルービーと同じ、『茨《いばら》の呪い』がかかっていた。

2

——『礼賛者《らいさんしゃ》』と呼ばれ、カララギ都市国家最強の名をほしいままにするハリベル。

四大国を見渡しても彼以上のシノビはいないと言わしめ、帝国最強のシノビであるオルバルトさえも苦々しい顔で認める実力者。同格と評される『剣聖』『狂皇子』『青き雷光』と並んで、各国最強の一人に恥じない実績の持ち主でもある。

ただ一点、ハリベルが他の三者と異なるところがあるとすれば、それは彼が国家の所属ではない、素浪人を自称している部分だった。

王国に条約で縛られた『剣聖』や、国家的反逆者として最北の塔に幽閉された『狂皇子』はもちろん、その身勝手さを他国まで轟《とどろ》かせた『青き雷光』さえも立場がある。

唯一、『礼賛者』ハリベルだけが、肩書きを持たない自由人の身の上なのだ。

無論、ハリベル本人には故国への感謝と帰属意識があり、カララギで深刻な問題が起こった際には調査や解決の依頼を受けることもある。だが、自分の存在が誰かに所有され、取引や交渉の材料として使われることを極端に嫌った。

——味方したい相手に味方し、興味の湧《わ》かないことには鼻も向けない。

それがハリベルの最強としてのモットーであり、そんな気紛《きまぐ》れな性質の持ち主だけに、彼を知るものの評価は極端に二分する。

片方は、「僕がおらんでも君らなら大丈夫大丈夫、偉いわぁ」と拒絶されたもの。

片方は、「僕みたいなん動かせるなんてすごいやん、偉いわぁ」と承諾されたもの。

どちらであっても気安く称賛を口にする彼は、こぞって『礼賛者《らいさんしゃ》』と呼ばれた。

当然、ただそればかりが呼び名の理由ではないが、どんな相手や行いに対しても、客観的な視点で評価をするのがハリベルの在り方だった。

それ故《ゆえ》に――、

「なんや、性格の悪い術者がいたもんやねえ。――愛がないやん」

くわえた煙管《きせる》から煙をくゆらせ、そう口にしたハリベルの声には礼賛がなかった。

わずかに声の調子を落とし、ささくれ立ったものを感じさせるその声音は、彼を知るものであれば滅多《めった》にない不機嫌さにさぞ驚いたことだろう。

ハリベル自身、屍人《しびと》自体に好ましい印象はなかったが、それでも大した術だという効果と規模、術者である敵のやり手ぶりには感心したところもあったのだ。

だが、目の前の相手の様子には、感心する気持ちなんて欠片《かけら》も湧《わ》いてこない。

「――――」

糸のように細い目を微《かす》かに開いて、金色の瞳《ひとみ》でハリベルは件《くだん》の相手――ボロボロになった上着を脱ぎ捨て、片手に信じられない名刀を下げたユーガルドを見る。

直前まで、『九神将』の一人であるグルービーとやり合っていた難敵は、ただ腕が立つだけではない厄介さをその魂に絡みつかせていた。

その同じものを見て、傍《かたわ》らのグルービーが血で汚れた口元を手で拭い、

「オイ、アデ……」

「無理して喋《しゃべ》らんでええて。僕もおんなじもんが見えとるよ。――あの子からは、呪いの専門家に任せたいって話しか聞いとらんかったけども」

片手で顎髭《あごひげ》を撫《な》でながら、ハリベルは自分をこの第四頂点に指名した少年を思い出す。

ヴィンセントにも一目置かれ、その判断力に周囲の絶大な信頼を集めた少年は、アナスタシアからも、できるだけその意見を尊重するよう言われるほど期待されていた。

その少年に、呪術にも精通した実力者として、この帝都決戦の明暗を分けるとまで言われた相手の対処を任されたのだ。アナスタシアにも大口を叩《たた》いてきたため、ここはカララギ最強の実力を漏れなく発揮しようと意気込んでいたわけだが。

「これは予想外やったなぁ……」

出鼻を挫《くじ》かれた形のハリベルと、傍らのグルービーが注目する点は同じ。

二人の意識はユーガルドの左胸、人間であれば心臓がある位置に絡みつく、半透明に透けた毒々しい茨《いばら》――帝都の広域に無差別にばら撒《ま》かれた『茨の呪い』、それと同じものがユーガルドを蝕《むしば》んでいる事実に向けられていた。

その不可思議な事実から、浮上する可能性は二つだ。

片方は、『茨の呪い』が術者であるユーガルド自身さえ巻き込む、正しい意味での無差別な呪いであるというもの。

だが、ハリベルはこちらより、もう片方の可能性を高く見積もっていた。

すなわち——、

「——そこな亜人、余の問いに答えよ」

再生した右手の感触を確かめ終えて、ユーガルドがそう声を投げてくる。

当然だが、そう言われて視線が突き刺さるのは突然の闖入者《ちんにゅうしゃ》であるハリベルだ。その問いにハリベルが「僕？」と自分を指差すと、ユーガルドは深く頷《うなず》き、

「余の見立てが過《あやま》っていなければ、貴様は狼人《おおかみびと》か？」

「ああ、そうやねえ。僕は狼人……ヴォラキアがめちゃくちゃやるせいで、世界中でごっつい肩身が狭い立場なんよ。もう滅んでまいそうやわ」

「そうか。——そうか」

渾身《こんしん》の絶滅冗句だったのだが、ユーガルドは静かに、確かめるように頷くだけで不発。

その様子を訝《いぶか》しむハリベルの横で、グルービーが「オィッ」とだみ声を上げて、

「だから、無理したらあかんて……」

「ゾレドコロジャデェ、グゾ！　ゲイギョグデイハ……ッ」

「——貴様個人に恨みはない」

血走ったグルービーの声が言い切る前に、その宣言が形を伴い、放たれた。

無造作に振るわれた『邪剣』の斬光が黒く奔《はし》り、グルービーの存在を無視して、ハリベルを股下から頭の先まで二つに割らんと突き抜ける。

ほんの瞬《まばた》きの刹那《せつな》で、そこには縦に二つに割られたハリベルが作り上げられた。

「──ッ」

その壮絶な有様に、とっさの声が間に合わなかったグルービーが絶句し、断ち切った側のユーガルドは『邪剣』を振り上げた姿勢のまま、

「だが、貴様の種族は我が星を一度は死なせることに加担した。よって同罪の土鼠人《もぐらびと》同様に、見せしめとして根絶やしにする」

「……あぁ、ようやく思い出したわ。昔の皇帝さん、君が僕らが滅びかけとる原因やん」

「む」

斬殺した相手へかけた言葉、それに返答があってユーガルドが眉《まゆ》を寄せた。

そのユーガルドの眼前、答えたのは体の真ん中で左右に斬《き》られたハリベルだ。ゆっくりと、左右に分かれていく状態のハリベルにユーガルドは目を瞬かせ、

「驚かされた。その状態でもなおも死なぬとは、鍛えすぎたものの行き着く先か？」

「なかなか愉快な見立てやね。でもちゃうよ。──本体やないだけ」

そう茶目《ちゃめ》っ気《け》を込めてハリベルが笑った途端、左右に分かれる体がいっぺんに崩れ、黒い獣毛が大量にその場に落ちる。

そんな非現実的な光景に注目させ、ユーガルドの背後から──、

「迂闊《うかつ》に余の背後を取るな。我が星以外に許してはいない」

「へえ、大したもんやねえ」

崩れた分身の衝撃の裏、背後に回ったハリベルの胴体がユーガルドの右腕——そこに再び握られた『陽剣』の斬撃に真っ二つにされる。

しかし、両断され、上下で一気に燃え上がったハリベルも本命ではない。

「ぬ」と驚き、背後からの奇襲に対応したユーガルドの体が唐突に沈む。

原因は彼の両足を掴《つか》み、街路へ引きずり込んだ三体目のハリベルだ。地面から抜け出すハリベルと入れ替わりに、腰《こし》まで埋まるユーガルド。そこから首まで埋まって、完全に身動きを封じられるのが理想だが、

「そうそううまくはいかんわ、やっぱり」

ぼやいた三体目のハリベルが、燃える二体目のハリベルの亡骸《なきがら》の上で寸断される。

縦横斜めと斬撃が入り、格子状の切れ目を入れられた体がバラバラに吹っ飛ぶと、同じ斬撃で地面を切り裂いたユーガルドがそこから飛び出す。

右手に『陽剣』、左手に『邪剣』の戦闘態勢の復帰だ。

その人知を超えた魔剣を二刀流にしながら、身構えるユーガルドへ左右から新たな二体のハリベルが襲いかかる。ある種、蘇《よみがえ》り続ける屍人《しびと》に対する意趣返しだが、増えたのがハリベルではそんじょそこらの屍人とは比較にならない。

「ひたすらに脅威だな」

ハリベルの分身した事実を平然と受け止め、ユーガルドが二本の魔剣を同時に振るう。

左右から来たるハリベルに対し、それぞれの魔剣が致命の剣撃を放つ構え——だが、そ

の両腕を背後に現れた三体目のハリベルが掴んで止める。

「ごめんやけど、僕三人までいけるんよ」

両腕を止められ、踏みとどまったユーガルドの頭部と胴体に、遅れて届いた二体のハリベルの手刀がそれぞれ突き刺さった。

『流法《りゅうほう》』を極めているハリベルの貫手は、半端な刃物より切れ味鋭い名刀だ。

それらは狙い違《たが》わず、ユーガルドの右目と鳩尾《みぞおち》を貫いて、即死の威力を発揮した。

しかし――、

「余を謀《たばか》ろうとするな。我が星以外は不敬であろう」

と、貫かれていない左目がハリベルと目を合わせ、直後に『陽剣』の輝きが増す。次の瞬間、赤い輝きが炎となり、ユーガルドを含めた一帯が一挙に燃え上がった。

「――――」

その爆発的な延焼範囲に、三体のハリベルも漏れなく呑《の》まれ、焼かれる。

そして一拍、幻のように炎が消えると、三体のハリベルはいずれも燃えカスとなり、同じく焼かれたユーガルドは燃えた表面を再生しながら平然と歩み出た。

それから彼は、その金瞳《こんどう》をぐるりと巡らせ――先ほどまでいたはずのグルービーが消えているのに目を留める。

「行儀よく引き下がるものとは思えなかったが。――何を狙う？」

3

「——嫌やねえ。こっちが何か企《たくら》んでてもすぐ見抜いてきよるんやから」

はるか後方、戦場に置き去りにしたユーガルドを遠目にしながら、ハリベルはやれやれと首を横に振り、その剣技だけでない厄介さに嘆息した。

ユーガルドは強力な魔剣に振り回されることなく、見事に使いこなしている。その高い実力に加え、屍人《しびと》としての不死性と高い洞察力。こちらの分身の限界が三体という嘘《うそ》も見抜いて、致命的な状況への対応力も優れているときた。

「さすが、ほとんど一人で不利な戦況をひっくり返したお人や。鼻とか高いんちゃう？」

「言ってる場合、が、グゾ……下ろせ……ッ」

そう尋ねたハリベルの腕の中、抱えられたグルービーが怒りの形相でもがく。

こうして連れ出されなければ巻き添えで焼かれていただろうに、感謝の気持ちがない。もっとも、武人である彼が戦いから遠ざけられるのを嫌がる考えはわかる。

「でも、これ以上は死んでまうかもしらんやん？　元々、毒で無理くり体動かすような真似《まね》して……命知らずもええとこや」

「——」

指摘にわずかに驚くグルービーに、ハリベルは自分の鼻を指で弾《はじ》いた。

グルービーの血に混じった微《かす》かな異臭の正体は、あらゆる毒物に精通するシノビの身なら想像がつく。その使い道に関しては、ハリベルなら思いついても試しようもないものなので、考えただけでも身震いしてしまうが。

「ホント、ヴォラキアの人らは覚悟決まってて怖いわ。オルバルトさんも、右手なくしてへらへらしてんのヤバない？　お年寄りなのに敵《かな》わんて」

「でめえは、どぉなんだぉ……ッ」

「うん？」

「グソ増えるわ、普通にしでやがるぁ、呪いぁどぉじだ……！」

「――それが、問題なんよねえ」

驚異的な速度で喉の負傷に適応するグルービー、その問いにハリベルは嘆息した。

こうして、負傷したグルービーを連れて戦場を離れたのは職務放棄ではなく、あくまで勝利のための布石だ。相手を知らず、闇雲に挑むのは愚者の無謀――大抵の相手にはそれでも力押しで勝てるハリベルだが、今回の相手はそう簡単にはいかない。

それは相手が超級の実力者だから、という話ではなくて。

「まぁ、あのままやり合《お》ぅたら僕の方が強いやろし。せやけど――」

ただ、ユーガルドを倒すだけでは、ハリベルに与えられた仕事は果たせない。

ハリベルが任されたのは、帝都決戦の明暗を分ける『呪い』への対処だ。ユーガルドを倒すだけでは、その解決には至れない。――その事実が、最大の問題だった。

「でめえの、茨《いばら》は……」

「すっかり消えてしもたよ。それが、二個目の手掛かり」

「……一個目は、あの皇帝のクソ茨《いばら》か」

不満げに分析に協力するグルービー、彼が見下ろすハリベルの胸元からは、戦う前にはあったはずの『茨の呪い』が消えてなくなっている。

防ぎようのない痛みを与える呪いだ。スバルが最優先で排除したいと主張したのもわかる話だが、ハリベルはまだ呪いに何の対処もしていなかった。

それなのに茨が消えたのは、呪いの対象からハリベルが外れたということだ。

それの意味するところとは――、

「クソったれが……」

「その感じやと、僕と『呪具師《じゅぐし》』さんとおんなじ意見みたいやねえ。心強いわ」

「クソとクソが練り合わさって、クソったれな答えで胸くそが悪《わり》い……ッ！」

吐き捨てるように言って、グルービーが向け所のない怒りを悪罵《あくば》にする。

そのグルービーと同じ心境で、ハリベルは改めて最初の不機嫌を取り戻すと、ユーガルドの胸の茨を見て浮かんだ、二つ目の可能性が正解だと確信する。

『茨の呪い』が、ユーガルドの胸に絡みついていた論理的な理由、簡単な話だ。

「あの茨は、皇帝さんが周りを呪っとるわけやなくて……」

「ユーガルド閣下がどっかのクソ野郎に呪われたのが、クソみてえに拡大してやがんだ」

4

――『荊棘帝《けいきょく》』ユーガルド・ヴォラキアが呪いを受けたのは、ヴォラキア帝国に長く続く帝位継承の儀式、『選帝の儀』における妨害工作の一環だった。

今となっては、それが皇族兄弟の誰の意向で、どれほど高名な呪術師が関わっていたのかも定かではない。ただ、いずれ来たる『選帝の儀』に向けた残酷な策謀は、のちにユーガルド・ヴォラキアとなった幼い皇子の運命を大きく捻《ね》じ曲《ま》げた。

――ユーガルドにかけられた『茨の呪い』は、ひどく残酷で単純なものだった。

すなわち、茨の縛《いまし》めにより、心の臓を蝕《むしば》む耐え難《がた》い苦痛を与えるというもの。

そしてそれを、ユーガルドの周囲にいるものに対しても適用するというものだ。

幼いユーガルドが呪いの苦痛に泣き叫べば、家人や使用人が救おうとする。だが、そうして近付くものは片端から呪いの巻き添えになり、彼に近寄れない。

そうやってユーガルドを孤独のうちに、苦痛の中で死なせる目的の呪い――それが『茨の呪い』の正体だったが、ここに運命の悪戯《いたずら》が生じる。

ユーガルドは生まれつき、痛みを感じない『無痛症』だったのである。

それ故《ゆえ》に、常に発動し続ける『茨の呪い』はユーガルド本人には苦痛を与えず、代わりに彼の周囲の人間に茨の痛みを与え続け、結果、彼は一人になった。

家族や使用人さえ近寄れず、与えられた屋敷で一人で過ごし、他者と触れ合う機会のない幼少時代を過ごしたユーガルドは、自分の表情が固まった理由はそこにあると考えているが、それが生来の性格が理由かは五分五分だ。

ともあれ、ユーガルドと『茨《いばら》の呪い』は奇跡的な共存を続けた。

他者との接点は最小限に留《とど》めたが、それでも接触しなければならない機会はある。そのたび、『茨の呪い』に巻き込まれるものたちは、自然と「呪いをかけているのはユーガルドだ」と噂《うわさ》するようになり、ユーガルドもそれを否定しなかった。

実際、ユーガルドには『茨の呪い』の正体が、他者からかけられたものなのか、自分が何らかの理由で発動したものなのかわからなかったのだ。

さらに言えば、その答えを持つであろう呪いをかけた呪術師は、その後のユーガルドの人生に現れることもなく、命じたものの正体もわからないままとなった。

故《ゆえ》に、『茨の王』は自らの歩みに付きまとう茨の正体を知らないまま、長い長い時間を歩き続けることとなる。

その歩みも、何事もなければ『選帝の儀』のどこかで途絶え、終わっていたはずだ。

茨はユーガルドを孤独にし、彼に呪いをかけたものの狙いは、本来の形ではないにせよ叶《かな》ってはいたのだ。

「真っ暗闇を眺めるより、空の星を数えた方が心が安らぎませんか？」

――その、ユーガルドの茨を跨《また》いで近付いてきた少女との出会いを除いては。

5

「――よもや、ああして逃げ出したままかと疑ったぞ、狼人《おおかみびと》」

「それも考えんでもなかったけど……ごめん、嘘《うそ》や。これっぽっちも考えんかった」

「何ゆえ、余を謀《たばか》ろうとした」

「軽口叩《たた》くんが癖みたいなもんなんよ。軽い気持ちで許してくれると嬉《うれ》しいわ」

「皇帝を謀ろうとするなど、不敬であろう。だが、己の非をすぐ認めたことは評価し、今しがたの嘘を不問とする」

文字通り、舞い戻ったハリベルを正面に迎え、ユーガルドが鷹揚《おうよう》に顎《あご》を引いた。

一度は戦場を離れ、それから戻ったハリベルに対して不愉快そうにするでもなく、そう述べるユーガルドのどっしりした姿勢には皇帝の貫禄《かんろく》がある。

実力は抜きにしても、その器は正しく皇帝らしいと言えるだろう。

「その相手を溶岩みたいに怒らせるて、どんだけのことしてんねや、ご先祖様」

その『荊棘帝《けいきょくてい》』たるユーガルドとの切り離せない接点に、ハリベルは頬《ほお》を掻《か》く。

狼人であるハリベルにとって、ユーガルドは種族全体の大敵と言える相手だ。

世界中で肩身が狭く、今なおヴォラキア帝国では狼人も、その血が混じった半狼人――人狼《じんろう》さえも見つかれば死罪を免れない環境に置かれている。そうするよう、帝国に未来永《みらいえい》劫《ごう》の掟《おきて》を残したのが、他ならぬこのユーガルドなのだ。

狼人《おおかみびと》と土鼠人《もぐらびと》の二種族は、ヴォラキア帝国を裏切った怨敵として定められ、長い歴史の中で数多《あまた》の同胞が命を奪われ、殺され尽くしてきた。

おそらくはこれから先も、そうした風潮が完全に失われることはないだろう。

故《ゆえ》に、ハリベルからすれば、相手に同等の憎悪を抱いても当然なのだが――、

「――その眼差《まなざ》し、余へ向けるのは許さぬぞ」

「僕が、どんな目ぇして見えてはるの？」

「時折、我が星が見せた目だ。それを、我が星以外に向けられるのを余は許さぬ。……いや、余は好まぬ」

おおよそ、嘘《うそ》や偽りと無縁だろうユーガルドの答えを聞いて、ハリベルは深々と息を吐くと、自分の左胸を手で叩《たた》いた。

そこに、『茨《いばら》の呪い』はない。――それが、ユーガルドにとって、憎むべき忌むべき狼人である自分に呪いが発動していない。――それが、よりハリベルの気持ちを逆立てた。

「もしも、僕がこんな気持ちになることまで読んで、あの子が僕をここに送ってたんやとしたら、アナ坊、気を付けなあかんよ」

閉じた瞼《まぶた》の裏に、幼い頃から知っていて、あまり背丈の大きくならなかった娘を思い描きながら、そうこぼしたハリベルは煙管《きせる》を口にくわえた。

そして、先端に火を落とし、しっかりと味わった煙を吐く。

吐いて、決めた。

「許されんでもええわ、皇帝さん。僕ら、そういう関係やん？」

「そういう関係とは？」

「狼人と、『荊棘帝《けいきよく》』」

互いに、互いを憎み合う理由があり、滅ぼし合う理由がある同士。

自分と相手を指差して、そう告げたハリベルにユーガルドの表情は変わらない。その変わらない表情の裏側に、どれだけのものを閉ざしているかは知れない。

知れないが、ハリベルは決めた。

ただ倒すだけでは、任された役目も、己の決心も果たせない。

だから――、

「そのけったくそ悪い呪いから解放して、ただの王様にしたるよ、『茨の王』」

6

――ユーガルド・ヴォラキアは孤独を強いられた王である。

物心つく以前に『茨の呪い』をかけられ、家族や使用人すら近付くことのできない体質となった彼は、ひどく偏った環境での成長を余儀なくされた。

無痛症が原因で、自分が発信源となっている『茨の呪い』の苦しみを味わわずに済んだユーガルドは、自分の存在が周囲を蝕《むしば》み、苦しめる要因になっていることを、その苦痛の表情や絶叫から理解し、孤立する人生を受け入れた。

『選帝の儀』に関しても、勝ち抜こうという気概は危ういところだった。

常識的に考えて、『茨《いばら》の呪い』を発症した自分が帝位に就くことは、ヴォラキア帝国の国政を担っていく上で不利益が多すぎると判断した。

仮に皇帝になれたとしても、国の要職にあるものとの接見や他国の重鎮との交渉、そうした現場に一度も姿を現せない皇帝など、あるべきではないだろうと。

故《ゆえ》に、『選帝の儀』を勝ち抜くべきではないと考えた時点で、儀式が始まる歳《とし》までが自分の余命だとユーガルドは定めた。

その歳まで、ユーガルドは可能な限りの知識を収め、皇族の務め――すなわち、預かっている帝国民の生活の向上と安寧、それを高めようと努めたのだ。

『茨の呪い』に蝕《むしば》まれ、孤独を強いられたユーガルド。

しかし、そんな境遇に置かれながらも、ユーガルドは自分を不幸だとは思わなかった。

生まれつき、目の見えないものもいれば、手足の不自由なものもいる。自分が他者と隣り合えないのも、そうしたものの一種でしかないと考えていた。

そして、目が見えず、手足が不自由なせいで命を落とすものが絶えない世界で、皇族の立場のおかげで生き長らえた自分は幸運だと思っていた。

皇族という出自のおかげで、家族や近しい人間が傍《そば》にいなくとも、ユーガルドは飢えることも知らずに生き続けることができた。ならば、皇族である務めを果たす。

母や家の人間には悪いが、皇帝の座を掴《つか》むことはできない。――それならせめて、余命尽きるまでの長くない歳月を、自分を包んだ世界のために使おう。

――それ故に、彼女との出会いは、ユーガルドの人生で最大の過《あやま》ちだった。

諦めたはずの帝位を欲したからではない。皇族の使命を投げ出したのでもない。

ただ、生きたいと望んでしまった。――アイリスと生きたいと、望んでしまった。

7

『茨の呪い』はユーガルド・ヴォラキアにかけられたものであり、その効果はユーガルドに孤独を強いるためのものだ。

その目的を達するため、最大の効果を発揮する条件とは何だろうか。

孤独の反対は、愛であるとも言い換えられる。すなわち、『茨の呪い』とは愛するものを遠ざける呪いである。

つまり――、

「僕の胸の茨が消えて、それ以外が消えんのが答えや」

煙管《きせる》の吸い口を軽く噛《か》んで、ハリベルは自分の胸を撫《な》でながら呟《つぶや》く。

『荊棘帝《けいきょくてい》』を裏切り、長く語り継がれるおとぎ話の中でまで裏切り者と呼ばれ続ける羽目になった狼人《おおかみびと》と土鼠人《もぐらびと》。その前者である自分の胸から茨が消えたのは、ユーガルドがハリベルを狼人《おおかみびと》と見留め、『茨《いばら》の呪い』の条件から外されたからだ。

——すなわち、『茨の呪い』は愛するモノ以外には発動しない。

「でっかい愛情の持ち主なんが、誰にとって悪かったんやろね」

やり切れなさを紫煙に混ぜて、ハリベルはくわえた煙管《きせる》の煙を一気に吸い込んだ。

火皿に落とした特殊な煙草《たばこ》がひと吸いで燃え尽き、人並み外れて大きいハリベルの肺を煙が満たす。次の瞬間、歯を噛《か》んで煙管を頭上へ跳ね上げると、黒いキモノ姿のハリベルが上半身を傾けて、黒い後ろ髪が斜めに奔《はし》った『邪剣《かし》』に斬《き》られる。

背後、斬撃の余波を浴びて帝都の街並みが斜めに傾ぐ中、前へ踏み込むハリベルの長身に、別の長身が同時に三つ並んだ。

その長身、いずれもハリベルで、姿かたちの瓜二《うりふた》つな分け身である。

ただし——、

「その曲芸、先ほども見たぞ」

振りかざした右手の『陽剣』が打ち下ろされ、四人のハリベルの行く手を炎が覆う。

灼熱《しゃくねつ》の色味が強すぎ、白くさえ見える炎の幕が街路に引かれ、ハリベルたちが選択を迫られる。すなわち、炎を飛び越える、迂回《うかい》するの二択——だがしかし、ハリベルはその二択のどちらでもなく、三択目を選ぶ。

「さっきの芸とはちょい違うんよ」

四人のハリベルの内の二人が先行し、立ち上る炎の幕へと掌《てのひら》が突き出される。

石畳が爆《は》ぜるほどの踏み込みと合わせて放たれたハリベルの掌は、半端な城門であれば一撃で吹き飛ばす破城槌《はじょうつい》だ。それが二本、同時に炎へ寸止めされ、生み出された風が暴風となって炎を吹き飛ばした。

その一撃にユーガルドの能面の眉《まゆ》がわずかに動くが、驚くにはまだ早い。

遅れた二人が先行した二人を追い抜き、ユーガルドの胴に破城槌をぶち込んだからだ。

「――っ」

喉の奥で苦鳴を押し殺し、衝撃を受けたユーガルドが真後ろへ吹っ飛ぶ。が、浅い。ハリベルの掌をとっさに『陽剣』の腹で受け、さらには自ら後ろへ飛んだ。

それでも威力は殺し切れないが、皇帝という立場からは想像できない実力者だ。皇帝などやらずに、シノビだけやっている自分の立場が形無しである。

だが、無理もない。

ユーガルドの体質では、自分の身を守るために部下も頼れない。自分の身は自分で守る以外に、この皇帝には選択肢がないのだ。

「手は抜かんよ」

その境遇への感傷を余所《よそ》に、ユーガルドへの追撃の手は緩めない。

後ろへ飛ぶ慣性を殺すため、爪先を地面に滑らせたユーガルドはすぐ傍《かたわ》らで聞こえたハリベルの声に振り向き、身をひねって斬撃を叩《たた》き込《こ》もうとした。

しかし、そこにいたハリベルは斜めに斬撃を浴びると、即座に獣毛を散らせて消滅。目を剥《む》くユーガルドを真下から、別のハリベルが蹴り上げる。

「むぐ……ッ」

背中を蹴り上げられ、宙に上ったユーガルドへ四方からハリベルが飛びかかる。

前後左右、いずれも鏡写しのような動きで手刀を振りかざす狼人《おおかみびと》、それをユーガルドは『陽剣』の機能を使い、迎え撃つ。——『陽剣』が赤く発熱し、爆発が起きた。

急速な加熱に空が燃え、その爆発で回転するユーガルドの斬撃が空中の四人のハリベルを両断、焼き尽くされるハリベルたち——その全部が、獣毛に変わった。

代わりに真上から、戦斧《せんぷ》のように強烈な肘鉄がユーガルドの頭部を直撃し、縦回転する皇帝が帝都の街路へと墜落、爆音と共に円状のくぼみを作り上げる。

そのくぼみの傍《そば》へ着地し、ハリベルがスッと手を伸ばせば、ちょうどそこに激突寸前に口で放り投げた煙管《きせる》が落ちてくるのを受け取れる。

そして——、

「普通なら死んどるところやけど、そうは運ばんのやろ？」

「——そうだな」

噴煙の上がる中、くぼみの中心を見下ろしたハリベルに平然とした応答。

これだけやって被害がないのはなかなか辛《つら》いが、予想通りなので最低限傷付くだけで済んだ。また、今の相対で『邪剣』と『陽剣』の評価を修正する。『邪剣』の方が危険と考えていたが、『陽剣』も十分以上に手強《てごわ》い。だが、それ以上に——、

「実体のある分け身と、虚《うつ》ろの分け身を使い分けているのか」

くぼみの中で体を起こしながら、ユーガルドが直前の攻防をそう分析する。

「これほどの技、修めるのに血を吐くような修練を必要としよう。賛辞に値する」

「そらどうも」

余計な情報を与えないために最小限の受け答えだが、ユーガルドの指摘は正解だ。

ハリベルの『分け身』は、獣毛で作った見せかけだけの分け身と、ハリベル本体と全く遜色のない実体を伴った正真正銘の分け身と二種類作れる。

これを組み合わせ、相手を翻弄するのがハリベルの戦い方の骨子であり、見せかけの分け身であってもそこいらの相手なら完封できる力は備えている。

問題はユーガルドがそこいらの相手ではなく、さらにはハリベルの得意とする呪術という戦術も通用しない相手であることだ。

殺すための技は、すでに死んでいる相手には効果が見込めない。

ましてやユーガルドの魂には、すでにこれ以上ないほど強固な呪いがかかっている。

しかし――、

「やると決めたことはやらんと、アナ坊に叱られるわ」

手の中の煙管を回し、火皿に次の煙草《たばこ》を入れて火を落とす。

先ほどと同じく、一息に煙を肺へ溜《た》め込《こ》むと、四肢に力のみなぎる錯覚が脳を騙《だま》す。そのまま、くぼみの中心にいるユーガルドへ次なる攻撃を――、

「――いかんな、貴様は強すぎる。余も本気になるよりない」

刹那《せつな》、くぼみから飛び出したユーガルドが『陽剣』を目の前で振り上げていた。振り下ろされる『陽剣』、そこへハリベルはとっさに割り込み、剣ではなく、それを握ったユーガルドの右腕を受け止めて攻撃を防ぐ。

直後、放たれた衝撃波がハリベルの背後へ抜け、切り刻まれ、焼き尽くされた帝都の建物が散り散りの灰燼《かいじん》と化していった。

このとき、ユーガルドが手にしていたのは『陽剣』の一振りだけ。それまで左手に持っていた『邪剣』はくぼみの中に突き立てられ、置き去りにされている。

それは、強力な武器を手放すという判断ではない。

「使い慣れぬ二刀より、使い慣れた一刀にて相手する」

「ホント、嫌なお人やわ、皇帝閣下」

ことごとく、相手の嫌な最善手を打ってくるのは本来はシノビの手口だ。

それを洞察力と決断力で実行してくるユーガルドを相手に、ハリベルはその腕を封じ込めたまま、三方から己の分け身を踏み込ませる。

掌底と蹴撃、加えて一人は抉《えぐ》った地面を飛礫《つぶて》として叩《たた》き付《つ》ける散弾――それらをユーガルドは腕を掴《つか》まれたまま、圧倒的な剣才でねじ伏せた。

右手に掴まれた『陽剣』を瞬く間に消して、左手で『陽剣』を再出現させ、それで以《もっ》て押し迫った三体のハリベルを焼き飛ばしたのだ。

その内の二体は獣毛で作った分け身だが、飛礫の一体は実体だった。

自分の獣毛がざっくりと焼かれた焦げ臭さを感じながら、ハリベルは手刀を繰り出し、掠《かす》めたユーガルドの頬《ほお》を抉りながら、超級の数秒間が始まった。

8

——ここにもう一つ、『茨《いばら》の呪い』がもたらした皮肉な運命の悪戯《いたずら》がある。

呪いはユーガルドに孤独を強いたが、無痛症の彼を苦しめる目的を果たせなかった。だが、痛みと無縁というだけで、ユーガルドの肉体は呪いに蝕《むしば》まれ続けていたのだ。

実際、幼いユーガルドも痛みこそ感じなかったが、呪いの圧迫感に息苦しさを覚えたことはあった。それは、自らの余命を定めていたユーガルドには不都合な障害だった。

その精神的な超人性が、肉体にどれほど影響を与えたものかはわからない。

だが、いつしかユーガルドの肉体は、『茨の呪い』が与える影響に一切乱されず、ユーガルド自身の目的を果たすための万全な働きができるようになっていた。

すなわち、ユーガルドの肉体は、常に晒《さら》され続ける命の危機に対応できるように成長を遂げた。——帝国史上、最強の皇帝が生まれた経緯はそうした皮肉にある。

ただ生きるためだけに最適に仕上がったユーガルドの肉体は、彼自身の機械的なまでの勤勉さを育てる土台として最高の働きをした。

護衛を置けない立場上、自分の身を守るために自らを鍛えたユーガルドは、その類稀《たぐいまれ》なる才能を活かす肉体を得て、比較対象のないまま強くなり続けた。

『茨《いばら》の呪《い》い』がユーガルドを強くした以上は無意味な仮定だが、その実力と剣才は、仮に『茨の呪い』がなくとも当時の『九神将』を全滅させられたほどだった。

無論、実際にはユーガルドの戦いは、『茨の呪い』によって苦しむ相手の首を刎《は》ねるということがほとんどであり、『九神将』との戦いにおいても大差はなかった。

ユーガルドにとって、戦いとは実力の競い合いではなく、処刑という作業なのだ。

「褒めて遣わす」

あまり知られていないことだが、ユーガルド・ヴォラキアは歴代のヴォラキア皇帝で、最も多くこの言葉を発言した皇帝である。

同じ土台に立てないからこそ、自分が人とは異なる立ち位置を与えられたと知っているからこそ、ユーガルドは他者への称賛を惜しまない。

故《ゆえ》に、これは皮肉な邂逅《かいこう》だった。

帝国史上、最も多く他者を称賛した『荊棘帝《けいきょくてい》』と、現代においてその在り方を『礼賛者《らいさんしゃ》』と称される狼人《おおかみびと》が、こうして生死を隔てた此方《こちら》でぶつかり合うという事実は。

だがこの邂逅に、まだ運命の悪戯《いたずら》というべき別の皮肉がある。

前述した通り、ユーガルドにとって戦いとは一方的なものだ。

『茨の呪い』が対象を蝕《むしば》み、ユーガルドは万全とも本調子とも言えない敵と対峙《たいじ》し、その首を刎ねることでしか勝利を得られなかった。

その、ユーガルド・ヴォラキアにとっての『戦い』の概念が、変わる。

目の前の、『礼賛者』ハリベルという、呪いを受けない狼人との激突によって。


「は――」


小さく開けた口から息が漏れ、ユーガルドの一閃《いっせん》が世界を赤く染め上げた。

空を斜めに断ち切った赤い剣閃《けんせん》、しかしその斬撃の軌跡に長身の狼人の姿はない。相手は無闇に分け身を出すのをやめて、徹底的な回避行動へと動きを変えた。

時間稼ぎではなく、ユーガルドの剣技を見極める目的だ。


「よい判断だ」


素直な称賛、それが正しいという賛辞がユーガルドの心中を占める。

この蘇《よみがえ》った体は、その肌艶の悪さと裏腹に調子がよく、ユーガルドは自分が無尽蔵に動けるような錯覚さえ抱いていた。

無論、現実にはそうではない。この肉体は生前の強度を超えるものではないし、壊れた肉体の修復以上の無茶《むちゃ》を望むべきでもない。

屍人《しびと》の肉体であれ、痛みは変わらず感じる。

それ故に、この場所の守護者として立つのはユーガルド一人だ。他のものは屍人だろうと、呪いの範囲に入れば縛《いまし》めで苦しめることとなる。

たとえそれが屍人《しびと》でも、自国民を無闇に苦しめるつもりはユーガルドにはない。

何より――、

「貴様との戦いに横槍《よこやり》を入れられたくない」

戦い、そうこれが戦いだった。

ハリベルと技を比べ合い、帝都の形を一変させながら、ユーガルドは『陽剣』を手にした腕に渾身《こんしん》の力を込め、仕留《しと》められない敵との逢瀬《おうせ》に没頭する。

剣を振るうことに昂揚《こうよう》感を覚えたのは、生まれて以来、死んで以来、初めてだった。

ユーガルドが初めて人を殺《あや》めたのは、家族と離れて暮らす別邸に刺客が押し入り、呪いでもがき苦しむその男に殺してほしいと懇願《こんがん》されたときだ。

七歳で初めて命を奪って以来、ユーガルドにとって剣を抜くことは処刑と同じだった。

それが、どうだ。

鍛えた剣技を十全に振るい、それでも届かない命へ追い縋《おいすが》っていく感覚、それのなんと甘美で尊ぶべきものなのか。

「――――」

刺突を繰り出した腕が、相手の手刀《かけ》と膝《ひざ》に上下から挟まれて肘で粉砕される。衝撃に手を離れた『陽剣』を中空で掻き消し、無事な右手に持ち替えて横薙《よこな》ぎの一閃《いっせん》。

これを相手は地面に潜るような挙動で躱《かわ》し、すり抜けざまに左の腰《こし》を指先で撫《な》で付《つ》け、こちらの腰部を掌《てのひら》一個分抉《えぐ》っていく。

振り向きざま、その遠ざかる背中に『陽剣』を届かせようとするが、それは別の方向から伸びてきた分け身の腕に防がれ、同時に放った蹴りが互いの胴の高さで衝突し、猛然と吹き飛ばされる。吹き飛ばされる。される。

「半歩だ」

次は、もう半歩深く踏み込んでみよう。

ほんの十秒前にはできなかったユーガルドの剣技だが、次はできると確信がある。生前も死後もしたことのない動き、しかしそこから派生する術技が無数に思いつく。

それは貪欲な、そして絶望的なまでの、屍人の成長だった。

――『茨《いばら》の呪い』が孤独を強い、戦いを処刑へと変えてしまったことで、ユーガルド・ヴォラキアは自らの武人としての実力を高める機会を逸した。

剣は自衛のため、置かれた特異な立場上、必要なだけは鍛えてもそれ以上は求めない。

そんなユーガルドの剣技が、急速に、莫大《ばくだい》な経験値を得て磨き上げられる。

ユーガルドは、自分が相対する存在がカララギ都市国家最強の存在――すなわち、現在の世界でも五指に入る実力者であることを知らない。

だが、その無知なる相対による膨大な戦闘経験の吸収が、ユーガルドを屍人でありながら、生前よりも貪欲に強靭《きょうじん》なるものへと成長させていく。

「褒めて……否《いな》、感謝する」

故《ゆえ》に、ユーガルドの口からこぼれたのは賛辞ではなく、謝意だった。

相対する憎き狼人《おおかみびと》の系譜は、生前のユーガルドが知らなかった感慨をもたらした。それが不快なものでない以上、献上されたものには相応《ふさわ》しい評価がいる。

それはユーガルドにとって、心からのものだった。

「感謝なんぞせんでええよ。どうせ、僕が勝つんやから」

なおも、口の減らないハリベルの発言は不敬だが、その不敬さすら快い。

思い返せば、『茨《いばら》の呪い』に逆らえないせいか、ユーガルドは口ごたえされた経験にも乏しかった。それこそ、裏切りを選んだものたちを除けば、ユーガルドに意見したのはアイリスぐらいのもので――。

「――我が星」

そう呟《つぶや》くユーガルドの眼前、狼人の姿が霞《かす》みがかったように薄れる。

特殊な歩法と信じ難《がた》い移動速度を合わせて、分け身とは違った形で目の錯覚を起こす。

残像に意識の一部を割かれる感覚に、ただただユーガルドは多芸さに感心した。

しかし、小手先に惑わされる必要はない。迫ってくる気配は頭上と左右、猛然と押し寄せてくる致命傷の先触れに、ユーガルドは怖《お》じずに振り向く。

そして半歩深く、背後へと踏み込んだ。

「わかりやすく気配をばら撒《ま》く。――ならば、気配がない方が本命だ」

「ぐ」

振り抜くには角度が甘く、それでも『陽剣』の柄尻《つかじり》はハリベルの脇腹へめり込んだ。相手の骨を砕く感触が伝わる刹那《せつな》、ユーガルドは即座に『陽剣』の刀身を発熱——生まれた爆発が柄尻をさらに深く埋め込み、その内側までひねり潰す。

「おおおぉ——っ!!」

自身の手首が折れるほどの衝撃で、ユーガルドがハリベルを吹き飛ばした。

瞬間、思わず吠《ほ》えていた自分に気付き、ユーガルドは静かな驚きと喜びを得る。その視界で、吹き飛ばされたハリベルが城壁と激突し、狼人が足を投げ出して頭を落とす。

渾身《こんしん》だった。凄《すさ》まじい、生前死後含めて最も洗練された一撃が放てた。

その感覚が、ハリベルとの戦いの中で次々と更新される。半歩、深く踏み込めた。次はもう半歩、さらに深く踏み込めるかもしれない。

あるいはもっともっと先に、ユーガルドの見たことのない景色が広がっている。

それを、立ち上がってくるハリベルとなら掴《つか》めるかもしれない。だから、立て、立て、立ってこいと、そう心の奥底から思う自分をユーガルドは認めて——。

「——我が星の下へ向かわねばならぬ。貴様とはここまでだ」

その、武人としての感慨や高みへ至る昂揚《こうよう》を、アイリスへの愛でねじ伏せた。

「——————」

認めよう。ハリベルとの戦いは、昂揚した。

あらゆる意味で、生前にも死後にも味わったことのない刺激だった。自らが高めることを手放した道のりには、こうした景色があったものかと見地を得られた。

これほど有意義な経験は、今後、二度とできるかどうかわからない。

しかし、それでも、何があろうと。

「瞬《まばた》きの一度でも、我が星をこの眼《め》に収めておくのに及ばぬ」

それが生前にも、死後にも、決して変わることのないユーガルドの価値観だった。

あらゆる未知の刺激も昂揚《こうよう》感も、アイリスを知っているユーガルドには届かない。

手放すべきと、諦めるべきとわかっていながら帝位を望んだのは、そうしなければアイリスと共にいられる時間を一秒でも長く保てないとわかっていたから。

その自儘《じまま》と引き換えに帝位を得たのだから、アイリスと過ごした時間よりも、彼女を失ってからの時間の方がずっと長くても、皇帝としての務めを果たし続けた。

ユーガルド・ヴォラキアは在位中、最も帝都の水晶宮《すいしょうきゅう》で過ごした時間の短い皇帝だ。

その皇帝としての生涯を、アイリスを失ったユーガルドはほとんど一人で過ごした。後継ぎを作るという目的さえ最低限の接触で済ませ、人生を帝国へ捧《ささ》げた。

それ以外の人生は全部、アイリスのために使ったのだ。

故《ゆえ》に——、

「——貴様を討つ、黒き狼人《おおかみびと》よ」

これ以上の時間は不要と、ユーガルドは『陽剣』を携え、城壁へ足を向けた。

そのまま、一閃《いっせん》にて倒れるハリベルを焼き払おうとし——できなかった。

「なに？」

そうこぼすユーガルド、その『陽剣』を振るわんとした右腕が、肩から爆《は》ぜていた。

貫かれた感覚のない衝撃に、ユーガルドは眉《まゆ》を上げた。だが、驚きの最高点はその先にあった。――屍人《しびと》の腕が、再生を始めない。

陶器のように砕けた右腕の破片が散らばり、『陽剣』が地に突き刺さる。

そして――、

「――ようやく、死穴が見つかったわ」

息を抜くように、そう低い声で言いながら城壁のハリベルが立ち上がる。ひび割れた壁に背を預けながら立ち上がる狼人が、その口にまたも煙管《きせる》をくわえた。

ゆっくりと、火蓋に煙草《たばこ》を落とし、指を鳴らして点火すると肺に煙を取り込む。その仕草を見ながら、ユーガルドは己の治らない右腕の傷に手を添えた。

右肩から先が消えた腕、再生が始まる兆しさえない。

はっきりとわかる。ユーガルドの右腕は、蘇《よみがえ》った肉体に先駆けて再び死んだのだと。

それを成し得たのが眼前のハリベルであり、彼が口にした『死穴』であるらしい。

「まだまだ、余の知らぬことが溢《あふ》れているな」

「そうやねえ。それが教えられたんなら何よりや。その前に狼人が滅ぶところやったわ」

くつくつと喉を鳴らして笑い、鼻から煙を出しながらハリベルが頷《うなず》く。

この狼人の多芸ぶりにはたびたび感心させられたが、これは最上級だ。まさか、屍人を殺す術《すべ》まで備えているとは、技術の練達とは恐ろしい。

「それで腕と同じように、余の命さえも殺せるか？」

「せやねえ、ちょっと難儀そうやけど……まぁ、いけるんと違う？」

「大言、不敬である。だが、快いので赦《ゆる》そう」

地に突き立った『陽剣』を残った左手で抜いて、ハリベルへ向ける。ゆるゆると立ったハリベルの表情は読めないが、その発言と態度は大胆不敵、ハッタリではない。

相手にも、ユーガルドを討つための準備は整った。またしても沸々と、自分の胸中にいることを初めて知った悪い虫が疼《うず》くが、それを即座に踏み潰す。

知らなかった欲得を覚えて、はっきりと言える。

アイリス以上に、ユーガルドを満たす輝きは、この世界に存在しない。

だから――、

「――第六十一代皇帝、ユーガルド・ヴォラキア」

「――『礼賛者《らいさんしゃ》』ハリベル」

同時に名乗り、次の瞬間、ユーガルドとハリベルの姿が掻《か》き消《き》え、時が消失する。

「――――」

踏み切った二人の背後、蹴られた地面が爆発を起こし、噴煙が一気に溢《あふ》れ出《だ》す。その爆発を推進力に、ユーガルドとハリベルの間の数十メートルが消えた。

世界が縮んだと錯覚するほどの超速で、ユーガルドの刃《やいば》が先んじて空を斬《き》る。斜めに放たれた赤い斬撃は射線上を真紅に染め上げ、刹那《せつな》遅れて熱を発し、石さえ溶かして液体へ

赤く焦がすだけの被害に留《とど》め、さらに前進してくる。

　しかし、ハリベルはその斬撃をわずかに身を傾けて回避し、わずかに右肩と背中の肉を赤く焦がすだけの被害に留《とど》め、さらに前進してくる。

　そのまま右腕のないユーガルドへ、ハリベルの跳ね上がる前足が衝突、それを持ち上げた膝《ひざ》で受け止めて、二人の間で衝撃波が炸裂《さくれつ》した。

　膨れ上がった衝撃波が炎や瓦礫《がれき》を吹き飛ばし、互いに息がかかるほどの至近距離で、猛然と攻撃が交換される。手刀と真紅の宝剣、蹴りと肘、体当たりと組み技が交錯し、瞬《まばた》きの攻防でユーガルドの肉体が次々と欠けた。

　だが、傷を負ったのは相手も同じだ。

　奇《く》しくも、腕を抜きにしても彼我の消耗度合いは近いものがある。

　故《ゆえ》に、ユーガルドは勝利のために半歩、精神的に踏み込んだ。

「――『陽剣』ヴォラキア」

　打ち合いの最中《さなか》、名を呼んだ宝剣がユーガルドの手の中から消える。

　空の鞘《さや》へ納め、また自由に抜き放つことのできる至高の宝剣だ。それを手放し、無手となった左手でハリベルの膝を受け止め、相手の細い糸目と視線が交錯する。

　皮肉にも、狼人《おおかみびと》と屍人《しびと》の双眸《そうぼう》はどちらも金瞳《こんどう》。その瞳《ひとみ》に何を見たのか、煙管《きせる》の吸い口を嚙《か》み潰《つぶ》す勢いで顎《あご》に力を込めて、ハリベルが体を大きくのけ反らせた。

　その頭上を、空の鞘より飛び出す『陽剣』がわずかに掠《かす》める。

空の鞘《さや》へ納められた『陽剣』は、再び抜くにも空の鞘より現れる。その納剣と抜剣の仕組みを利用した、ユーガルドの一撃必殺——初めて使ったが、見事に躱《かわ》された。

しかし、体勢を崩したハリベルはのけ反った姿勢のまま後ろに手をついて、その勢いのままに猛然と後転して次なる斬撃を避ける、避ける、避ける。

その勢いに逃れられ、ユーガルドは一拍、次の剣撃のための溜《た》めを作り——気付く。

「——」

後転するハリベルの先に、ユーガルドが打ち落とされた地面のくぼみがある。

そしてそのくぼみへと、戦場の外から飛び込んでくる小さな影——グルービーだ。戦線離脱したはずのグルービー・ガムレットが、血を吐きながら飛び込んでくる。

その向かう先、くぼみの中に刺さっている『邪剣』へと手を伸ばして——、

「連携、見事。——しかし」

突然の闖入者《ちんにゅうしゃ》、それを卑怯《ひきょう》だなどとのたまうことはない。

元より、グルービーの存在は知っていた。土壇場でグルービーがハリベルへ加勢しようと、味方同士なのだからそれは当然で、むしろ納得しかない。

だが、そうはさせない。それさえ踏み越えて、ユーガルドは勝利する。

「——『邪剣』は取らせぬ」

振りかぶった『陽剣』を、ユーガルドはくぼみへ飛び込むグルービーへ投じた。

瞬間、火を噴く宝剣の速度が一段と加速し、一条の赤い閃光《せんこう》となってハリベルの脇を通

り越し、グルービーへと突き進んでいく。

たとえ手放したとて、すぐに手元に戻せるのが『陽剣』の強味《つよみ》だ。

グルービーが宝剣に串刺しになったあと、『陽剣』を手元に戻してハリベルへ挑む。むしろこの瞬間、『陽剣』がない方がハリベルを追う体が軽くなった嬉《うれ》しい誤算だ。

無論、それを狙ったハリベルが反撃してくる可能性も考慮し、身構え、そして――、

「――ッ」

真《ま》っ直《す》ぐ、投げられた『陽剣』がグルービーの矮躯《わいく》を串刺しにする。

真紅の宝剣が貫いたのは、身をよじったグルービーのそれでも右脇だ。深々と刃《やいば》に穿《うが》たれた体、その衝撃に目を剥《む》くグルービーが血塊をこぼし、絶叫を――、

「――引っかかったな、クソが」

上げなかった。

それどころか、グルービーは血に塗《まみ》れた口元で笑い、伸ばしていた手でユーガルドを指差した。不敬、だがそれを上回る驚きがユーガルドの視界で起こる。

あと一歩、グルービーの手が届かなかった『邪剣』が、触れられていないのに彼の手から逃れるように、くぼみから弾《はじ》かれるように飛んだのだ。

「俺ぁ、このクソ刀に嫌われてんだよ……」

理解の外側にある理屈、しかし、魔剣や宝剣にはそうした異様な特性は付き物だ。

そうして弾かれ、くぼみから逃れた『邪剣』が回転しながら、黒い獣毛に覆われた手に

掴《つか》まれて、その妖しく輝く刀身が揺らめく。

——ハリベルが『邪剣』を手にし、ユーガルドの前で身構えた。

「————」

一瞬の攻防、ユーガルドは即座に『陽剣』を引き戻し、宝剣を抜かれたグルービーの腹部が大量出血を起こす。

が、ユーガルドは確かに武器を取り、『邪剣』を担ったハリベルへ振りかざした。

そして、大上段に構えた紅の一閃《いっせん》が、ユーガルドの生前と死後、そのいずれの剣技をも更新する最高の一撃として放たれ——、

「ホント、偉い偉い。——僕やなかったら滅ぼされてたわ」

「何たる傲慢《ごうまん》な物言いか。だが、その卓越した業に免じて赦《ゆる》そう」

間近のハリベルの発言に、ユーガルドは表情を変えずに顎《あご》を引いた。

その、ユーガルド・ヴォラキアの最高の剣撃を上回る『邪剣』の切り上げを浴び、ユーガルドの体は斜めに断ち切られていた。

それを果たしたハリベルの左胸に、『茨《いばら》の呪い』が絡みついている。

「————」

それが『礼賛者《らいさんしゃ》』ハリベルに対する、ユーガルド・ヴォラキアの心からの称賛であることは、剣を交えた両者の間では言葉を尽くすまでもなく明らかなことだった。

第四章 『ミディアム・オコーネル』

1

――ナツキ・スバルの立案した策により、帝都の各所へ散った『ヴォラキア帝国を滅亡から救い隊』。

それぞれがそれぞれの役割を果たすことで、互いに『干渉し合わない』連携の実現を目論《もくろ》んだ作戦だが、その要は実は帝都で戦う面子《メンツ》のいずれでもなかった。

この作戦の要となるのは、ズバリ、城塞都市ガークラに残った帝国の総力だ。

大規模な兵力を展開し、ヴォラキアの脳や心臓に当たる人材を抱え込んだ大都市。

ここを落とすために押し寄せる屍人《しびと》の軍勢をどれだけ押しとどめられるか。それこそがヴォラキア帝国の存亡をかけた最終決戦における時間制限であり、ひいては帝国のみならず、世界全土の命運を占う重大な争点だった。

城塞都市に屍人の戦力が集まれば集まるほど、帝都の『滅亡から救い隊』は動きやすくなる。同時に、城塞都市が落とされれば、仮に帝都側の作戦が成功したとしても、その後の帝国の立て直しは不可能となるだろう。

すなわち——、

「——まさしく、ここが勝負を分ける『テンノーザン』だ」

騎士剣を振るい、耳に馴染《なじ》みの薄い言葉を口にしながら、ユリウス・ユークリウスの長身が城塞都市の城壁を駆け抜け、颯爽《さっそう》と宙を舞う。

優麗なる騎士の剣先が向かうのは、城壁に取りついて都市内への侵入を試みる屍人たちの群れだ。手にした武器を壁に突き刺し、即席の足場を作りながら登ってくる敵へと、回転しながら舞い降りるユリウスの剣撃が容赦なく閃《ひらめ》く。

「やらせはしない！」

取りつく屍人の背を腕を、斬撃を浴びせて地上へ斬《き》り落とす。

そうして彼らが足場とした一本の刀剣に自らも飛び乗ったユリウスは、壁に突き立てられた無数の武器に目を向けると、

「アロ！　君の風を借りたい！」

呼びかけた直後、巻き起こる緑の風が絡みつくように、壁に刺さった武器をそこから引き抜き、屍人の積み上げた足場作りの苦労を一挙に無に帰す。

最後に、足場にした剣を踏み折って跳躍し、ユリウスは城壁の上に舞い戻った。

「助かったよ、アロ。ねぎらいは、帝国を滅びから救ったあとに存分に」

契約する精霊の緑の光を指先でくすぐりながら、ユリウスは微《かす》かに息をつく。

この場の壁に取りついた敵の阻止には成功したが、油断はできない。

たとえ、都市の一番外側の城壁を突破されようと、都市内には第二、第三の防壁と、さらには堅牢《けんろう》な要塞があるとはいえ――、

「ここまで迫られるのガ、想定よりも早いでス」

「――タリッタ女史」

城壁の上に立ち、一息つくユリウスに声をかけたのは、黒髪の一部を青く染めた褐色肌の女性――『シュドラクの民』を率いる女戦士、タリッタだった。

部族の全員が弓を使い、遠方から屍人《しびと》へ攻撃できるシュドラクの戦士たちは、この城塞都市の籠城戦の主力集団だ。特に、弓術に優れるシュドラクの中でも突出した弓の腕前を持つタリッタは、現時点の防衛戦力の要の一人だった。

事実、今も城壁に刺さった武器を落としたユリウスと同じことを、城壁の上にいながら矢を射ることで実現し、屍人の壁越えを阻止している。

その腕前、実に頼もしいと感服するが、彼女の言葉も無視できない厳しい現実だ。

「――この短期間で、それだけ前線が押し込まれてしまっている」

そう口にして、城壁の外に目を向けたユリウスが左目の下の傷を指で撫《な》でる。

ユリウスの視線の先、地平線が揺らめいて見えるのは、それがこちらへ押し寄せてくる屍人の軍勢の頭で、規格外の大軍勢が迫っている証《あかし》だからだ。

元々、城壁の外に敷かれていた防衛線も突破され、外で戦っている帝国兵も戦線を下げて縮小せざるを得なくなっている。無論、敵の膨大な数を思えば、いずれはそうなると見

越されていたのは間違いないが。

「時折紛《まぎ》れていル、手強《てごわ》い屍人が難物ですネ」

「同意見だ。見つけ次第、近い位置の腕利きで対処せざるを得ないが……」

そう、ユリウスが言葉を発した矢先だった。

「――ッ!!」

眼下の戦場で、一塊になって戦っていた一団がまとめて吹き飛ばされる。

見れば、太い悲鳴を上げながら飛んでいくのは、帝都に援軍として駆け付けたスバルが連れてきた、『プレアデス戦団』の面々だった。

どんな奇策によるものか、一人一人が異様な強さを誇る戦団。それらの面々を散り散りに吹き飛ばしたのは、その両腕に大剣を手にした――否《いな》、その両腕を大剣と一体化した、恐ろしく凶悪な風体をした女性の屍人だった。

「クソ……やってくれたな……ッ」

「待て待て待て待て！　無策で突っ込むんじゃねえ！　兄弟に負担がいく！」

「下がれ！　全員で取り囲んで討ち取るんだ！」

その凶悪な屍人を前に、やられたはずの一団が頑丈にも立ち上がる。

死者も出さず、戦意も折れていないのは称賛に値するが、ユリウスの目から見ても、その女戦士の実力は紛れもなく一級品だ。すぐにその場へ駆け付けなくてはと、ユリウスは城壁をタリッタに任せ、そこから眼下へ飛び降りようとし――、

「──いや、『獅子騎士《しし》』くんがいったよ」

そのユリウスの鼓膜を打ったのは、戦場に不釣り合いな朗らかな声だ。その声がもたらした情報は、事実として眼下の戦場に変化をもたらす。

大剣二刀流の戦士の下へ、黄金の鎚矛《つちほこ》を持ったゴズが突っ込んだのだ。

「相見《あいまみ》える機会はなかったが見紛《みまが》うはずもない！　蘇《よみがえ》ったか、『剣奴女帝《けんど》』!!」

吠《ほ》えるゴズの鎚矛と、女戦士の大剣がぶつかり合い、衝撃波が戦場を吹き荒れる。

両者共に、常人には持ち上げられない超重量級の武器を打ち合わせ、発生する暴威が周囲の帝国兵を、屍人《しびと》を、暴風で弄ぶようにして蹴散らしていく。

一歩も引かぬ攻防、だが前進は止まった。あの場はゴズに預けるのが最善だ。

「止めていただき感謝します、フロップ殿」

「はっはっは、構わないよ！『最優』くんやタリッタさんには目の前の戦いに集中してもらわないといけないからね！　非力な僕が役立てるのはこれくらいのものさ！」

そう気負うことなく笑ったのは、戦場でも変わらない陽気さのフロップだった。

非戦闘員であり、皇妃候補の兄でもある彼は中での待機を命じられていたはずだ。その彼が最前線とも言える城壁上に顔を出したので、タリッタが仰天する。

「フロップ!?　どうしてあなたがここニ……」

「なに、事態は総力戦の様相を呈しているからね。戦えないものも、負傷者の救護や装具の補修などやるべきことは山ほどある。当然、僕もその一人だよ」

自身の痩せた胸を叩《たた》いて、フロップがタリッタに矢筒を差し出した。

思わず受け取ったタリッタ、彼女も矢筒を背負っているが、残りの矢の数は心許《こころもと》なく、フロップの補給は的確の一言だ。

そうして、城壁の他のシュドラクにも矢筒を配って歩いてきたのだろう。

非戦闘員も含め、全員戦闘。その言葉を体現する姿勢だ。

「戦況はどうだい？」

「――。皆、奮戦していまス。防戦に徹すればバ、まだ持つでしょウ。ただそれモ……」

「相手に、『飛竜乗り』が出てくれば話は別だ」

問いかけに言い淀《いよど》んだタリッタ、彼女に代わってユリウスが結論を引き取った。その答えを聞いて、フロップも表情を真剣なものに引き締める。当然だろう。ヴォラキア帝国の人間ならば、『飛竜乗り』の優秀さを知らないものはいない。

「――」

開戦直後、ユリウスと『シュドラクの民』の一斉攻撃により、第一波として押し寄せた死した飛竜――屍飛竜《しひりゅう》の群れは退けられた。その後も散発的に飛来する空の脅威には、屍飛竜狩りの役目を与えられたシュドラクが確実に対処している。

しかしそれも、相手に屍人の『飛竜乗り』がいないから可能な対処だ。

繰り手を持たない単身の飛竜と、『飛竜乗り』と組んだ飛竜の実力は比べ物にならない。

それこそ、『飛竜乗り』の一組だけで、百の飛竜の群れとぶつけても圧倒するだろう。

それほどまでに、戦術的に空を利用する『飛竜乗り』は別格なのだ。

——かつて一度、ユリウスも『飛竜乗り』と剣を交えたことがある。

あのときは、同行していたフェリスの助力があったおかげで奇跡的に勝利を拾ったが、ユリウス単身であれば勝者と敗者は入れ替わっていたはずだ。

あれほどの『飛竜乗り』は帝国に二人といないだろうが、この屍人《しびと》との戦線に屍飛竜《しひりゅう》だけでなく、それに跨《またが》る屍人の『飛竜乗り』が現れれば状況は一変する。

「もちろん、『飛竜乗り』とその愛竜が揃《そろ》って死者として蘇《よみがえ》る……その事例がとても稀《まれ》だからこそ、いまだに都市の空は奪われていないと考えられるけれどね」

そのフロップの見解は、現時点の籠城戦の状況的に見ても正しいだろう。

『飛竜乗り』は脅威だが、乗り手と飛竜とは長い時間をかけて信頼を作り、まさしく人竜一体とならなくてはその真価を発揮できない。

その決まり事は、たとえ常外の理《ことわり》で蘇った死者であろうと無視できない。

あくまで、生前から屍人の乗り手と一緒だった屍飛竜でなくては、『屍飛竜乗り』とでも言うべき脅威は実現できないのだ。

それが現時点で、『屍飛竜乗り』を城塞都市の空に見ていない理由だろう。

「……ただ、その稀有《けう》な一例が最も手強《てごわ》い『飛竜乗り』だったのは皮肉な話だ」

そのか細い安堵《あんど》を否定するのが、ユリウスがその目で確かめた『屍飛竜乗り』の存在。

連環竜車の攻防の最中《さなか》に登場した屍人——バルロイ・テメグリフは、生前から一緒だった死したる愛竜に跨り、その圧倒的な機動力で敵中を突破した。

彼がこの戦場に投入されれば、たったの一騎で城塞都市の戦線を崩壊させかねない。

あるいは、今この瞬間にも現れないとも限らないのだ。

「――その心配はいらないと思う」

「フロップ殿？」

「他の『飛竜乗り』が蘇った場合は別だが、バルロイが出てくる心配はいらないよ」

やけに確信めいた口調と表情で、フロップがユリウスの警戒を否定する。

「何故《なぜ》、そう言い切れるのですカ？」

「バルロイは僕やミディアムが連環竜車に乗っていたのを知っていたからね。当然、僕たちがこの城塞都市にいるものと考えている。ここにはきづらいだろう？」

「それハ……」

片目をつむったフロップ、その答えにタリッタが言葉に詰まる。

悲しいが、ユリウスもタリッタに同感だ。もしも、フロップが屍人となったバルロイの情や慈悲に期待して、彼がこないと考えているなら説得力はない。

「残念だが、そうした生前の人間性に期待はできないだろう。ゾンビ……屍人の思考は曲げられている。でなければ、これほど多くの死者が自国の滅亡に加担するはずがない」

実際、地平線まで埋め尽くすほどの膨大な数の屍人が動員されているのだ。

この全《すべ》ての屍人が、生前からヴォラキア帝国を恨んでいたものとは考えにくい。それよりも、蘇《よみがえ》らせた術者が屍人《しびと》の思考を都合よく捻《ね》じ曲《ま》げたと考える方が自然だ。

そのユリウスの指摘に、フロップは「そうだね」と頬《ほお》を指で掻《か》きながら頷《うなず》いた。

「僕も『最優』くんと同じ意見だよ。きっと死者諸君は考えを変えられてしまっているんだろう。ただそれでも、変わっていない部分があると僕は見ているんだ」

「では、バルロイ殿に限っては情や慈悲を残していると？」

「それならとても感情を揺さぶられるね！　でも、そうではないよ、『最優』くん。これは僕よりも、君やタリッタさんの方が気付きやすいことだと思うんだけど」

「私たちの方ガ、ですカ？」

思い当たる節がなく、ユリウスとタリッタは顔を見合わせた。

生前のバルロイと関係性のあったフロップではなく、矛《ほこ》を交えたユリウスと、顔を合わせたことさえないタリッタの方が気付けることとは、それは――、

「――戦い方だよ」

「――――」

「生前と考えは変えられても、その戦い方まで奪ってしまっては、その当人を蘇らせた意味がない。だから、死者諸君の戦い方は生前のものだ。違うかな？」

「……確実なことは言えないが、その可能性は高いだろう」

実際に戦った屍人たち、その生前の姿を深く知るわけではないが、フロップの推測は的を射ているはずだ。

そのユリウスとタリッタの肯定的な反応に、フロップは微笑《ほほえ》んだ。

どこか郷愁と哀切を帯びた、ひどく物悲しげな微笑で――。

「もしもバルロイがここにくるなら、他の誰より最初にここへきて、この都市の急所を撃ち抜いていったはずさ。『魔弾の射手』バルロイ・テメグリフが先陣を切らなかった。それが、僕がバルロイがこの戦場にこないと考える根拠だよ」

2

――バルロイ・テメグリフは、部下を無駄死にさせるのを嫌う主義だった。

ただし、それは彼がヴォラキアの奉じる『鉄血の掟《おきて》』を嫌い、帝国主義に反した博愛主義者だったという話ではない。

強者が尊ばれる帝国流の考え方は、貧しい平民の家に生まれたバルロイにとって都合のいいものだった。その社会の仕組みを利用して成り上がっておいて、いざ地位を得たら掌《てのひら》を返すというのはお行儀がいいとは言えないだろう。

もっとも、バルロイ自身は帝国主義についてそこまで深く考えてはいなかった。

帝国主義と自分の性質や才能の相性がよくて、運がよかったくらいのものだ。

なので、バルロイが部下の無駄死にを嫌ったのと帝国主義は、究極的には関係がない。

これはバルロイが後天的に、他人からの教えで授かった考え方だった。

――バルロイの人格形成に、大きな影響を与えたものは主に二人。

一人はその才能を見込んで拾い上げ、教育と愛竜との出会いの機会を与えてくれた恩人であるセリーナ・ドラクロイ。

もう一人は、まだ少年時代の分別の付かないバルロイを利用し、盗みを働いた自分への追っ手をまんまと始末させた、悪たれそのものの出会いをした兄貴分のマイルズ。

帝国らしさと、帝国らしくなさを複雑に併せ持った二人との出会いとその後の日々が、バルロイ・テメグリフという人間の性質を作り上げた。

そうして作り上げられたバルロイの人間性が、部下の無駄死にを大いに嫌った。

部下は、自分の手の届く範囲の存在であり、身内だ。――身内の犠牲は嫌いだった。

だから、事前に勝算を摘まれ、皇帝の都合のいいように仕組《くみ》まれた反乱へと与したときも、バルロイは部下を引き連れず、一人で反乱に加わった。

挙句、それで命を失ったのだから、バルロイの判断は間違って正しかったわけだ。

――戦えば、敵も味方も死ぬことは避けられない。

自分も他者の命を奪うのだ。身内にだけ、その規則を適用しないでほしいとは言えない。

それでもその道理を通そうとするなら、他力ではなく自力で叶《かな》えるしかない。

それ故《ゆえ》に、バルロイ・テメグリフが至った結論が、最速での狙撃だった。

愛竜の翼で空を駆り、絶好の瞬間を自ら作り出し、相手方の急所であり、心臓部である存在を瞬《まばた》きの間に撃ち抜く――それが、自分の望みを叶える最善手。

バルロイは帝国の男だ。敵が何人死のうと、胸など欠片《かけら》も痛まない。

でも、身内が死ぬのは嫌だった。だから、バルロイの狙撃は最速の決着を望む。それが敵味方ではなく、身内に被害を出さない最善の方法だと確信していた。

故に――、

「――わかってやすよ、カリヨン」

死した愛竜からの呼びかけに応じ、バルロイは寝台の傍《そば》から立ち上がった。

目の前の寝台には、意識のないマデリンが静かに寝かされている。――彼女の意識は今、竜殻《りゅうかく》であるメゾレイアの内へ舞い戻っていた。

言うまでもなく、『龍《りゅう》』の暴威など帝都で振るうには危険すぎる過剰戦力だ。

だが、相対する敵を考えれば、それを過剰と言い切れないのが恐ろしい。

「仕えてた一人じゃありやすが、どうかしてやすぜ、帝国の方々」

この世で最も強大な生物であるはずの『龍』、それと対等どころか凌駕《りょうが》するような怪物の心当たりがあるというのも異常な話だ。肩書きこそ自分もそこに並べられていたが、バルロイ自身はそうした頭抜けたモノたちと自分の技量が並び立つとは考えない。

ただ、強いことと勝ち負けとは、絶対的な相関関係にあるわけではないだけ。

マデリンの額にかかる空色の髪を指で掻《か》き分《わ》け、バルロイは愛竜の待っているバルコニーへと足を向けた。途中、立てかけた槍《やり》を掴《つか》んでいくと、両翼を畳んだカリヨンが白い露台でこちらに背を向けて佇《たたず》んでいる。

その翼の根元を撫《な》でると、愛竜は長い首をバルロイの肩へ擦《こす》り付《つ》けてきた。

それこそ、卵から孵化《ふか》したときからの付き合いだ。まだまだ小さく弱かった、赤ん坊の飛竜だった頃からカリヨンの癖は変わらない。

「癖や好みは死んでも変わらない。……あっしも、人のこた言えやせんがね」

自嘲《じちょう》気味にこぼして、撫でていた手で弾《はじ》くように背を叩《たた》く。その合図に姿勢を低くするカリヨンの背に、バルロイは颯爽《さっそう》と飛び乗り、正面を向いた。

水晶宮《すいしょうきゅう》のバルコニーから外、広大な帝都を一望すれば、美しく整然としていた街並みのあちこちが荒らされ、壊され、戦場の空気を蔓延《まんえん》させている。

この戦場の空気は帝都だけでなく、帝国全土——とりわけ、屍人《しびと》の軍勢が差し向けられた城塞都市ガークラでは強く、大きく立ち込めているはずだ。

本来なら、バルロイも城塞都市の攻略に打って出るべきだったが——、

『——気後れする、という感覚を私も理解しつつあります。あなたが本来の性能を発揮できない恐れがある以上、適切とは言えません。要・采配です』

バルロイを蘇《よみがえ》らせた術者——スピンクスと名乗った『魔女』は、そう言ってバルロイを帝都へ留め置くと決めた。それはバルロイへの気遣いというよりも、自分の中に芽生えた初めての感覚、知らない味を確かめたいというそれにも感じられた。

無論、バルロイにはこちらへ寝返ったマデリンを制御し、『雲龍《うんりゅう》』メゾレイアを味方に

付けておく役割が期待されてもいるのだろう。その期待に思うところはあるが、それを抜きにしても、帝都に残されたことはバルロイにとって都合がよかった。

城塞都市にいるだろう顔見知りの兄妹《きょうだい》と会いたくないから――ではない。

「――閣下でしたら、きなさるでしょう？」

バルロイの知るヴィンセント・ヴォラキアは、冷徹にして苛烈な皇帝だ。

平時においては居城を決して動かなくとも、最終的な決着の場には必ず自らの足で立とうとする。それはヴィンセントに限らず、ヴォラキア皇帝の慣習だ。

これもまた、『鉄血の掟《おきて》』に支配された帝国流の縮図と言える。

誰よりもヴォラキア帝国を嫌いながら、誰よりもヴォラキア皇帝としての役割に忠実なヴィンセント。だからこそ、彼は必ず帝都へ現れるはずだ。

この『大災』の首魁《しゅかい》であるスピンクスを滅ぼすため、『陽剣』を携えて。

「――チシャには、一杯食わされましたんでね」

『大災』の起こり、屍人の存在も自分の存在も把握されていない状況、あれ以上の絶好の機会はなかったにも拘《かかわ》らず、バルロイの奇襲はヴィンセントに届かなかった。

チシャの挺身《ていしん》がヴィンセントを救い、『大災』の最速勝利は遠ざけられたのだ。

しかし――、

「次は、閣下の盾《たて》になれる誰かはいやせんぜ」

次なる機会は決して逃さない。

ヴィンセントが自ら帝都へ乗り込んでくるのなら、その心の臓を確実に射抜く。そうすることで、ヴォラキア帝国の希望を断ち切るのだ。

そしてそのまま、『大災』の脅威は北上し、ルグニカ王国さえも——。

「——ッッ」

刹那《せつな》、愛竜の嘶《いなな》きがバルロイの意識を『それ』へと引き付けた。

「——」

自分のうなじをくすぐる感覚に顔を上げ、バルロイは自らの目を疑った。

カリヨンの背に乗り、戦場と化す帝都を俯瞰《ふかん》しながら、標的となるヴィンセントの姿を探したバルロイは、戦場の変化を見逃すまいとつぶさに目を凝らしていた。

そのバルロイの警戒の外側から、それは堂々と水晶宮《すいしょうきゅう》を狙ってきたのだ。

——世界で最も美しき城の直上から、燃え盛る炎弾が次々と降り注いでくる。

「カリヨン！」

鋭い呼びかけに即座に反応した愛竜が翼を広げ、羽ばたきが生んだ揚力が巨体を帝都の空へと舞い上がらせる。羽ばたきを一度、二度と強く打つたびにその速度と高度は一気に上昇し、しがみつくバルロイを乗せて屍飛竜《しひりゅう》が空へ上がった。

その上がるバルロイたちの空路を塞ぐように、人間ほども大きさのある炎弾が容赦なく落ちてくる。——そこへ、槍《やり》を向けた。

「ダメですぜ」

バルロイの手の中、空へ向けられた槍の穂先が淡い光を宿し、瞬間、放たれる光弾が落ちてくる炎と衝突、中空で爆発が起こり、空が赤く染まる。

一発ではない。二発、三発、立て続けに十三発まで光弾で炎弾を撃ち落とす。轟音《ごうおん》が帝都の空を包み込み、膨れ上がる爆炎の中をバルロイたちは突き抜けた。

「なんて真似《まね》しやがんですかい、雲の上を通しなさるとは」

降り注いだ炎の雨を打ち払い、バルロイはしかし相手の手並みに舌を巻く。

炎弾が真っ直《ます》ぐに城へ向かってくるか、あるいは矢や投石のように放物線を描いて飛んでくるなら、水晶宮から容易にそれを把握できたはずだ。バルロイの目をしてそれができなかった理由は明白、炎弾がはるか遠くから、帝都の空にかかった分厚い雲の上を飛んできて、水晶宮の真上に到達したところから落下してきたからだ。

言葉にすれば、しでかしたことは単純明快。だが、実際にやるのとでは天と地ほども差のある所業――数キロ単位離れた場所に、雲の上まで投げた石を的中させる神業、それを手を使わないでやるより難易度が高い恐ろしい行いだった。

ただ、バルロイも帝国では少ないながら、一芸特化でも魔法を使える立場だ。

「お返しをせにゃなりやせんぜ」

雲を突き抜けて落ちた炎弾を処理し終え、カリヨンが天空で身を翻《ひるがえ》す。その背にしかと掴《つか》まりながら、バルロイの意識は帝都のはるか南へ向いた。

水晶宮の真南、帝都へ出入りする門の周辺はメゾレイアが守護している。放たれた炎弾の距離と角度から、やや西へズレた位置に件《くだん》の敵がいると判断――バルロイの、黒い眼《め》に金色の瞳《ひとみ》が浮かんだ屍人《しびと》の左目、その周辺が柔らかく揺らぐ。

それはバルロイの顔に生じた変化ではなく、左目付近の空気に生じた変化だ。

魔法で光の屈折を起こし、バルロイははるか遠くを眺めるための光の天眼鏡《てんがんきょう》を作り出す。

左目でそれを覗《のぞ》き込《こ》み、槍《やり》の穂先を堂々とそちらへ向けた。

飛竜の速度で射撃距離と角度を確保し、超長距離狙撃を実現するための光弾を放つという一芸に特化、標的を外さないための光の天眼鏡を揃《そろ》え、バルロイは戦う。

仮に障害物のない平野であれば、バルロイは数キロ先の動く的にも光弾を当てられる。

今回も、そうするつもりでバルロイは右目を閉じ、左目に意識を集中した。

光の屈折が作り出した存在しない天眼鏡が、帝都の街並みを大きく飛び越して、その先のその先の、水晶宮《すいしょうきゅう》へ炎弾を放り込んだ敵の姿を捉え――、

「――ミディ」

掠《かす》れた息をこぼし、バルロイ・テメグリフの天眼鏡はその姿をはっきり映した。

日差しのように煌《きら》めく金色の髪を躍らせ、長衣の男の腕に抱かれて空に上がりながら、彼女は青い瞳で真《ま》っ直《す》ぐ、見えるはずのないバルロイに顔を向けている。

そしてその唇が、聞こえない言葉をはっきりとバルロイの心に響かせた。

「もう、どこにも勝手にいかせないよ。ちゃんと、あたしと話をしてよ、バル兄《に》ぃ」

3

「——下手な運用だ」

城塞都市ガークラの指令室、窓辺に立ったセリーナ・ドラクロイは、高い高い城壁に守られた都市、その唯一の間隙を眺めながらそう呟《つぶや》く。

ヴォラキア帝国の軍人で、空を制することの重要性がわからないものはいない。

それだけに、この籠城戦でも防空戦力の割り振りに一番気を揉《も》んだのだ。強力な弓術の使い手である『シュドラクの民』、彼女たちの活躍の場面は殊の外多い。

その彼女たちの多くに空を見張らせたのは、相手の飛行戦力をそれだけ警戒したからだ。

なのに、散発的に送り込まれる屍飛竜《しひりゅう》の攻撃は効果的とは言えず、ヴォラキアでも屈指の飛竜隊を有する『灼熱公《しやくねつこう》』としては敵に歯痒《はがゆ》ささえ覚える。

「私が敵の指揮官であれば、もっと効率的に都市を落としてみせるというのに」

「……決戦の真っ只中《ただなか》で、あまり怖いこと言わないでくれませんか」

相手の用兵への不満に舌打ちするセリーナ、その呟きを聞きつけて口を挟んだのは、同じく指令室に詰めている優男、オットーだ。

やわな見た目に反して肝の据わった男で、セリーナ的にも評価の高い人物だが、いかんせん他人に冒険をさせたがらないきらいがある。

「危険を冒すのは自分ばかりと……部下にはいいが、伴侶には退屈な男だ」

「ドラクロイ伯に好かれると、性格に難ありと言われている気分になるので、その評価に僕は異論ありませんが……」

「ふん、なるほど。顔に傷のある女は好かんか」

「自分で言うのもなんですが、僕は相手の美醜で態度は変えませんよ。会話が通じるかどうかの方がよほど大事です。それに傷があろうと、上級伯はお美しいと思います」

「二人して、何の話なん？　しゃんとしてくれんと困るやないの」

　窓辺で腕を組むセリーナに、呆《あき》れ顔《がお》で受け答えしたオットー。その受け答えにさらに呆れた風にしたのは、カララギからの使者であるアナスタシアだ。

　その呆れたアナスタシアの向こうでは、ベルステツがこちらには我関せずで、広げた地図を見ながら伝令の兵と忙《せわ》しなく言葉を交わしている。

　先ほどからひっきりなしに伝えられる戦況と、飛び交う怒号のような指示。めまぐるしく変わる状況と弾《はじ》ける血と命──かぐわしい、戦場の匂いだ。

「やはりこれでこそ帝国だ。閣下の統治下では戦いに対する嗅覚が鈍る。私としたことが、戦争が日常と隣り合わせである事実を忘れかけていた」

「それが帝国やなんて言われよう、平和に統治しよてしてた皇帝さんが報われんねえ」

「なに、負け惜しみだ。閣下の統治に不満があるなら力に訴えればよかった。それをしなかった時点で、私の言葉など戯言《たわごと》に過ぎない。帝国主義に反した治世を敷こうと、それを実現する方法は帝国主義……悲しいほど、閣下は帝国の象徴だよ」

当人は同情を望まないだろうが、その孤高の歩み方には同情を禁じ得ない。

ヴィンセントが戦いを疎《うと》んでいるのは事実だろうが、その意思を通すために他者の主張をねじ伏せるなら、それさえも『鉄血の掟《おきて》』の掌中なのだ。

――ぶつかり合い、奪い合う中でしか尊いモノは生まれない。

ヴォラキアの『鉄血の掟』がそう謳《うた》っているかはともかく、セリーナは自分の中で帝国流をそう解釈し、その価値観を認めていた。そうする中でしか生まれ出《い》でないものを愛するのは刹那《せつな》的とわかっているが、それが自分の性分だ。

それ故《ゆえ》に――、

「――こなかったか、バルロイ」

広々と荒涼とした空を見据え、最後の未練を残すようにセリーナは呟《つぶや》いた。

すでに開戦して久しく、攻守の双方の軍に少なからず被害が出ている。一番槍《やり》も先陣も消化し終えた戦場――すなわち、最小の犠牲で戦いを決着する主義の『魔弾の射手』は、この戦場の空を飛んでいないということ。

彼がきていたなら、セリーナの心の臓はとうに撃ち抜かれていたはずだった。

「――――」

己の顔の左側、縦に走った傷跡を手で撫《な》でながら、セリーナは数秒瞑目《めいもく》する。

瞼《まぶた》の裏に浮かび上がるのは、若かりし頃の自分が拾った小汚い少年。それが成長し、そして命を落とし、挙句に屍人《しびと》として蘇《よみがえ》って自分に槍を向けてくる姿――、

「最後のは私の妄想だな」

青白い肌に生気のない金瞳《こんどう》、屍人となったバルロイをついぞセリーナは見ていない。

帝都攻防戦で水晶宮《すいしょうきゅう》のヴィンセントを狙い、連環竜車では魂の砕けたラミアをさらった。しかしどちらの機会でも、セリーナはバルロイと相見《あいまみ》えられなかった。

そして、この城塞都市にもバルロイはいない。それが現実だ。

「……お前は、私を憎んでいいだろうに」

そう呟いて、セリーナは現れなかった屍人のバルロイを思い描きながら窓辺に立つ。立ちながら、自分の思いがけない心境を認めざるを得ない。

自分は、バルロイになら殺されても構わないと思っていた。だから、あえて窓辺に身を晒《さら》して、『魔弾の射手』の狙撃を待っていたのだと。

「もう、気は済んだのと違う？」

片目をつむり、隣から顔を覗《のぞ》き込《こ》んでくるアナスタシアをセリーナは見返す。

浅葱色《あさぎいろ》の丸い瞳《ひとみ》でセリーナを見つめるアナスタシア、その眼差《まなざ》しはこちらの胸中を見透かしているようで、オットー共々、商人というのは抜け目がない。

フロップとミディアムの二人が、生き馬の目を抜く商いの世界で生き残れているのはとんでもない幸運の下だろう。

と、益体のない思考で誤魔化《ごまか》せるほど、突かれた図星は浅いものではなかった。

「敵さんが最初に指揮官を狙ってくるんなら、この指令室の人間が狙いどころや。で、あえて矢面に立って自分を狙わせる……せめて、相談してからやってくれん？」
「すまんな。この場の誰が射抜かれるかわからない状況より、狙われる人間が明白な方が対応は容易だろうと考えた。この場に居合わせた知恵者たちなら、いきなり私の頭が爆《は》ぜ
たところで冷静に事に対処できるだろう？」
「仮にそうだとしても、爆ぜない道を探すべきだと思うし、ボクもアナもそこまで冷静に
徹《てっ》せる自信はないな。オットーくんじゃないんだ」
「僕だっていきなり死なれたら棒立ちになりますけどねえ⁉」
心外な評価を受けたとばかりに声を高くするオットーだが、アナスタシアと、彼女の連
れた精霊――エキドナは顔を見合わせ、細い肩をすくめる。
セリーナも一人と一体に同意見だが、ともあれセリーナの思惑は外されたのだ。
「バルロイが不在で、屍人《しびと》の飛竜隊も出てこないなら、私の生きた飛竜隊を温存する価値
は減ったな。助力のいる戦場があれば言え。瞬く間に不利をひっくり返してやろう」
「せやね。戦力の逐次投入は愚策やけど、攻撃力の高い部隊を引っ込めたまま押し込まれ
るんは博打《ばくち》下手や。使《つこ》うてっていいと、ウチも思う。ただ……」
「――まるで、相手の飛竜隊がいないというのも気掛かりではありますね」
懸念に細い眉《まゆ》を寄せたアナスタシア、その言葉を引き継ぐ形でオットーが呟《つぶや》く。その懸
念に対し、セリーナは「ふむ」と小さく息をつくと、
「屍人の『飛竜乗り』と死んだ飛竜の組み合わせが成立する可能性は高くない……とはい

え、全くいないというのも不自然なのは間違いないな。その場合——」

「——通常の飛竜隊の運用ではなく、例外的な使い方に当てられている可能性が高い、ということだろうね」

「例外的……それは」

と、話の核たる部分を追及しようとしたところだった。——指令室の扉を突き破るような勢いで伝令が駆け込んできたのは。

息を切らし、切迫した表情の伝令は「失礼します！」と裏返った声で叫ぶ。それを受けて、地図を見ていたベルステッが顔を上げ、

「正確に」

「は！　要警戒対象が現れました！　敵飛竜隊、確認！」

「——きたか」

伝令の報告を聞いて、セリーナがくるべきものがきたと表情を厳しくする。そのまま窓の外、空に目を凝らしながらセリーナは敵影を探した。が、視界に敵の飛竜隊は見つからない。訝《いぶか》しむセリーナの背後、伝令が持ち込んだ報告の続きを口にする。

それは——、

「——敵飛竜隊、大要塞の背後の大山を越えて、要塞の上空へ侵入！　そのまま敵兵を投下し、都市内へ屍人が入り込んできました！」

4

──ミディアム・オコーネルは『高揚の加護』の加護者である。

『高揚の加護』は端的に言えば、当人の気持ちややる気が盛り上がれば盛り上がるほど、それに呼応して肉体の能力が跳ね上がるというものだ。

ミディアムはこの自分の加護に対して無自覚であり、兄であるフロップも妹が加護者であるとは知らない。ただ、頑張りどころで「頑張らなくちゃ！」と思うと力が湧《わ》き、兄から「頑張れ！」と言われると力が湧くという感覚はあった。

なので、その詳細は知らないまでも、兄妹《きょうだい》の応援し合う関係性がそのまま最適解であったという珍しい例が、このオコーネル兄妹の強さの秘密でもあった。

ただ、『高揚の加護』の難しいところは、まさしく気分の上下に能力までも左右されるところであり、気持ちの高まりが能力を高める反面、気持ちが沈めばそれだけ能力も発揮できなくなるという諸刃《もろは》の剣だ。

故《ゆえ》に、カラッと前向きなミディアムに最適な加護と言えるのだが、ここで彼女の人生で最大級の悲しい出来事が発生したのが裏目に出た。

過去、前向きな姿勢の権化のようなミディアムにも、三回、凹《へこ》んだときがある。

一回目は、家族の一人であるマイルズが死んだとき。

二回目は、やはり家族の一人であるバルロイが死んだとき。

そして三回目は、その死んだはずのバルロイが屍人《しびと》になったと知ったときだ。

一回目も二回目も、散々泣いて喚《わめ》いて、立ち直るのに何日もかかった。

三回目の衝撃は、その過去の二回のいずれにも負けないものだったが、悲しいことに何日も泣いて過ごせるだけの時間がなかった。

ならば、ミディアムは泣き腫らした顔で、凹んだまま作戦に参加しただろうか。

——断じて、否《いな》だった。

ミディアム・オコーネルは、ちゃんと泣くのをやめていた。

三回目の悲しい出来事が、一回目や二回目ほど響かなかったなんてことはない。これまでの人生でも最大級の衝撃に、胸も頭も、きっと心もボロボロにされた。

しかし、膝《ひざ》を抱えて蹲《うずくま》るミディアムを、フロップは放っておかなかった。

「妹よ、言わなくてすまなかった。死んだ人が次々と蘇《よみがえ》ってくる状況だ。僕は、バルロイが蘇ってくる可能性を、考えていないではなかった」

連環竜車が城塞都市に到着し、宛《あて》がわれた部屋にこもり続けるミディアムの下へ足を運んだフロップは、屍人のバルロイとの遭遇についてそう語った。

その兄の言葉を聞いたとき、ミディアムは「さすがあんちゃん！」と思う気持ちがありながら、いつものようにそう口にすることができなかった。

何故《なぜ》、言ってくれなかったのかと兄を責めたい気持ちがあった裏で、どうして自分は気付かなかったのかと、いつもは思わない自分の馬鹿さが嫌になった。

元々、考えるのは苦手だ。だから、いつもその役目はフロップに任せきり。その代わりに暴れるのが自分の仕事だと、それでよかった。それなのに、今さら自分の頭が悪いことで悲しむなんて変だ。──違う、そうじゃない。

「あたしは、あんちゃんのこと大好きだよ」

「ああ、嬉《うれ》しいことをありがとう。僕もそうだとも」

「あたしは、セリ姉《ねえ》のことも、マイルズ兄《に》ぃのことも大好きなんだよ」

「そうだね。それを疑ったことはない。もちろん、僕も二人が大好きだとも」

「……あたし、バル兄ぃのことも、大好きで」

「うん」

膝《ひざ》に頭を押し付けながら、鼻水をすすってミディアムはたどたどしく話す。それを片膝をついて、フロップが穏やかな顔で聞いてくれている。最後の、バルロイについて口にしたのに、短く頷《うなず》いてくれただけなのがありがたかった。

ありがたかったけど、悔しくもあった。

「あたし、大好きなのに、大好きな人のこと、考えないようにしてた」

死んだバルロイが屍人《しびと》となって蘇《よみがえ》ってくる可能性。

口にできなかったと言ったフロップは、言わずにはいたが考えてはいたのだ。一方でミディアムは考えもしなかった。

それは、ミディアムの頭が悪いからじゃなく、目を背けていたからだ。

家族が大好きなのに、大好きな家族なのに、目を背けていたから気付かなかった。――

そのことで一度、ミディアムは死ぬほど後悔したはずなのに。

「マイルズ兄ぃが死んじゃって、そのあと、バル兄ぃがあんなことしてやっぱり死んじゃったとき、あたし、すごい悔しかった」

あのとき、嫌がられても遠ざけられても、傍《そば》にいればよかったと思う。うるさいぐらい、うざったいぐらい傍で兄妹《きょうだい》でわあわあ騒ぎ続けて、バルロイがアベルに飛びかかる計画なんて練れないようにしてあげればよかった。

そうしなかったせいで、バルロイを死なせてしまった。

ミディアムはわかっていたはずだったのに。

マイルズが死んでしまったあとで、バルロイがそう思い詰めてしまうことを。

だって、バルロイは――、

「――ミディアム、僕は帝都にはいけない。怪我《けが》が治り切っていない上に、戦う力もないからね。足手まといは確実だ。だけど、お前は違う」

「あんちゃん……」

「バルロイは、帝都にいると思う。これだけ押し込まれて、こちらが逆転する目は帝都にいるだろう相手の指導者を倒すしかないからね。そこへ皇帝閣下くんがくると、向こうが読めるなら……」

「うん、そうだね」

全部言われなくても、フロップの言いたいことはわかった。

バルロイは、ケンカするときに一番早く決着する方法を選ぶ。それは兵士になっても、『九神将』になっても変わらない、バルロイの性格の根本だ。

バルロイはきっと、アベルを狙う。だから帝都にいる。

だから、帝都にいけば、会える。

「ちょっと上向きになったようじゃないか」

「……さすが、あんちゃん、あたしのことわかってるね」

「はっはっは、ミディアムの兄をやって長いからね！　さて、それじゃ、帝都についていけない兄なりに、妹のために手を尽くすとしよう！」

「手？」

ぐしぐしと手で顔を拭って、ミディアムは目を赤くしながら首を傾《かし》げる。その妹の様子にフロップは腰《こし》に手を当てて笑いながら、

「なに、お前がいきたいと言っても皇帝閣下くんが頷《うなず》いてくれるかはわからない。だから彼を頷かせるため、ちゃんと説得の流れを考えようじゃないか。心配はいらないよ。皇帝閣下くんの弱点はわかってる」

「すげえや！　さすが、あんちゃん！　アベルちんの弱点って？」

「――ズバリ、愛だよ」

指を一本立てて、フロップが自信満々にそう言った。

それを聞いたのがミディアム以外だったら、その言葉の意味がわからなくてみんな首を傾げたり、変な顔をしたりしたかもしれない。

でも、ミディアムはフロップに何を言われても、破顔して答える。

「さすが、あんちゃん！　頼りになるや！」

5

――かくして、ミディアム・オコーネルは帝都の最終決戦へ参加する資格を得た。

思い返すと、偶然に偶然を重ねてここへ辿《たど》り着《つ》いたことが奇跡に思えてくる。

最初は、城郭都市《じょうかくとし》グァラルだ。あの街に入ろうとしている、スバルとレムとスピカを見つけたところから、この不思議な流れは始まったのだ。

その不思議な流れが、ミディアムとフロップをここに連れてきてくれた。

「ありがとね、スバルちん。あのとき、あたしとあんちゃんと出会ってくれて」

帝都へ向かう途中の竜車の中で、そう感謝したミディアムにスバルは驚いていた。

小さい体のまま、ものすごく鋭い目つきで一生懸命考え事をしている横顔ばかりを見せていたスバルは、そう言われたときだけ目をまん丸くしていて。

ただすぐに、スバルは柔らかい、レムやスピカに向ける優しい顔で、

「何言ってんだよ、ミディアムさん。ありがとうなら、俺の方こそありがとうだ。あそこ

でミディアムさんとフロップさんに会えなかったらなんて、ゾッとするよ」

そうはにかみながら、ミディアムのワガママを叶《かな》える機会を用意してくれた。

屍人《しびと》となった『魔弾の射手《すけと》』、バルロイ・テメグリフとの決着。――そのために、途轍《とてつ》もなく頼もしい助っ人まで付けてくれて。


「ありがとね、ロズちん。あたしに協力してくれて」

風に髪がなびくのを感じながら、ミディアムは空の上で感謝の言葉を告げる。

告げた相手は、自分を抱えながら空にある存在――スバルやエミリアの仲間であり、ミディアムの戦いに力を貸してくれる魔法使いのロズワールだ。

彼はミディアムの感謝に、「いーぃやいや」と笑みを浮かべ、

「私の方こそ、同行させてもらえて感謝しているとーぉも。実際のところ、君が相対したいと望む相手は非常に難敵だ。手札は一枚でも多く持ちたい」

「――？　あたし、札じゃなくて女だよ？」

「しまったな。エミリア様タイプだーぁね」

苦笑いし、そう言ったロズワールにミディアムは疑問符を頭に浮かべた。

もしかすると、見た目ほど重くない的な意味だったのかもしれない。魔法使いがどのぐらい力持ちかはわからないが、一緒に飛ぶ以上は軽い相手の方がいいだろう。

セリーナのところにいたミディアムは、飛竜に乗った経験も多い。その経験が人に抱か

れて飛んでいる今、どのくらい役立つかはわからないが――、

「空を飛ぶときのコツは、飛んでくれる相手を信じて全部預けちゃうこと！」

かつて、信頼する『飛竜乗り』から習った経験が、この瞬間のミディアムを支える。

相手が飛竜だろうとロズワールだろうと、翼を得る方法は信じることだ。

「その度胸とコツ、なかなか飛び慣れないオットーくんやペトラくんに聞かせてあげたいところだーぁよ」

「そうなの？　それならロズちん、二人ともっと仲良くしたらいいんじゃない？」

「あーははは、耳が痛いねーぇ」

率直な意見に笑みを深めて、ロズワールがゆるゆると首を横に振る。

その反応を見て、ミディアムはロズワールが本心から笑ったわけではなくて、誤魔化《ごまか》そうとして笑ったのだと感じた。たぶん、人と仲良くするのが苦手なのだ。

そういう人もいると、ミディアムは最近知った。アベルもそうだ。

どうしてわざわざ、そうして相手と距離を取ろうとするのかわからない。――否《いな》、今はちょっとだけわかる。そうすることで、自分が傷付かないようにするため。

「でも、ずっとそうしてると、後悔しちゃうんだよ」

「――」

「だから、あたしがロズちんにもアベルちんにも、お手本を見せてあげる」

そうミディアムが言った直後、飛んでいる二人の彼方《かなた》で凄《すさ》まじい轟音《ごうおん》が響いた。

それはミディアムたちから東の方角――厚い雲が次々と集まっていくそこに、世界を震え上がらせるほど恐ろしい『龍《りゅう》』の姿がある。

事前の取り決め通り、『龍』との戦いを任されたのはガーフィールだ。

そうしてガーフィールが『龍』を押さえている間に、他のものたちも動き出す。

その内の一組が、ミディアムとロズワールの組み合わせだ。


「――――」


大きく息を吸い、大きく吐いた。

一度始めてしまえば、もう後戻りはできない。でも、それでいい。

「ロズちん」

「始めよう。なに、気負うことはない。――私は、世界最強の魔法使いだからねーぇ」

そうロズワールが告げた直後、ミディアムは一瞬、全身の肌が粟立《あわだ》つのを感じた。

それは図らずも、ロズワールがミディアムの想像を絶するほど超常的な魔法を発し、帝都を覆った分厚い雲の上に炎を飛ばし、水晶宮《すいしょうきゅう》を直上から狙わせた瞬間だった。

その超高等魔術を扱いながら、ロズワールはミディアムを抱いて飛行魔法も展開する。

それは右手で絵を描きながら左手で作曲し、口では詩を詠《うた》いながら目と脳は未知の言語を解読するというような、複雑な離れ業だった。

だが、その価値のわからないミディアムに、それをすごいと褒める理屈は立たない。

それ故《ゆえ》に、ミディアムは口で褒《ほ》め称《たた》えるのではなく、行動で示した。

「――――」

じっと見つめた彼方《かなた》の空、帝都の最奥にある水晶宮の直上を真っ赤な炎の炸裂《さくれつ》が連鎖、次々と花開く真紅の炎弾を突っ切り、高空へ飛竜が舞い上がった。

ずっとずっと遠く、何キロも離れていて、豆粒みたいに小さいそれが、今のミディアムにははっきりと、見たくて話したくて触れたい相手と見て取れた。

――ミディアム・オコーネルは『高揚の加護』の加護者である。

気持ちが盛り上がれば盛り上がるほど能力の高まる『高揚の加護』は、カラッと前向きなミディアムに最適な加護だった。

そしてその加護の性能は、会いたくて会いたくてたまらなかった相手を前に、ミディアムが生まれて以来、最大最高の効果を発揮する。

やりたいこととやるべきことが一致して、過去の後悔を打ち砕き、兄に託されたものを胸に掻《か》き抱《いだ》いて、頼もしい味方と一緒に、愛《いと》しい顔へ挑む。

故に、ミディアムははるか遠くから、自分を見ただろうバルロイに言った。

「もう、どこにも勝手にいかせないよ。ちゃんと、あたしと話をしてよ、バル兄《に》ぃ」

次の瞬間、一拍遅れて放たれた光弾を、抜き放った蛮刀で打ち落とす。

衝撃が全身をつんざくも、ミディアムと、彼女を抱きかかえるロズワールは無傷。

そのまま、超長距離を隔てた状態の、帝国史上最も熾烈《しれつ》な空戦が幕を開けるのだった。

6

――ロズワール・L・メイザースは王国一の、世界一の魔法使いである。

このことを本人に問《と》い質《ただ》せば、彼は不敵な笑みと確かな自負を交えて、「現代においてはそうだろーぉね」と条件付きの肯定をするだろう。

現代においては、とそう注釈を付けるロズワールの表情に悔しさは宿らない。彼の左右色違いの瞳《ひとみ》に代わりに宿るのは、切望めいた寂寥《せきりょう》感と深愛だ。

それが魔法について物語るときの、ロズワールの内から消えることのない儚《はかな》い思慕であることは、ラムとベアトリス以外は知らず、彼自身にさえ自覚のないことだった。

それを踏まえて、ロズワールの現代随一の魔法使いという地位は揺るがない。

決戦へ挑むミディアム・オコーネルにもそう告げて、抱きかかえた彼女と共に空を舞いながら、はるか彼方《かなた》の高空へ上がった『魔弾の射手』と対峙《たいじ》し――ロズワールは、自らの魔法に自信と自負を抱いた上で、勝算は低いと見積もっていた。

「――――」

帝都の南西から都市の空へ侵入したロズワールの視界、最北に位置する水晶宮《すいしょうきゅう》の直上の空が真っ赤に染まり、いくつもの爆炎が花開く。その炎を降らせたのはロズワールだが、爆炎へと作り変えたのは城から飛び立った一組の飛竜とその繰り手――らしい。

らしいというのは、ロズワールの目には数キロも離れた位置から、高速で動いているだろう相手を捉え切ることができないからだ。ロズワールの視力の問題ではない。人間の目は、そうできていないという話で。ただし、腕の中のミディアムは加護の力で、相手方である『魔弾の射手』も何らかの方法でその限界を突破し、互いに互いを視認し合った。

その証拠に――、

「――う、きゃん！」

可愛《かわい》らしい掛け声と共に、抱きかかえられるミディアムが蛮刀を振るった。

完全に他者に依存して飛んでいる状態だ。決してバランスがいいはずがなかったが、それでもミディアムの蛮刀は迫る光弾を捉え、水飛沫《みずしぶき》のような音を立てて斬り落とす。

衝撃に打たれ、断たれた光弾が背後へ抜けてマナへ還元されるのを感じ取り、ロズワールはその攻撃の速度と精度に戦慄を禁じ得ない。

――それは、信じ難《がた》いほどの修練の末に完成した殺しの魔技だった。

放たれた光弾は『陽魔法』の一種と推測するが、光の熱線を放つジワルド系と違い、光の弾を撃ち出すそれは体系化されていない独創的な代物だ。

一瞬の攻防で確実なことは言えないが、おそらくエミリアが撃ち出す氷柱と同じような形質に光を整え、それで相手の急所を穿《うが》つのだろう。注目すべきは氷や土のような実体を伴うものではなく、あくまで光でそれをやっている点だ。

そうすることで傷に実弾が残らないため、相手に攻撃の正体が暴かれにくく、さらに当たった傷の周辺を光で焼くことで深手を負いやすくしている。

「いい魔法だ」

まさしく、『魔弾』と称するに相応《ふさわ》しい一撃だとロズワールは称賛する。

これを独自に編み出したなら、相手には一流の魔法使いとなる才能があったはずだ。もっとも、今さら当人はそうした名誉を望まないだろう。

帝国人としての評価なら、『九神将』というこれ以上ない評価をすでに受けた相手だ。

ましてや、生者ではなく、死者がそうした栄誉を欲するとも考えにくい。

「そもそも、生前から名誉や栄達に固執する人物ではなかったようだしねーぇ。それについては身近な人間からも、最期に立ち会った相手からも聞いている」

相対する『魔弾の射手』――バルロイ・テメグリフの情報は、生前の彼を知るものが殊の外多かったことで、ロズワールの耳にも期待以上に仕入れるチャンスがあった。

ただし、オコーネル兄妹《きょうだい》から聞けたのは性格的な証言が多く、セリーナも彼女らしからぬ罪悪感から言葉を詰まらせた。なので、ロズワールが欲する戦術的な観点の情報を彼女らから得ることはできなかったが――思わぬ伏兵がいた。

それは――、

「――まさか、ユリウスくんが件《くだん》の『九神将』を倒した人材だったとは」

腕の中、集中力を高めるミディアムに聞こえぬよう、思考を整理しながらロズワールは思い詰めた顔をしたユリウスのことを思い出す。

アナスタシアの一の騎士であり、その義理堅い性分から、主《あるじ》共々ヴォラキア帝国でまで協力してくれている『最優の騎士』は、ロズワールがミディアムと一緒に挑んでいる強敵についても、実に有用な情報をもたらしてくれた。

——元々、戦場が帝都と城塞都市のどちらになろうと、バルロイ・テメグリフとのマッチアップ相手はロズワールとなるのが既定路線だった。

それはロズワールがセリーナ・ドラクロイと旧知の間柄で、彼女が子どもの時分から面倒を見てきたバルロイに引導を渡す役目を託されたから、ではない。

ロズワールにも情はあるが、情に流された判断は排除するのが常だ。

当然、ロズワールがバルロイの相手をするのは、戦略的な判断によるものである。

今さらな話だが、ヴォラキア帝国はルグニカ王国にとって長年の宿敵だ。

四大国のいずれも油断ならない関係性ではあるが、その間柄において最も警戒すべき相手と互いに認識している事実は動かしようがない。

それ故《ゆえ》に、王選の期間中のみとはいえ、帝国との不可侵条約が結ばれたのは歴史的な快挙でもあったのだが、それで両国の冷え切った関係が温まるわけではなかった。

早い話、仮想敵と言えるヴォラキア帝国に対するルグニカ王国の警戒は長く続いており、その主力である『九神将』や、警戒戦力である飛竜隊への対策は常に練られていた。

その対策会議の中で、決まっていたのだ。——帝国の飛竜隊を相手するのは王国の魔法部隊であり、その頂点たるロズワールが最高の『飛竜乗り』と衝突することは。

「とはいえ、要警戒対象の『悪辣翁《あくらつおう》』とも『魔弾の射手』とも、帝国の中で対峙《たいじ》すること
になるとは思わなかったけーぇれどね」
対帝国の話し合いが持たれたとき、最大の脅威と目されたのが件《くだん》の二者だ。
無論、個人武力で言えば『青き雷光』や『精霊喰《ぐ》らい』という二大戦力がいるが、それ
に関しては王国にも引けを取らない『剣聖』がいる。
だが、事が戦争となれば、重大なのが指導者の存在だ。
戦争を終わらせる一番の方法は指導者の命を絶つこと。——それにおいて、『壱《いち》』や
『弐《に》』より恐れられたのが、『悪辣翁』と『魔弾の射手』の二人だった。
故《ゆえ》に、ロズワールも『魔弾の射手』の噂《うわさ》から技と力量の推測はしていた。
結局は相対しないまま、謀反《むほん》を起こした彼が命を落としたと聞き、そのシミュレートの
意味はなかったとなったが、数奇な巡り合わせがこの状況を実現した。
そして、想像ではなく、実物のバルロイ・テメグリフの技量を確認したところで、世界
最強の魔法使いであるロズワールは確信した。
「——やはり、私一人じゃーぁ勝てないね」
冗談や悪ふざけの類《たぐい》ではなく、臆病風に吹かれるわけでもなく、ロズワールは淡々とし
た事実としてそれを認めた。
これは魔法が武芸に劣るなんて話ではなくて、土俵の違いだった。
まず第一に、機動力が違う。

飛行魔法を使えるロズワールは、世界で有数の単独飛行を可能とする個人だが、その速度と機動性は本職の飛竜には及ばない。真っ向から空中戦を挑めば速さで掻《か》き乱《みだ》され、三次元的な動きに翻弄されるうちに撃墜されるのが関の山だ。

第二に、互いの攻撃手段の目的と精度が違う。

バルロイの習得している『魔弾』は、まさしく他者を殺すためだけに鍛え上げられた技であり、その威力と正確性において完成されていると言っていい。

ロズワールも師に恥じない魔法使いとなるため、あらゆる魔法の習熟を目標としているが、魔法の深奥はいまだ遠く、その多彩さではバルロイに圧倒的に勝《すぐ》れても、対象の殺害という一点に特化した敵に及ぶものはないと断言できた。

そして第三に、戦闘条件が違う。

頭の痛い話だが、これがこのマッチメイクにおける最大の障害だ。

考えてみればわかるだろうが、戦いというのは離れたところから一方的に相手に攻撃できれば負けることなどありえない。それが本来のロズワールの戦い方であり、自分に可能な最大距離で戦うのは魔法使いの基本的な必勝戦術とも言えるだろう。

問題は、この攻撃の最大距離で相手が自分に勝っている場合だ。

そうなれば当然、これまで自分がしてきた一方的な攻撃を相手に許すことになる。その事態を避けるため、射程で負けているなら彼我の距離を詰め、距離的な有利不利を打ち消した状態で地力の勝負に持ち込む必要がある。

だが、ロズワールに課せられた戦闘条件が、その前提を許さなかった。

『正直、遠くから味方を次々やられるのが一番どうしようもねぇ。相手にそのつるべ打ちをやらせないために、何とか相手を押さえてくれ！』

この最終決戦において、『滅亡から救い隊』のメンバー分けを行う際、スバルがロズワールに託した役割がそれだ。

実際、それは合理的な判断だった。ハリベルやオルバルトを差し置いて、自分が最高戦力だと主張するつもりはロズワールにはないが、最大射程は間違いなく自分だ。

エミリアもいい線いっているが、彼女の場合は攻撃の繊細さと、相手の主戦場である空へと上がる方法がない。ロズワールにお鉢が回ってくるのは当然だった。

結果、ロズワールは他の味方を狙撃されないため、相手の方が圧倒的に有利な間合いから攻撃を仕掛け、注目を自分へ引き付ける開戦を余儀なくされた。

「恐れていた通り、これだけ離れていても相手の攻撃は正確に届く。注意を引くことはできたが……ここから私の距離へ詰めなくてはならない。まさに決死行だーぁね」

それがどれほど困難なことかは、前述の三つの不利で十分にわかるだろう。

強敵を相手に、相手の得意な戦術と得意な距離で戦わなくてはならない。その上、彼我の実力差を認めて、ロズワールは相手の方が上だと確信している。

だが、その左右色違いの双眸《そうぼう》には悲嘆も、絶望感も宿っていない。

何故《なぜ》なら――、

「でぃやぁ！」

チカッと瞬きがあったと思った直後、水飛沫《みずしぶき》の音と衝撃がロズワールとミディアムの二人を揺すぶった。

それが次弾の着弾と、再びミディアムが撃墜に成功したことの証明。それをやってのけたミディアムの技量に感嘆しつつ、ロズワールは笑みを深める。

その笑みの理由は——、

「ミディアムくん、いけそうかい？」

「うん！　やれるよ！　ロズちんの言った通り……バル兄《に》ぃは、あたしの腕とか肩ばっかり狙ってきてるみたい！」

7

「ちっ——」

拡大された左目の視界、放たれた次弾を蛮刀に斬《き》り落とされ、バルロイは見知った少女の技の上達と、相手の狙いの悪辣《あくらつ》さに奥歯を噛《か》んだ。

光の屈折で作り出した天眼鏡《てんがんきょう》の中、やる気満々の顔をしたミディアムと、彼女を抱いて空を飛んでいる男の姿が徐々に、確実にこちらへ迫ってくるのがわかる。

狙いは明白、長距離攻撃を得意とする相手と距離を詰めるのは戦の定石だった。

炎弾による雲上からの奇襲、それに失敗してすぐに切り替えたわけではあるまい。あれだけ大味な攻撃、当たる前に気付かれないと思う方がどうかしている。あれは撃ち落とさせるための攻撃だった。それがわかっていても、撃墜しなければならない攻撃。そうしてまんまと相手に開戦の火蓋を切らせれば、こちらが圧倒的に有利な超長距離戦が始まり——ミディアムの姿に、バルロイの戦意が竦《すく》んだ。

奇襲を防がせ、それでもこちらの有利な距離で戦いを始めたのは、バルロイの『魔弾』が撃ち抜く相手を選ぶと知っての作戦だったのだ。

「ミディ……っ！」

初弾と次弾、バルロイの放った『魔弾』はいずれもミディアムに防がれた。

昔からそうだった。落ち込んだ顔をしているときのミディアムは、運動音痴のフロップにさえ押し負けるくせに、やる気満々のときは手が付けられない暴れん坊になる。

フロップもマイルズも手も足も出ず、身内贔屓《びいき》があるとはいえバルロイも手を焼かされたものだ。セリーナが咎《とが》めないものだから、その元気さは留《とど》まることを知らない。

とはいえまさか、自分の『魔弾』を防ぐまでとは思ってもみなかったが。

「——ッッ」

「——。わかってやすよ、カリヨン」

奥歯を噛《か》んだバルロイに、翼をはためかせる愛竜が嘶《いなな》きで訴えてくる。

『飛竜繰《ひりゅうあやつ》り』の技法により、バルロイとカリヨンとは魂——オドとオドで互いの存在を結び付けている。それにより、生来は凶暴な飛竜を従えるのが門外不出の『飛竜繰り』だ。

そんな間柄だけに、バルロイの思考や感情の揺れは直接的にカリヨンにも伝わる。同じことは逆にも言えて、カリヨンの思考もバルロイには察せられた。

わかっている。『魔弾』が防がれた理由はミディアムの技量だけが理由ではない。

懸命な表情をした妹分の姿を目の当たりにしたバルロイが、戦士としての非情さを以《もっ》て彼女を撃ち抜けなかったことが理由だった。

「手足の……」

一本でも落とせば、ミディアムの戦線離脱は確実だ。

彼女を連れている魔法使いも、重傷の彼女を連れて飛ぶのに利はないと判断するはず。できれば足ではなく、腕がいい。腕なら、その後の生活の支障は足より少ない。

ミディアムを負傷離脱させ、あの魔法使いを撃ち落とし、スピンクスに彼女の助命を願い出ればいいのだ。そうすれば、憂いは消えてなくなる。

憂いは、消えて、なくなるのだ。

「――やりやしょう」

血の気を失った屍人《しびと》の顔で、バルロイの金色の双眸《そうぼう》に明確な戦意が宿る。

直前までの、ミディアムを攻撃することを躊躇《ためら》った表情ではない。自分の性分と自分の目的との合意を見出《みいだ》し、それを実現する『魔弾の射手』の表情だ。

「――」

戦意を金瞳《こんどう》に宿しながら、バルロイの全身から熱が静まり返る。

右目を閉じて、左目の天眼鏡《てんがんきょう》に意識を集中し、愛竜の背で立てた膝《ひざ》に槍《やり》を固定すると、その先端に鋭く先鋭化した光の弾が作り出される。

バルロイは外道の魔法使いであり、この一芸しか磨いてこなかった。

この一発はマナの消費も少なく、必要最小限の手順で最大の効果を発揮するため、自分の性分とも相性がいい。──確実に決める、その姿勢の表れだ。

「────」

こうしてバルロイが集中する傍《かたわ》ら、同じく集中力を高めるカリヨン。

天眼鏡を覗《のぞ》き込《こ》み、標的の挙動をつぶさに観察する瞬間、それ以外の周囲への警戒は疎《おろそ》かになるが、そうなったバルロイの代わりの周辺視野を確保するのがカリヨンだ。

飛竜の視力と本能的な警戒心で周囲を見張る愛竜は、この戦術を確立したバルロイにとって決して欠かせぬ存在だった。

「あっしとやり合うんでしたら、そりゃあ距離を詰めたいでしょうや。でも、それがわかっててまんまとそれをさせるとでも？」

飛行魔法なんてものがあるとは驚きだが、その接近速度は飛竜とは比べるべくもない。

相手が近付くのと同じだけ下がれば、彼我の距離は縮まらない。

無論、下がり続けるのにも限界があるため、距離を取る方法は下がるだけでなく、旋回や高度を駆使することになる。だが、問題はない。

広大な空には制限がない。それ故《ゆえ》に、『魔弾の射手』の戦技は確立されたのだから。

「――当たれ」

水気のない唇で言葉を紡ぎ、それを合図にパッと槍の先端が強く光る。

『魔弾』が放たれる瞬間、バルロイの側には何の反動も感慨もない。あるのはわずかな光の瞬きと、一秒とかからずにもたらされる狙撃の結果だけ。

天眼鏡で拡大された視界、ミディアムは三発目の『魔弾』をも蛮刀で防いだ。

バルロイの狙いが手足だと気付いている動きだ。それが彼女の生来の勘の良さか、あるいは後ろの魔法使いが吹き込んだ助言かは不明。

それを大したものだと称賛しながら、バルロイは吐息をこぼし、

「――当たれ、当たれ、当たれ、当たれ、当たれ」

と、続けざまに四発目から八発目までを一息に叩《たた》き込《こ》んだ。

「――――」

バルロイの『魔弾』に反動はない。故に、立て続けに撃つのにも支障はない。

強いて制限があるとすれば、発射するための光の弾を作り出す速度だが、バルロイはこの『魔弾』の一撃を極めるのに己の魔法の才の全《すべ》てを注いだのだ。

一秒で五発、寸分の狂いなく同じ精度で放てる光弾――それが、バルロイ・テメグリフが『魔弾の射手』と呼ばれる所以《ゆえん》であり、一将の地位を勝ち得た理由だった。

「当たれ、当たれ、当たれ、当たれ、当たれ」

両手の蛮刀を猛然と振るい、ミディアムが『魔弾』への抵抗を必死に続ける。

それ自体は称賛すべきことだが、バルロイの方の余力は全く削れていない。過ぎた時間もせいぜいが十秒、もう二十秒も続ければ、必ずミディアムは力尽きる。

その瞬間を淡々と、バルロイは己の『魔弾』で近付ければ――、

「――――」

一瞬、冷静に徹するバルロイの思考に疑問が生じた。

その間も光の弾の作成と、『魔弾』による絶え間ない連続狙撃は続いているが、バルロイが疑問を抱いたのはこの状況だ。

奇襲にミディアムを同行させ、著しくバルロイの『魔弾』に制限をかけた相手だ。当然、バルロイを相手するつもりで挑んできた敵が、こちらがいつもの戦型を貫くだけで突破できるような、生温《なまぬる》い策を実行するだろうか。

おかしいと、妙だと思わなくてはならない。自分の本分が発揮できている状況こそ。

そう、バルロイが考えた直後だった。

「――ッッ」

天眼鏡《てんがんきょう》を覗《のぞ》き込《こ》むバルロイに代わり、周囲を警戒するカリヨンが高く嘶《いなな》いた。

水晶宮《すいしょうきゅう》の上空を高速で飛びながら、相手との距離を一定に保っている愛竜の訴えに、バルロイの意識もカリヨンの嘶きの原因へ向く。

それは高い空の上にあるバルロイたちよりも、さらに上から降ってきた。

「──ッ、やってくれやすね！」

歯噛《はが》みして吠《ほ》えるバルロイ、その視界、分厚い雲を突き破って落ちてくるのは、先ほど水晶宮を狙った炎弾の雨よりもさらに直接的な脅威。

──小山のように巨大な氷の塊が、猛然と空から帝都へ落ちてきたのだった。

8

「遮蔽物のないところでバルロイ殿と戦うのは命取りになります。相手は帝国随一の『飛竜乗り』……全方位が射程の、驚異的な使い手なのですから」

その深刻な顔をしたユリウスの助言に従えば、ロズワールが挑まされた空中戦は、帝国で最高の『飛竜乗り』相手に最もやってはいけない戦場選びだった。

なにせ、空には遮蔽物となるものが何もない。前後左右は言うまでもなく、上下斜めの三次元的全方位に射程を確保できる、およそ最悪の環境だ。

相手にとって、最も不利な戦況を用意するのは戦士の常であり、わざわざ相手と条件を合わせたり、むしろ自分が不利な状況を選んで戦うのは頭のおかしい人間だけ。

ならば、前提条件的に仕方がなかったとはいえ、相手の得意な戦場で得意な戦術を使わせ、得意な距離で戦うことを選んだロズワールは頭がおかしいのか。

──断じて、否《いな》だ。

ロズワールは自分が正常とは言わないが、勝利の渇望に身を焦がしたり、不利な戦況を愉《たの》しんだりする酔狂さとは無縁と理解している。

自分の異常性は認めるが、その異常性は戦闘において発揮されるものではない。

故《ゆえ》に、勝ち目のない戦場に臨むなんて愚かしい真似《まね》、ロズワールはしなかった。


「はぁっ、はぁっ、はぁぁぁっ」

ロズワールの腕の中、荒い息をつくミディアムの体から湯気が立ち上る。

触れた掌《てのひら》から伝わってくる高熱は、彼女の体が戦意に呼応して性能を高めている証《あかし》。それと同時に、ほんの十秒程度で限界を幾度も超えさせられた証拠でもあった。

恐ろしいまでの『魔弾』の連射性能、たとえそれが致命傷を避ける形で飛来するものとわかっていても、五十に迫る弾数を打ち払い切ったミディアムには感嘆する。

だが、もう十秒はもたない。だから、ロズワールは戦況を一段動かす。——帝都に覆いかぶさる雲を突き破って、雲上から巨大な氷塊を地上へ落としたのだ。

「これはなかなか、壮観じゃーぁないかな？」

山と見紛《みまが》うほど強大な氷の塊、それを落としたのはもちろんロズワールだ。

ただし、あれだけのサイズの氷塊を作り出せば、いくら世界最高の魔法使いを自負するロズワールであってもマナの残りがカツカツになりかねない。

だから、氷塊はマナを有り余らせているエミリアに作ってもらった。

「あれだけのものを作ってピンピンしているんだ。本当に、とんでもない話だよ」

もはや氷山を作り出すに等しい奇跡を起こし、エミリアは平然とスバルの指示に従って別の戦場へ臨んでいる。それが頼もしいと同時に、いずれ敵対的に向き合うかもしれない可能性を考えると、ほとほと頭が痛くなる。

しかし、この瞬間はその頼もしさに寄りかかり、氷山落としの策とした。

あの巨大な氷山は、ロズワールのマナを全《すべ》て使っても作り出せるか怪しいところだが、エミリアが作ったそれを維持し、浮かべておくだけならそこまでではない。

それを、炎弾を落としたあとにも待機させていて、今この瞬間に頚木《くびき》から放った。

「――――」

空から山が落ちてくるに等しい質量攻撃だが、その狙いは空を逃げ回るバルロイを頭上から押し潰すことではない。それができれば話は早いが、バルロイならば氷山の被害範囲から逃れるのもそう難しいことではないだろう。

故に、氷山を落とした理由はバルロイへの攻撃ではない。――妨害だ。

「遮蔽物がないなら、作り出せばいい」

呟《つぶや》いた直後、ロズワールの双眸《そうぼう》が細められ、直後に氷山の全体にひび割れが生じる。

その瞬間、空をつんざいた甲高い音は、まさしく空に嵌《は》め込《こ》んだガラスが一気にひび割れたようなものであり、続く現象は空の崩壊にも見えたかもしれない。

氷山が砕かれ、バラバラと破片をばら撒《ま》きながら地上へ乱れ落ちていく。

砕かれたと言えど、山の破片だ。氷塊は破片の一個一個が建物や竜車に匹敵するほど大きく、空から落ちてくるそれは氷山の土砂崩れに等しい。

まるで、箱一杯に小石や砂を詰め、花壇の上でひっくり返したような光景――、

「これが、魔法使いの本領だ」

得意な距離から一方的に攻撃できれば負けることはありえない。

それが魔法使いの基本にして必勝戦術だと、そう前述した。故《ゆえ》に、ロズワールもその基本に則《のっと》った戦い方を好み、実行する。

一方的に攻撃するためには、相手の『選択肢』を削ることが肝要だ。

得意な距離というのは、そうするためのわかりやすい指標に過ぎない。相手の『選択肢』を削り、自分の有利な状況へ引きずり込むこと。

それが、世界最強の魔法使いであるロズワールの戦い方だった。

「てりゃいっ！」

降り注ぐ氷片と氷塊の隙間を光が抜けて、迫った『魔弾』をミディアムが斬《き》り落とす。

ミディアムには、何が起きても動じるなと命じてあったが、その指示通りに動いてくれてありがたい限りだ。『魔弾の射手』も相当に度肝を抜かれたはずだが、すぐに攻撃に転じたところは見事と称賛に値する。

ただし、その連射性能と機動力は比べるべくもなく削《そ》がれた。

何より――、

「君が私の聞いた通りの人物なら、『魔弾』は私を直接狙えない。――この高度から落ちれば、ミディアムくんに助かる方法はないからね」

9

――規格外の戦況を実現する、悪魔めいた発想をする敵。

ミディアムを盾《たて》にし、こちらの戦術を封じてきた上、広大な空にさえ不自由を付与した魔法使いを、バルロイははっきりと明確な敵意を以《もっ》て脅威と認識した。

ヴォラキア帝国では、いわゆる魔法使いが非常に貴重だ。

それは土壌や種族的に、魔法の扱いを不得意とする性質が引き継がれているというのもあるが、究極的には帝国人の主義に魔法が合わないためだった。

帝国人の根底にあるのは強者への尊敬であり、それは優れた武人の技や才への憧れと言い換えてもいい。自ら武器を持って相手と打ち合い、これを打倒することがヴォラキア帝国の理想の武人であり、そうでない戦いは疎《うと》まれ、勝利は尊敬されない。

そうした戦い方に対する偏見と先入観は根深く、ヴィンセントの治世で見直されるようになってはいたが、それでも完全に消えるにはまだまだ時間がかかろう。

『魔弾の射手』と呼ばれたバルロイの戦い方や、シノビの頭領であった『悪辣翁《あくらつおう》』オルバルトの殺し方も、他国の警戒と裏腹に評判がよかったとは言えない。

バルロイもオルバルトも、評判のために戦っているのではないから構わなかったが。

そうした割り切りがあったから、バルロイも他の帝国人と違い、殊更《ことさら》に魔法使いを忌むことはなかった。──その生前の評価を、ここで掌返《てのひらがえ》ししたい。

「そういうやり口は好きやせんぜ、魔法使いの旦那《だんな》──！」

万物万象を利用し、自らの戦場を作り出す手腕に感嘆はあれど、その毒牙を自分へ、あろうことか身内にまで向けられては怒りも湧《わ》く。

その頭を、胸を撃ち抜いてやりたいが──、

「カリヨン──！」

「──ッッ」

背を叩《たた》いて愛竜を発奮させ、嘶《いなな》く飛竜が翼をはためかせて速度を上げる。

暗い空を舞い踊るバルロイとカリヨンは、信じられない規模で降り注いでくる氷の嵐の中を飛び、不意に生じた氷塊の迷宮の攻略に集中、突破へ挑む。

バルロイの『魔弾』を避けるため、木々の生い茂る森へ逃げ込んだり、堅牢《けんろう》な砦《とりで》へこもるといった対処はされたことがある。

そうなったとき、バルロイは『魔弾』の連射で木々を一掃して射線を確保するか、相手の潜んだ場所を特定し、同じ場所に『魔弾』を当てる壁抜きで敵を仕留《しと》めてきた。

だが、こんな馬鹿げた方法で攻略を試みたものなど今までにいない。

だから当然、こんな馬鹿げた攻略方法をひっくり返したことも、またない。

「ってことは、これを越えればあっしの勝ちでやんしょう?」

砕けた氷山の破片、掠《かす》めれば命ごと持ち去られかねないそれらを回避しながら、仕掛けてきたミディアムと魔法使いの姿をバルロイは思い描く。

あの二人以外に、帝都の空に上がれているものはいなかった。すなわち、バルロイとの空中戦で出せる手札は、この二人で尽きているということだ。

どうやらセリーナは、バルロイ相手に自慢の飛竜隊は出さなかったらしい。

「さすが、上級伯はわかってらっしゃる」

飛竜を用いた空中戦にあっても、明確な序列というものは存在する。

例えば、相方のいない単独の飛竜は、『飛竜乗り』のいる飛竜に決して敵《かな》わない。優れた『飛竜乗り』は、たったの一組で百の飛竜の群れを駆逐するのだ。

そして、『飛竜乗り』と『飛竜乗り』がぶつかれば、これも優れている方が必ず勝つ。数の有利不利はほとんど関係なく、優れた『飛竜乗り』のいる方が勝つのだ。

バルロイより腕利きの『飛竜乗り』がいなければ、飛竜隊をどれだけ送り込んでも、貴重な繰り手と飛竜の屍を山と積み上げる結果にしかならない。

優れた『飛竜乗り』というものは、それほど貴重で、飛び抜けた人材なのだ。

だから、バルロイはセリーナを憎んではいない。彼女がマイルズにルグニカ王国での密命を許可したのは、必要なことだった。――仕方のない、ことだった。

「それでも、あっしは――」

歯を噛《か》んだ呟《つぶや》きの後半、それは口にしたバルロイ自身にも聞こえなかった。

バルロイたちの眼下、砕かれた氷山が次々と帝都へと墜落し、轟音《ごうおん》を立てながら凄《すさ》まじい噴煙と共に街並みを壊し、作り変えていったからだ。

哀れな帝都への被害、魔法によってもたらされた魔災というべき惨害は続く。

生前には守ろうとしていた見慣れた街だ。それが壊れていく事実に思うところがないではないが、バルロイの意識は壊れゆく街よりも敵へ集中している。

「――――」

氷片が粉のように舞い散り、光を乱反射する幻想的な光景が生み出される中、彼方《かなた》にいたはずのミディアムたちの姿がより鮮明に見えるようになる。

しかし、まだ距離はある。雲の上から氷山を落とし、帝都の街並みをこれほど大きく壊すまでの被害を生んで、なおも稼いだ距離は微々たるものだ。

「当たれ、当たれ、当たれ」

稼いだ距離を押し返すように、バルロイの放つ『魔弾』が届くまでの時間が短縮される。

それはその分だけ、ミディアムに刹那《せつな》だけ早い反応が求められるということだ。すでに消耗の激しいミディアムに、あと何発の阻止が可能か。

たとえバルロイの機動力を削《そ》ぎ、射角と射線を限定しても、まだこちらが有利。

すなわち、次の手がくる。

「――？　またさっきの炎の塊……いや」

上空に異変の兆しがあって、氷片を槍《やり》で突き崩し、光弾で吹き飛ばして射線を確保しようとしたバルロイは顔を上げ、眉《まゆ》を顰《ひそ》めた。

氷山が大穴を開けた厚い雲、その穴を通り抜けるように落ちてくる炎弾と、先ほどの氷山には及ばないまでも、それでも巨大な氷塊の数々。それらが落ちてくる光景に、バルロイは空の障害物が追加されたかと考え——その真意に気付く。

それらが落ちてくるのは、バルロイたちが飛んでいる位置から大きくズレて——水晶《すいしょう》宮《きゅう》を直撃する軌道を描いていた。

「なんて、真似《まね》しやがりやすか、外道——ッ!!」

自分を狙って落ちてきていない炎と氷の落下物を目撃し、しかし、それが他ならぬ自分への攻撃であるのだとバルロイは声を張り上げた。

あれらは、バルロイに直接的な被害をもたらさない。代わりに、城の中に残っているマデリンの体や、城内のものたちを容赦なく押し潰す。

やらせるわけにはいかない。——スピンクスに、死なれてはいけないのだ。

「おおおおお——ッ!!」

翼を広げて急旋回し、氷塊の当たらない位置で急制動するカリヨン。その背で弾《はじ》かれるように体を起こし、バルロイが槍の穂先を水晶宮の空へ向け、『魔弾』が放たれた。

秒間五発の生成速度では追いつかぬと、この瞬間、生前には超えられなかった限界を超えて、バルロイの『魔弾』が弾幕のように空を覆った。

落ちてくる炎弾を、氷塊を、荒れ狂う光の弾丸がことごとく撃ち落とし、水晶宮《すいしょうきゅう》を崩壊させるはずだった大被害から守り抜く。

だがこの瞬間、背を向けたバルロイを相手が狙ってくるのは自明の理――、

「――当たれ」

故《ゆえ》にバルロイは、槍《やり》の穂先で水晶宮への落下物を狙いながら、槍の石突で迫ってくる敵を照準し、『魔弾』の前後への同時射撃で対応した。

「――――」

背後へ放った『魔弾』は一発だが、それで十分だった。

背を向け、隙を見せたと思わせたバルロイへ向けて、真《ま》っ直《す》ぐ迫った炎の魔法――それが真正面から『魔弾』に貫かれ、これも空中で爆散する。

相手の魔法を突き抜けた光弾はなおも直進し、隙を突いたと思っていたミディアムたちへと的中、蛮刀がそれを迎え撃とうとする。

「ミディ、あっしは『九神将』だった男でやすぜ」

戦技において、やる気十分とはいえ妹分に後れを取るようなことはない。

意表を突くために背後へ放った『魔弾』は、バルロイがこれまで放った光の弾丸と比べて、ほんの一回り大きく、その分だけ威力に勝った。

「――うあっ！」

水飛沫《みずしぶき》の音を立てて、ミディアムの手から蛮刀が二本とももぎ取られる。

とっさに本能で違いを察したか、一本ではなく二本で迎え撃ったのは見事だった。おかげで左手の肘から先を吹き飛ばすつもりが、彼女の腕は両方残った。

ただし、防ぐ手段がなくなれば同じだ。次の一撃で、その腕を飛ばして終わらせる。

「当たれ」

決意と共に穂先が瞬き、水晶宮を潰しかけた炎と氷の処理が終わる。

そのまま一気にカリヨンで上昇し、近付かれた分の距離を再び開きつつ、ミディアムを離脱させるための『魔弾』の生成を――、

「な」

――刹那《せつな》、バルロイの視界を一杯に塞ぐように、虹の輝きが空を覆った。

10

――バルロイ・テメグリフの攻略において、ユリウスの助言は実に有用だった。

すでに一度、攻略したことのある人間からのアドバイスだ。

これほど有益な情報は、スバルにすらなかなか用意することができない。なにせ、スバルは戦士ではないので、戦い方についての献策はあやふやになりがちだから。

ともあれ――、

「私はバルロイ殿と戦い、彼を倒しました。無論、フェリスの助力なしには勝ち得なかっ

た勝利です。……バルロイ殿ほどの人物が、どうしてあのような謀反《むほん》に与《くみ》し、ヴィンセント閣下の御命《おいのち》を狙ったのか、その理由も後々に」

「『死者の書』を見た、だったねーぇ。実に数奇な偶然だ。ユリウスくん、可能であれば君が見たものをつぶさに……」

「――メイザース辺境伯、あくまで私がお伝えするのはバルロイ殿の戦型と、私自身が如何《いか》にして戦ったか。私が、彼の許しを得ずに目にしたもの、バルロイ殿の抱いていたものについて口外することは、生涯ないとわかっていただきたい」

そう、真剣な面差しで告げたユリウスの態度を利敵行為と指摘して、彼が『死者の書』から得た情報を根掘り葉掘り聞き出す術《すべ》もあった。が、ロズワールはそれを選ばず、あくまでユリウスが伝えると決めた内容を聞くだけに留《とど》めた。

その選択を自分でも意外とは思う。

元来のロズワールであれば、相手の情報を得られる手段があるなら、それを知り尽くした上で策を講じ、戦いへ臨むことを良しとしたはずだ。

にも拘《かかわ》らず、ユリウスの心情に寄り添い、彼の考えを尊重したのは何故《なぜ》なのか。

その心変わりの理由、それの確たる答えはわからないが――構わない。

バルロイ・テメグリフの全《すべ》てを知らなくても、ユリウスは貴重な答えをくれた。ロズワールからすれば、それだけでも十分だった。

ユリウスから得られた、最も有用な収穫、それは――、

「君を仕留《しと》めたのがユリウスくんということは、だ。——もしかすると、君は自分がどうして死んだのか知らないんじゃーぁないかな、バルロイ・テメグリフくん」

『暴食』の権能により、ユリウスは『名前』を喰《く》われることになった。

結果、ユリウスの周囲の人間は、例外であるスバルを除いて誰もが彼を忘れた。それはロズワールも例外ではなく、おそらく死者すらも例外ではない。

他ならぬユリウスの手にかかったバルロイですら、自分の死に至らしめたものがなんであるのかを知らない。

つまり——、

「——一度死んだときと、同じ方法で殺せる」

実に数奇な偶然、奇跡的な巡り合わせだった。

これはユリウスがバルロイを殺し、そのユリウスが『名前』を喰われていなかったら、掴《つか》むことのできなかった一条の勝機だったと言える。

当事者であるユリウスやバルロイの苦悩は想像することすらおこがましいが、部外者であるロズワールは心の中だけで、その巡り合わせに感謝しよう。

——展開された虹の障壁が、上昇を試みるバルロイと飛竜の進路を塞ぐ。

極光による障壁、それがユリウスがバルロイを倒した決定打になった魔法と聞いた。

これはユリウスが引き連れた精霊と編み出したオリジナルの魔法であり、再現するのはロズワールでも異常な消耗を必要とするものだ。

複数の魔法の同時使用はロズワールもやるが、六種類同時は正気の沙汰ではない。

自分の体内のゲートが悲鳴を上げるのを聞きながら、それでも、ロズワールは勝率を上げるためにユリウスの勝利を再現する。

これは何らかの揶揄《やゆ》や嫌がらせが目的ではなく、戦略的な選択だ。

無論、バルロイの逃げ道を封じるだけの目的なら、ロズワールが得意とする炎や風を使って同じことができた。だが、使い慣れた魔法は一目で危険と看破される。

必要なのは、バルロイの判断力を刹那《せつな》でも奪える初見の魔法。

それ故《ゆえ》に、この虹の極光も、『暴食』の権能が忘れさせたものの一部だろうと推測し、負担を覚悟であえてこれを最終局面に持ち込んだ。

「──っ」

歯を食い縛ったミディアム、彼女の両手からは蛮刀がもぎ取られ、それでも戦意を失わない様子でぎゅっと拳《こぶし》を握り固めている。

もしかしたら、『魔弾』の一発二発は両手を犠牲に防げるかもしれないが、そこまでの代償を要求する戦いにするつもりはなかった。

相手の選択肢を奪うという意味で、ミディアムは十分以上の働きをすでにした。

帝都へ向かう道中、ミディアムがスバルに感謝を告げて、スバルもまたミディアムに感謝を伝えていたが、ロズワールも全くの同意見だ。

『何言ってんだよ、ミディアムさん。ありがとうなら、俺の方こそありがとうだ。あそこでミディアムさんとフロップさんに会えなかったらなんて、ゾッとするよ』
そうはにかんだスバルの役者ぶりには、ロズワールも拍手したくなった。
確かに、オコーネル兄妹《きょうだい》の協力がなければ、この攻略は成し得なかったと。
「だが――」
虹に阻まれて落ちる。
それが帝国最高峰の『飛竜乗り』が迎える決着になると、ロズワールは目を細め――、
――刹那、斜め後ろからの衝撃に射抜かれ、大きく意識を揺るがされた。

11

眼前に虹の光が広がった瞬間、バルロイの全身を悪寒が襲った。

屍人《しびと》の体にも拘《かかわ》らず、生存本能というべき戦いの直感が働き続けるのは皮肉な話だ。

その、死したる生存本能の訴えに従い、バルロイは極光が作り出した障壁へ向けて、文字通り、隠しておいた『隠し弾』を放ち、突破の礎とした。

――ロズワールの推測した通り、バルロイは自分の死因を覚えていない。

何故《なぜ》、自分が命を落とすことになったのか。その切っ掛けとなる動乱のことや、そこに加わった動機や理由は思い出せるのに、死の理由だけがぼやけていた。

どうせなら、死の理由よりも、それ以外のものを忘れられればと思わなくもない。

だが、それを忘れてしまえば自分でもないと、そうも言い切れた。

ともかく、バルロイは自分の死の瞬間が思い出せずにいた。

しかし、他の屍人《しびと》の話を聞くに、何がなんだかわからないうちに死んだモノを除けば、その死に至る経緯まで忘れているモノは見当たらなかった。

それだけに、バルロイは考えた。自分が何故《なぜ》死んだのか、答えの出ない死因を。

そして、どんな可能性なら自分を殺せるか、思いつく限りを考え抜いたのだ。

謀反《むほん》の関係者とバレて、セシルスあたりに首を落とされる流れや、グルービーにモグロといった一将仲間に粛清された場合も考えられた。

だが、謀反を決行した理由が理由だ。——ルグニカ王国の人間絡みではないだろうかと考え、どんな戦いだったのかと思いを巡らせた。

——飛行中、逃げ道を封じられるという負け方は、最後に思いついた候補だった。

バルロイがその発想に至ったのは、連環竜車の戦いからラミア・ゴドウィンの身柄を回収し、フロップとミディアムの存在を確認したときだ。

あのとき、バルロイが牽制《けんせい》のために放った『魔弾』を、連環竜車の中にいた誰かが虹の障壁を張って防いだのが見えた。——その、虹を見たときだった。

確信はなかった。ただ、あれは厄介な代物だと感じたのだ。

だから、どんな状況に追い込まれたとしても瞬時に抜き放てるよう、『魔弾』を一発予備に用意しておくことを心に留めていた。

それが、この瞬間の虹の障壁破りに役立ったのだ。

「――ッッ」

吠《ほ》えるカリヨンが虹を突き破り、その全身に傷を負いながらも囲みを抜ける。

屍飛竜《しひりゅう》となったことの利点を最大限に活《い》かし、痛々しい傷を復元しながら生存への道を飛んでくれた愛竜に感謝し、バルロイは『魔弾』を装填《そうてん》した槍《やり》を斜めに構えた。

「当たれ」

放たれたそれは、敵とは見当違いの方向へ真《ま》っ直《す》ぐに飛ぶ。しかし、その光弾の射線には落ちてくる氷塊の残骸《ざんがい》があり、光弾はその氷の断面を斜めに滑った。

その勢いで、光弾が周囲の残骸の中を弾むように飛び回り、飛び回り、飛び回り――そのまま、こちらへ虹を放った敵の背中へ突き刺さる。

生まれて、死んで、初めて成功した光の跳弾だ。

死線というべきものを文字通りに飛び越えて、バルロイの魔技はさらに進化を遂げた。

――ロズワールにとっての不運は、バルロイの選択肢を削るために選んだ魔法が、実は初見ではなく再見だったことで対応する機を与えてしまったことだ。

「ロズちん――!!」

想定外の角度からの跳弾に撃たれ、その飛行を妨害された魔法使いを悲鳴が呼ぶ。

それは魔法使いの腕の中で、自分の守れない位置から攻撃されて手も足も出なかったミディアムの悲痛な声だった。

直接、魔法使いを狙って撃ち落とせば、かなりの高さから落下することになり、ミディアムも助からないという恐れがあった。

それがバルロイに攻撃する対象をミディアムに絞らせる効果を生んでいたが、氷山落とし水晶宮《すいしようきゆう》への攻撃が、かえって相手の仇《あだ》になったのだ。

「ここからなら、落ちる前に拾えやす」

帝都の南西と最北、数キロもあった長距離戦の距離は戦いの中でなくなり、ぐらつく相手が地面へ墜落する前に、ミディアムを拾い上げることもできる距離だ。

バルロイはカリヨンの首を手で叩《たた》いて、そのまま氷塊をすり抜け、ミディアムを回収するべく翼をそちらへ向けた。

なんとミディアムに罵られるか、それに耐える覚悟をしながら――、

「ロズちん？」

ふと、聞こえた声はとぼけたもので、直前までの悲鳴のようなそれとは全然違った。

強いて言えば、ミディアムらしい抜けた声色だったが、それがこの戦いの中で聞かれたことのおかしさと、その後の展開にバルロイの意識が奪われる。

「な」

黒い眼《め》に金色の瞳《ひとみ》を浮かべた屍人《しびと》、その双眸《そうぼう》を見開いてバルロイは絶句する。

そのバルロイの視界、空を飛んでいた魔法使いの腕を離れ、ミディアムが地上へと落下

していく。──否《いな》、落下ではない。投げ捨てられたのだ。

ミディアムの体が勢いをつけて、地上へ思い切りに放り投げられた。

自由落下よりも早く、地上へ落ちる。今すぐに拾いにいかなくては間に合わない。

そう思考した直後、バルロイは悪魔の考えを理解した。

「──」

ミディアムの下へ飛ぶ選択の寸前、バルロイと魔法使いの視線が交錯した。

ついに顔をはっきり拝める距離へ近付いた相手は、天眼鏡《てんがんきょう》越しでなくてもなんと腹立たしい顔をした男なのか。

背中を撃たれ、その口から血をこぼしながら、相手は笑みを浮かべていた。

その笑みに『魔弾』を叩き込み、即座にミディアムへと飛びつこうと思考する。相手の思惑通りに運ばせることはしない──、

「──ッッ」

瞬間、カリヨンの嘶《いなな》きがバルロイの意識をミディアムへ向けた。

投げ捨てられ、地上へ落ちるミディアム。その落下速度は速いが、バルロイとカリヨンなら十分追いつける見込みだ。──否、見込みだった。

そのミディアムの落下先に、砕けた氷塊の残骸《ざんがい》が剣山のように待っていなければ。

「──」

ミディアムの全身が、氷の刃《やいば》にズタズタに引き裂かれる姿を幻視する。

相手にとって、ミディアムは仲間の一人のはず。そんな当たり前の事実が、この相手を前にしては何の保険にもならないと理性が叫ぶ。

相手は魔法使いだ。万物万象を、我が物として利用する魔法使い――。

「――――」

思考は刹那《せつな》、結果は直後に現れる。

バルロイの槍《やり》の穂先に宿った『魔弾』は一発、選択肢を選ぶ機会は一度きり。この『魔弾』を魔法使いと、氷の剣山のどちらへ向けるか。

――バルロイは、身内の死を何よりも嫌った。

「――そうでやしょう、マイルズ兄《に》ぃ」

「――ッッ」

囁《ささや》くような呼びかけに、愛竜の嘶《いなな》きが許しのように重なった。

刹那、放たれた『魔弾』は真《ま》っ直《す》ぐに、落ちていくミディアムを貫かんとしていた氷の剣山をことごとく破壊し尽くす。

そして――、

「――君の敗因は、一番大事なモノ以外にブレたことだ」

非情に徹した男の声と同時に、放たれた相手の『魔弾』がバルロイの胸と、愛竜の翼とを貫いて、この空の戦いを決着へ至らしめていた。

第五章　『マデリン・エッシャルト』

1

——その組み合わせを指示したナツキ・スバルがどれほど意識していたかは定かではないが、件《くだん》の戦場は文字通り、『竜虎相搏《りゅうこあいう》つ』という故事成語が実現していた。

「————」

帝都ルプガナの南門、星型の城塞の第一頂点から突入したガーフィールは、その眼《め》に雲を纏《まと》った天空の支配者——『雲龍《うんりゅう》』メゾレイアを収めている。

地上最強の生命体である龍、その威容を前にガーフィールは全身の筋肉が、血肉を送り出す心の臓が、闘争心に燃える魂が、強く強く存在を主張するのを感じていた。

すなわち——、

「——絶《か》ッ好ッ調だ!!」

牙を噛み鳴らし、ガーフィールはスバルに任された大役を全身全霊で受け止める。

ガーフィールも、親竜王国ルグニカの民の一人だ。龍が途轍《とてつ》もない力を持った超存在だと知っている。プレアデス監視塔と帝都決戦で、二体の龍と遭遇し、いずれとも激突することになったエミリアも言っていた。

『龍《りゅう》？　そうね、ボルカニカもメゾレイアもすごーく強かったわ。体もおっきいし、息も危なくて爪も長いの。私、ビックリしっ放しだったもの！』

身振り手振りを交えて、エミリアは龍がどれだけ半端でない相手だったのかを伝えようとしてくれたが、エミリアの表現力とガーフィールの理解力に限界があり、その本当のところは伝わってこなかった。――だが、それでいいのだ。

「本も読んだッ話も聞いた。龍とやり合う夢ならガキの頃からッひゃっぺん見たぜッ！」

『――ニンゲンッ!!』

大きさの違いすぎる口で、それぞれ戦意と敵意を吠《ほ》え、騒々しく龍虎が開戦する。

おびただしく焼かれた街路を踏みしめ、前進するガーフィール。そのガーフィールを目掛けて、『雲龍《うんりゅう》』が口を開き、頂点生物たる龍の代名詞である息吹が放たれた。

その兆しを感じ取り、ガーフィールは射線から逃れるべく横へ飛んでいて――、

「ごあッ!?」

瞬間、灼熱《しゃくねつ》とも極寒とも異なる衝撃に打たれ、ガーフィールが苦鳴を漏らす。

息吹は躱《かわ》した。そして息吹を躱せなかった。それの意味するところは簡単明白だ。

一息で一帯を丸々薙《な》ぎ払《はら》える龍の息吹、それを『雲龍』は一度に吐き切らず、短く刻んで放っただけ。長く息を吐くのではなく、短く二度吐いたのだ。

――否《いな》、二度どころではない。一息を割れば、息の続く限り息吹を連射できる。

「ちィッ！」

追撃を躱すべく、ガーフィールは横っ跳びの勢いのまま民家に壁を破って飛び込む。

だが、『雲龍』の息吹の前では石造りの建物だろうと耐えられない。以前、スバルから聞かせてもらった、狼《おおかみ》の息吹で飛ばない豚の家とは違う。

だから、家が龍に吹き飛ばされるより先に、ガーフィールが投げ飛ばした。

「おおおおぉぉォォォらアァッ!!」

大口を開けて吠えるガーフィールが、突入した民家を地べたごと引っぺがし、空の龍に向けて豪快に投げる。猛然と街路をばら撒《ま》きながら飛んでいく家砲弾――奇《く》しくも、それはスバルが帝都からの撤退戦のときに採用したのと同じ策だった。

家屋がそのまま砲弾になる超質量、それが猛回転しながら龍に迫る。

『邪魔っちゃぁ！』

それを『雲龍』は威圧的な外見と対照的な可愛《かわい》い口調で吠え、息吹で粉々に砕く。

しかし、その結果にメゾレイアが文字通り、一息つけると思うなら甘い。

「おらおらおらおらおらおらおらおらァッ！」

一発目の家砲弾が防がれても、整然と並べられた帝都の街並みそのものが残弾だ。それらへ次々と飛びつき、ガーフィールの家砲弾が荒々しく連投される。

その、帝都を武器にする非常識な戦法にメゾレイアの黄金の瞳《ひとみ》が見開かれ――、

『めぇぇえざあぁわぁぁありぃぃぃぃだっちゃぁぁぁ!!』

怒号の尾を引かせ、飛び込んでくる家砲弾をメゾレイアの荒れ狂う竜爪《りゅうそう》が引き裂く。下から上へ振られる尾撃がまとめて民家を粉砕、そして――、

『――いい加減に死ねっちゃ』

「――ッ」

破壊された家々、その残骸《ざんがい》を足場に空中へ駆け上がっていたガーフィール、それを左右から挟み込むようにメゾレイアの竜爪が叩《たた》き込《こ》まれた。

胸の前で手を合わせるような打ち込みに、ガーフィールは銀の籠手《こて》を嵌《は》めた両腕を打ち返すように射出、龍《りゅう》の右腕を左腕で、龍の左腕を右腕で、それぞれ受ける。

凄《すさ》まじい衝撃が全身を貫き、牙はひび割れ、鼻血が噴き出す。――だが、耐えた。

「どォ――」

だ、と血染めの顔で凄《すご》むより早く、龍の両腕に挟まれる体を尾の振り下ろしが直撃――音を置き去りにする勢いで打ち落とされ、ガーフィールの体が投げられた民家の並びとはまた別の街並みを破壊し、幾度も幾度も転がり、帝都の防壁に激突して止まる。

「お、おい⁉ おい、ガキ⁉」

濛々《もうもう》と噴煙が立ち込める中、街路には地面を跳ね、削り、砕いたガーフィールの痕跡がついており、それを目の当たりにした赤毛の男――ハインケルが声を裏返らせる。

ガーフィールの到着以前に『雲龍《うんりゅう》』と対峙《たいじ》していた彼は、常人を百人単位で挽《ひ》き肉《にく》に変えそうな一撃を浴びたガーフィールの下へ駆け寄り、顔を青褪《あおざ》めさせる。

「死んだ……死んだか？　死んだに決まってる！　あんな、あんなの……」

「……勝手に、殺すんじゃァ、ねェよ」

「──っ」

ひび割れた防壁に背を預け、足を投げ出して俯《うつむ》くガーフィールにハインケルが絶句。その傍《かたわ》ら、ガーフィールは口をもごもごさせ、へし折れた牙を血と一緒に吐き出した。

そうして、重たい頭を振り、壁に体重を預けながらゆっくり立ち上がる。

「あァ、クソ……やっぱとんでもッねェなァ、龍ってのァ。エミリア様がふわッふわ言ってたッのがよォくわかってきたぜ」

「お前、そんな体で立って……どうか、どうかしてやがる！」

口の中、中途半端に折れた牙を引き抜くと、すぐ下から新しい牙が伸びてくる。その噛《か》み合《あ》わせを確かめるガーフィールに、ハインケルは血走《むし》った目を向けた。

彼は青い瞳《ひとみ》を見開いて、自分の頭を乱暴に掻《か》き毟りながら、

「なんできやがった？　意味がわからねえ！　龍だ……龍だぞ!?　遠くからでも見えただろうが！　それを……馬鹿だ。馬鹿のすることだ！　わかるだろ！　なのに！」

「そりゃァお互い様ッだろォがよ、オッサン」

「あ……？」

「ここにッいるのも、龍相手に構えてんのも馬鹿のすることだってんなら、オッサンも同じじゃァねェかって言ってんだよ」

ガーフィールの反論に、ハインケルの青い双眸《そうぼう》が大きく揺らいだ。

彼の言い分だと、自分を一緒にするなと言わんばかりだが、そうしてほしいというなら致命的だ。何故《なぜ》なら、ハインケルの頭を掻《か》き毟《むし》るのと反対の手には――、

「まだ剣握ってんじゃァねェか」

「――――」

それが投げ捨てていない、ハインケルの一抹《いちまつ》の願いの証《あかし》だとガーフィールは信じる。

恐怖で指が開かなくなっただけかもしれない。――違う。噛《か》み砕《くだ》く。

我を忘れて、ただ持っていただけかもしれない。――違う。噛み砕く。

この瞬間に鞘《さや》に納めて逃げ出そうとしていたかもしれない。――違う。噛み砕く。

弱い考えを、挫《くじ》ける意思を、怖気《おじけ》づく理由を、全部噛み砕く。

全部全部、そうして噛み砕いた先に、歯を食いしばって願いに立ち向かう男の顔が出来上がるのだと、そう信じているから噛み砕く。

「大将も、オットー兄《あに》ィもそォだ。俺様も、そォありてェ」

「お、俺は……」

わなわなと、剣を握ったまま震える自分の手を見下ろして、ハインケルが動揺する。そのハインケルを横目に、ガーフィールは背中を防壁から起こし、姿勢を正した。

そして、答えを決め切れていないハインケルに告げる。

「俺様がなんでここにッきたかって聞いたッよなァ」

「——ぁ？」

言われ、ハインケルが呆《ほう》けた声を漏らした。理由は簡単だ。

ガーフィールがハインケルの胸を突き飛ばし、街路に押し倒したのだ。——刹那《せつな》、天空から放たれた『雲龍《うんりゅう》』の息吹の射線から、倒れたハインケルだけが逃れる。

「ガキ——」

「おおおォォッ!!」

そして、『雲龍』の息吹の射線上に残されたガーフィールは、壁を背にして真上へ高々と跳躍——上空へ逃れるガーフィールを追い、白い熱線にも見える息吹は射線の角度を変えて、街並みを焼き、防壁を塵《ちり》と変え、上へ、上へと追い縋《すが》ってくる。

それに追いつかれる前に、ガーフィールはまだ原形を残していた壁に足裏をつくと、

「大将に、言われッたんだよォ」

直後、蹴った壁に放射状のひび割れを生む脚力が爆発、ガーフィールが流星のように空を奔《はし》り、前へ、前へ、前へ。飛翔《ひしょう》する『雲龍』へと急接近し——、

「——俺様に！　空飛んでブイブイ言わせやってる龍《りゅう》を落としてこいってなァ!!」

『——ッッ!?』

息吹の真上を飛び越して迫ったガーフィールの豪腕が、メゾレイアの鼻面を直撃する。

砲弾もかくや、魔石を詰め込んだ倉庫が爆発を起こしたような大音が空に響き渡り、ガーフィールの渾身《こんしん》を浴びた『雲龍』がのけ反り、真っ赤な血を噴いた。

その砕かれた鼻面から龍《りゅう》が鼻血をこぼし、拳打の反動で地上に叩《たた》き付《つ》けられたガーフィールが滝のようなそれを浴びる。浴びながら、牙を剥《む》いて笑った。

「まだッまだ！『勝ち目のないイフルーゼ』はこっからだぜ、鼻血龍ッ！」

『お、前ぇぇぇ!!』

ありえない屈辱にメゾレイアが激怒し、その様子にさらにガーフィールが笑う。怒れる白い龍と黄金の虎とが、天空と地上とで再衝突し、衝撃波に帝都が更地に変わる。

「……正気じゃねえ」

その非現実的な殴り合いに、息吹から救われたハインケルは呆然《ぼうぜん》と、唖然《あぜん》と呟《つぶや》く。ハインケルは、動けなかった。尻餅《しりもち》をついたまま、逃げることもできずにいた。

「正気じゃ、ねえ」

——ただ、その右手は剣を、握り続けたままでいた。

2

——マデリン・エッシャルトは、現存する中で最も若い『竜人《りゅうびと》』である。

元来、竜人はその発生の仕組みからして、他のいかなる種族とも異なる起源を持つ。その生態を正しく知るには、竜人と龍の関係から知らなくてはならない。

現代では地上で確認できる個体が著しく減った龍だが、これは古《いにしえ》の時代に『棒振り』レイド・アストレアの好物が龍の肉だったことと、有力な龍の群れの長《おさ》が『怠惰の魔女』と敵対してしまったことが大きく影響している。

それら敵対的な存在に加え、龍の特殊な生態が、種族的な滅亡をより近付けた。

まず、龍は増えるのに交尾や交配を必要としない。雄と雌が番《つが》わずとも、単体で生殖が可能な生き物なのだ。多量のマナで構成された体の仕組みは他種族と根本から違い、無理やり近い存在を探すなら同じマナ体の精霊がそれに当たるだろう。

それ故《ゆえ》に、龍には他の個体を守る意識も、種の保存意識も皆無に近かった。

結果、龍が自分たちの滅亡の危機に気付いたのは、滅びの水際に立ったとき——そのときになって初めて、龍たちは決断を迫られていることを理解した。

——決断とはすなわち、龍の矜持《きょうじ》に従うか否《いな》かの二択である。

矜持に従う龍は大地を捨て、レイドや『怠惰の魔女』を筆頭とした敵対的なものたちの攻撃を良しとせず、彼方《かなた》へ飛び去ることを選んだ。

矜持に従わぬ龍は大地に残り、傲慢《ごうまん》で分不相応に龍を敵視するものたちとの関係を断たず、互いの命を狙い合う不毛で異常な選択をした。

ニンゲンの感覚では矜持の解釈が逆に思えるが、龍たちの感覚ではこれが正しい。

そもそも、龍とは他の種族と比べるべくもない超存在である。わざわざそれを証明するために他種族と衝突する理由はない。龍にとって戦いとは生存競争であり、勝敗を競うなら生き残ることがそうだ。故に、そうできるものが優れた個体と言える。

その至極当然の考え方ができず、する必要のない証明のためにニンゲンと戦ったり、大地に固執することで命を危うくし、龍《りゅう》全体を貶《おとし》めるものの方が誤っているのだ。

それら異常な龍の筆頭が、居残った上に積極的にニンゲンに味方した『神龍』ボルカニカということになるのだが、かの『神龍』の話題は本題から逸《そ》れるため、割愛する。

——ここでようやく、話は本題である竜人《りゅうびと》へと戻ってくるのだ。

龍の種族的な総意に反し、大地に残った龍たちはそれぞれ独自の活動を開始した。

一部の龍はレイドや『怠惰の魔女』に挑んで命を落とし、一部の龍は住み慣れた土地で隠者のような生活を選び、そして一部の龍はニンゲンになった。——この、最後の一部の龍たちの選択が、竜人の起源である。

これも皮肉な話だが、竜人の誕生にはレイド・アストレアの存在が大きい。

龍たちが地上を去るまでに追い詰めた傍若無人さもそうだが、それ以上に彼の強さが龍たちの矜持《きょうじ》に、ある種の革命的な感銘を与えたのだ。

前述した通り、龍は自分たちがあらゆる生き物の頂点である自負があり、自らが超存在であることを自覚している。それは手足の動かし方や物の見方、音の聞こえ方を学ばずとも知っているように、感覚的な理解だ。

故《ゆえ》に、龍にとって大事なのは超存在である確信であって、そうであるなら龍の生来の形に拘《こだわ》る必要もない。——優れているなら、ニンゲンと同じ形でもいいのだ。

元より、龍が巨体に翼を生やし、鋭い爪と牙、硬い鱗《うろこ》を有した姿をしているのは、それが超存在としての能力を発揮しやすい形だからに他ならない。長く、龍の姿に変化がなかったのは、それ以上に龍の力を発揮する適切な姿がなかったからだ。

だが、超存在として君臨するための新たな可能性が芽生えたなら、龍は変わる。

それが竜人の起源であり、龍との関係。――竜人とはすなわち、単為生殖で増えた次世代の龍の進化の形。竜人がいずれもニンゲンと近い姿かたちをしながら、ニンゲンとは比較にならない規格外の力を持っているのはそのためである。

ただし、長い龍の歴史の中でも、これほど急激に姿かたちの異なる進化を遂げた前例はなく、竜人の誕生には様々な問題が発生した。中でも重大な欠陥とされたのが、竜人の親というべき龍の魂に重篤《じゆうとく》な損傷が生じ、精神の抜け殻に陥る『竜殻《りゆうかく》』現象だ。

竜殻となった龍は生きる屍《しかばね》も同然の状態となり、本能的な自衛行動以外では、繋《つな》がりの深い直系の竜人の意思に従う人形と化してしまう。その状態でも龍の持つ規格外の力は損なわれないが、自意識の封じられた抜け殻状態など望ましいはずもない。

大地に残った龍自体が少なく、竜人へ進化した龍はさらに少数だ。そうした観点からしても、竜人への進化は龍にとっておぞましい失敗例とされた。

だが、他の龍の失敗を知りながら、竜人は絶対数の少ないながらも存在し続けた。

それが龍としての矜持を捨てて大地に残った挙句、自分の選択が誤りだったと認められない愚かな異常者の足掻《あが》きだと、そう龍として軽蔑されるとわかっていながら。

――竜人《りゅうびと》は今も誕生し、マデリン・エッシャルトもその一人として生を受けたのだ。

3

――ふと気付けば、ガーフィールは暗い空間にポツンと座り込んでいた。


「あァ?」

翠《みどり》の三白眼を丸くして、ガーフィールはきょろきょろと辺りを見回す。

心当たりのない場所だった。薄暗い空間、ガーフィールはどっかりとした椅子に座り、膝《ひざ》の上に肘を置いて頬杖《ほおづえ》をついた状態でそこにいる。

いったい、ここはどこで、どうして自分はこんなところにいるのか。

「俺様ァ、今さっきまで……」

「――し。うるさいわよ、ガーフ」

額に手をやったガーフィールは、不意に隣から声をかけられ、目を剥《む》いた。

ガーフィールの左隣の席、そこにいたのは唇に指を当てる桃髪の少女――ラムだった。

彼女の姿に驚き、ガーフィールは「ラム!」とその名を呼ぼうとする。

しかし、それは伸びてきた彼女の手に口を塞がれて果たせなかった。

「もが……ッ」

「ラムは黙りなさいと言ったのよ。なのに騒ぐなんて、いい度胸ね」

「わ、悪《わり》ィ……けど、なんだってッラムがここに？　ここで何ッしてんだァ？」

「馬鹿なことを聞かないでちょうだい。──当然、観劇に決まっているでしょう」

叱責に声を潜めたガーフィール、その問いにラムが答えた直後、音が鳴り響いた。

ガーフィールが思わず肩を跳ねさせたそれを合図に、ゆっくりとガーフィールたちの正面の視界が開け、それが舞台の緞帳《どんちょう》だと遅れて気付かされる。

緞帳が上がり、舞台に光が当たった。──文字通り、物語の幕開けだ。

そうなって初めて、ガーフィールは自分とラムがいるのが劇場の観客席で、ちょうど席順の真ん中を宛《あて》がわれていることを理解した。

そして、意図せぬ観劇に招待されたガーフィールが目の当たりにするのが──、

「……猫？」

呆然《ぼうぜん》と呟《つぶや》くガーフィールの視界、舞台の上に現れたのは二本足で立つ三匹の小猫だ。

小さい猫たちだった。子猫人《こねこびと》のミミたちよりもずっと小さい、掌《てのひら》サイズの小猫だ。灰色の毛並みの、同じ顔をした小猫たちは観客席に一礼すると、それぞれ小道具を取り出す。

一匹は金色のカツラ、一匹は赤いカツラ、一匹は白い綿毛を頭に被《かぶ》り出した。

それから三匹の猫はそれぞれ立ち位置を移動すると、見守るガーフィールとラムの前で張り切って、目を見張るような大立ち回りを始める。──演目は、金髪の猫と綿毛の猫が激しくじゃれ合い、それを赤毛の猫が黙って見守るというもので。

これがなかなか舞台の大道具は凝っていて、石造りの街並みを再現した背景と、演出効果を表現する書割が臨場感を盛り上げる。熱演する小猫たちも何となく見覚えがある気がしていたが、よく見ればエミリアやベアトリスがたまにスバルにせがんで描かせていた、エミリアの契約している大精霊とそっくりだった。

「って、だァからなんだって話だろォが……！　オイ、こっから出るぞ、ラム！　これが何なんだなんて話ァ、てめェの無事を確保してッからでいい」

「ガーフ」

「なんだ、劇が見てェってんならまた別のに誘ってやる。だから今ァ俺様と――」

「――ガーフ、気付かないの？」

頭を振り、違和感から逃れようとするガーフィールの唇に、ラムが指を当てた。

また黙らされたガーフィール、その唇に当てた指を引くと、ラムはその指で真《ま》っ直《す》ぐに舞台を指差し、ガーフィールの意識をそちらへ誘導する。

その想《おも》い人の行動に戸惑いつつ、ガーフィールは改めて舞台を眺めて、気付く。

金髪の小猫と赤毛の小猫、綿毛を被《かぶ》った小猫が向き合い、街並みを壊しながらの大立ち回り――ついに綿毛の小猫に突き飛ばされ、金髪の小猫が転がり、書割の下敷きに。

その真に迫った、真に迫ったと感じる劇が、何を演じているのか――。

「――ガーフ、あなた、死にかけてるわよ」

一足早く、この劇場の正体をわかっていたラムが、察しの悪いガーフィールに言った。

ここがガーフィールの見ている泡沫《うたかた》の夢、その劇場と演目なのだと。

「――――」

ラムの指摘で、目の前の演目への理解が急速に進んだ。

――書割の下敷きになった金色のカツラの小猫、あれはガーフィールだ。赤毛と綿毛の小猫の配役も、ぼやけていた記憶の復帰と共に鮮明になってくる。

「そォだ、俺様ァ今、大将に頼まれッて『龍《りゅう》』とやり合ってる最中《さなか》……ってこたァ、あの綿毛が龍か!? 赤毛がオッサン!?」

「ずいぶんと可愛《かわい》らしくなったものね」

「言ってる場合かよォ！　こうしちゃいられッねェ、すぐに戻らねェと……！」

「待ちなさい」

「ぐォええッ！」

状況を理解し、飛び出そうとしたガーフィールが苦鳴を上げる。ラムがガーフィールの首飾りを掴《つか》み、ものすごい力ずくで引き止めたのだ。

思わず振り返り、首を絞められたことにガーフィールは文句を言おうとしたが――、

「待て待て、ガーフィール。ここは姉様の言う通り、いったんタンマしよう」

そのガーフィールを、ラムの向こうに座っていたナツキ・スバルが止めた。

そのスバルの姿は、久方ぶりに見る手足の長い――長いと言っても、現状と比べたら長いというだけで、実際にはそこまで長くないが、その姿のスバルだった。

「おい、今、めちゃくちゃ傷付くこと考えてなかったか？」

「何言ってんだよ、大将。いつも自分で足が短《みじけ》ェだの胴が長《なげ》ェだの言ってるじゃねェか」

「自分で言うのと人に言われるのとはダメージが違うの！　二人もそう思うでしょ？」

「スバル、今、にーちゃの演劇がいいところだから邪魔するんじゃないのよ」

「ごめんね、スバル。あとでちゃんとお話は聞いてあげるから……」

その久しぶりのサイズ感のスバルが、膝《ひざ》の上に乗せたベアトリスと、隣席のエミリアに袖にされた。彼女たちは舞台上の小猫の演目に夢中で、それどころではないらしい。

なんだか前にも、同じようにスバルが二人にすげなくされる様子を見た気がする。

「それこそ、この空間の元になった劇場の思い出ですよ。ほら、みんなで白鯨討伐を題材にした舞台に招待されたときの劇場とそっくりです」

「ガーフさんってば、すっかり劇場がお気に入りだったもんね。わたしも好きだけど」

「オットー兄《あに》ィ、ペトラ……」

今度はスバルたちとは反対の隣席側からの声に振り返ると、ひらひらと手を振るペトラと、その向こうで肩をすくめるオットーと視線がぶつかった。

さらに、そのオットーの向こうには長い金髪の女性の姿も見えて――、

「なんて情けない顔をしてますの、ガーフ。それに、今回は珍しくラムの言うことが正論ですわよ。落ち着いて、劇をご覧なさいな」

「姉貴……落ち着けって、そォ言われッてもよォ」

「──これこれ、これだけ周りに言われても耳を貸せんのか？　まったく、しばらく離れて暮らす間に成長するかと思えば、まだまだ甘えたじゃのう、ガー坊」

「げェ！　婆《ばあ》ちゃ……ババア⁉」

「……どうしてこの子は悪い方に言い直すのかのう」

やれやれと、そう首を横に振ったのは祖母と慕うリューズだ。姉のフレデリカと彼女が並んで座っているとんでもない席順に、ガーフィールは諦めたように腰《こし》を落とした。

その俯《うつむ》いたガーフィールの顔を、隣のラムが薄紅の瞳《ひとみ》で覗《のぞ》き込《こ》み、

「どう？　少しは落ち着いた？」

「『ダグラハムの包囲網』って具合で落ち着けッかよォ……どォしろってんだ」

「ひとまず、ラムの言葉に耳を傾ける気になったようね。それでいいわ」

「さすがです、姉様」

「うォ⁉」

脱力したガーフィールにラムが頷《うなず》くと、急に前の席の客が振り向いて口を挟んできた。

その薄青の髪をした少女が、ラムの妹のレムだとガーフィールが気付く頃には、当のレムは興味なさげに前に向き直り、ガーフィールの驚きを置き去りだ。

「な、なんだァ……？」

「これはあれだ。ガーフィールの中で、まだあんまりレムのイメージがないからふわふわした反応しかしないんだろ。俺のモノマネの範疇《はんちゅう》だな」

「そのッレベルで呼ばれんなら、この観客席にどんだけ大勢くる羽目になんだよォ」

膝《ひざ》の上のベアトリスの髪を弄びながらのスバル、レムの無味乾燥さに対するその考察は的を射て感じるが、その再現度ならそもそも劇場に呼ぶのが間違いではないのか。

「いいえ、ガーフ。確かにあなたはレムのことをよく知りませんが、気には留めているでしょう？　あなたの心の重要なところに。だから彼女はここにおりますのよ」

「そうだね。強く意識した相手は心に残り続ける。当人との親しさが重要なわけではないというのが、この劇場に呼ばれる条件なんだと思うよ」

「……心臓に悪《わり》ィなァ」

何となく、この劇場のルールは理解でき始めてきたが、その説明をフレデリカと、何故《なぜ》か後ろの席に座っていたラインハルトにされるのは現実感がない。

現実ではないのだから、現実感がなくて正解ではあるのだろう。たぶん、フレデリカとラインハルトが同じ場所に居合わせ、こんな風に話したことなんてないはずだ。

「けど、最初の焦りッみてェなもんは落ち着いてきたぜ。このッまま、ラムの言ってたみてェに大人しくしてりゃァいいのか？　なんか眠くなってきやがったし……」

「ハッ！　馬鹿言うのはやめなさい。寝たら死ぬわよ」

「やっぱすげェ危ねェとこじゃァねェか！」

「「しー」」

声を荒げた途端、唇に指を当てたベアトリスとエミリア、ペトラに注意される。その指摘に思わず口に手を当ててしまい、ガーフィールは憤懣《ふんまん》やる方無い。

帰ると言えば止められ、居座ると死ぬと言われたらどうしろというのか。

「手土産なしに戻っても、という話だーぁよ。難しく考えすぎることはないさ」

「ちッ、俺様の頭の中にッまでいやがんのか……」

「嫌がられたものだねーぇ。とはいえ、君の頭の中に私は責任を持てないが」

後ろの列に座るロズワールが、長い足を組みながらそう煽《あお》ってくる。苛立《いらだ》ちと共にそちらへ目をやり、文句を言いかけたガーフィールは凍り付いた。

その凍り付いた原因たる後ろの列の女は、ガーフィールの視線に「あら」と微笑《ほほえ》み、

「ずいぶんと熱のこもった目を向けてくれるのね。こんな場所だけれど、私とまた心ゆくまで斬《き》り合ってくれるのかしら？」

「……てめェとやっても面白かねェ。メィリィにも悪ィし、やらねェよ」

「そう、残念ね。あなたの中に私の居場所があるのは悪い気がしないのだけれど」

「エルザったら、ホント性格悪いんだからあ」

血色の笑みをしたエルザ、彼女の言葉を引き継いだメィリィは前の列、レムの隣だ。

何となく、座席の並びの共通点がわかってくると、自然とエルザの隣には、八本の腕を持つ青い肌をした厳《いか》つい巨漢の姿が現れる。

「――――」

巨漢は巌《いわお》のような形相のまま、ちらとガーフィールを見て、何も言わない。

ただ、無言のプレッシャーを浴びせられ、ガーフィールは腹の中身が縮こまるような感覚を味わい、両の拳《こぶし》を握りしめた。――その拳に、誰かの小さな手が重ねられる。

「ガーフ、へーキそう？　ちゃんとやれるか、すごー心配」

「ミミ……」

「そうね。ガーフは根が小心者だから」

前の席から身を乗り出してきたミミに右手を、左手を隣のラムに握られ、ガーフィールは二人の顔を交互に見ると、その手の感触に長く長く息を吐いた。

これは現実ではなく、現実のガーフィールは死にかけている。――そんな状況で代わる代わる声をかけられるのは、まるでスバルから聞いたことのある『ソーマトウ』だ。

「でもな、ガーフィール。走馬灯ってのは普通、生まれてから今この瞬間までの思い出をバーッと振り返るもんで、劇場に呼び出されたりしないもんなんだ」

「……だったら、こいつァなんだってんだ、大将」

「そりゃお前、その答えは自分で見つけるんだよ」

「さすがスバルくんです。私は感服しました」

「――自分で」

合間に余計な合いの手が入ったが、ガーフィールはスバルの言葉に考え込む。

これが走馬灯でなく、答えを自分で見つけ出せと言われるなら、やはり死にかけのガーフィールが立ち上がるまでの刹那《せつな》の猶予に思えてくる。

「うう、どっちのにーちゃも頑張ってほしいかしら……！」

「そうね。私たちはどんな結果になっても、ちゃんと見届けましょう……！」

思考の迷路に迷い込むガーフィールを余所《よそ》に、観劇するベアトリスとエミリアは手を取り合い、パックとパックとパックの熱演に一喜一憂している。

今まさに、舞台では倒れた書割の下敷きとなった金髪パックの下へ向かおうとする綿毛のパックを、赤毛のパックが引き止めるクライマックス状態――、

「――赤毛の」

赤毛のパックが、金髪のパックを守って、綿毛のパックと向かい合っている。

変化した状況、それが現実を反映しているならと、ガーフィールは焦燥に焼かれ――、

「――馬鹿ね」

それは聞き慣れた罵倒。だが、いつも以上に確かな叱責を交えた罵倒だった。

思わず息を詰めるガーフィールの隣で、そう叱責したラムが重ねていない方の手を舞台に向け、「よく見なさい」とガーフィールを舞台に集中させる。

視線の先、書割の下から這い出《はだ》した金髪パックが赤毛パックを押しのけた。そのまま金髪パックは綿毛パックに立ち向かい――返り討ち、金髪パックが光にされ、消える。

「ワンナウト。だけど、命にスリーアウトはないぜ。ワンナウトでゲームセットだ」

金髪のパックが光に変わり、背中を向けて逃げようとした赤毛のパックも後追いで綿毛のパックに光に変えられた。舞台には綿毛のパックだけが残り、終幕。まばらな拍手の中

で幕が下り、綿毛のパックのお辞儀を見届けて舞台はエンディングへ――、

「ええー！　ゼンゼンおもしろくないヤツ！　ミミ、納得いきまへんでー！」

そこで、ガーフィールの手を握るミミが尻尾をピンと伸ばし、行儀悪く騒ぎ立てた。

だが、すでに終わった舞台。ミミが騒ごうと幕引きは変わらない――はずだった。

次の瞬間、劇場に最初と同じ開幕のベルが鳴り、下りた緞帳《どんちょう》がまた上がる。そして緞帳の向こうには、消えたはずの金髪と赤毛のパック、消したはずの綿毛のパックが揃《そろ》い、倒れた金髪を赤毛が守り、綿毛と向き合うクライマックスが再演されていた。

「こいつァ……」

「闇雲に立ち上がるだけじゃ通用しなかったわね。――なら、どうする？」

バッドエンドを迎えた舞台の再演に、驚くガーフィールの横からラムが問う。彼女は薄紅の瞳《ひとみ》を細めて、振り向くガーフィールに道を示していた。

それが示した道を辿《たど》り、ガーフィールは改めて、舞台の上を見た。

「姉様は素敵です」

本当にそうだと、ガーフィールはまだよく知らない想《おも》い人の妹に、心から同意した。

4

――舞台の上で、金髪のパックは何度も何度も光になった。

この演劇はかなりのアドリブが許されているようで、こうしてはどうかという客席の意見に、演者の演技プランが大幅に左右される。

もっとも──、

「本気の蹴りで、帝都をそっくりひっくり返してみるのはどうだろう？」

「一度、あえて体が半分になるぐらいの怪我《けが》をしてみて、相手が死んだと思ったところを狙い撃ちにするのはどうかしら？」

「龍《りゅう》と言えど、何らかの執着はあるようだ。例えば、帝都にいるかもしれない龍の知人や家族を盾《たて》にするというのはどーぉかな？」

「やろォとしてもできねェこととやろォとも思えねェ策しか浮かばねェ奴ァ黙ってろ！」

採用を検討する気にもならない意見を叩《たた》き返し、後列の提案者たちが一斉に黙る。

役立たずもいいところだが、あくまでガーフィールの頭の中の彼らの言動なので、まるで自分に怒っているような不毛な徒労感のあるやり取りだ。

「最低限、地形を利用するのは必要ですね。体の大小の違いは致命的とも言えますが、裏を返せば小ささを理由に突ける隙もあるはずです」

「うん、だよね。ガーフさんの方が、あの龍よりも体は小さくて、力比べでも押し負けちゃうかもしれないけど……だから勝てる、ってお話にすればいいの」

「理屈じゃそうだけど、実際どうすりゃいいんだ？　ガーフィールはともかく、もしも俺だったら龍と戦うなんて、相手が逆立ちしてても勝てねぇぞ」

「スバルがベティー抜きで龍《りゅう》退治なんて、ガーフィール以外誰も期待しないのよ」

「そりゃそうだ。……エミリアたんは、ガーフィールに何かアドバイスある？」

「私？　そうね……下敷きになっちゃう前の、メゾレイアの尻尾を受け止め切れなかったところ、あそこがよくなかったと思うの。すごーく苦しい体勢だったけど、無理してでも受け流そうとするんじゃなくて、よけなくちゃダメだったかなって」

「思った以上にちゃんとした返事がきた！」

「エミリアさんはさすがです。私は感服しました」

一方で、建設的な話し合いをしてくれている同列の仲間たちは、ガーフィールの認識した彼らなのに、ガーフィール以上に賢い発言をして感じる。さすが、それぞれの再現度も高い印象だ。前列のレムの反応だけは自信がないが。

ただ、ここで検討したことを現実に持ち帰っても、所詮はガーフィールの頭の中の出来事であり、現実ではない。その閃《ひらめ》きに、意味があるのかどうか。

それ以上に――、

「不安かえ、ガー坊？」

「……不安ってより、自分が情けねェよ。あの龍の相手ァ、俺様が任されたってのに」

リューズに顔を覗《のぞ》き込《こ》まれ、ガーフィールは苦々しい気持ちを吐露する。

期待されて送り出されたのに、現実のガーフィールは死にかけていて、頭の中の劇場では大勢の仲間たち――仲間ではないものもいるが、そうした皆に慰められて。

「それの、何が情けないんですの？」

「――――」

不意の問いかけに、眉間に皺《しわ》を寄せていたガーフィールが顔を上げる。そのガーフィールを、リューズの隣に座ったフレデリカがじっと見つめていた。

彼女はガーフィールと同じ翠《みどり》の瞳《ひとみ》を凛《りん》と瞬かせ、弟からの返答を待っている。

その、無言の姉の眼差《まなざ》しに気圧《けお》され、ガーフィールは牙を震わせた。

「情け、ねェだろ。みんな一人ッで戦ってるってのに俺様だけこんな……ッ」

「一人で戦わなければ情けない。そう仰《おっしゃ》いますの？」

「そォだよ！　いや、違《ちげ》ェ。協力して戦うってのが情けねェって言ってんじゃァねェ。こうやって、頭の中わらわらと身内で固めて――」

「――お馬鹿さんですわね、ガーフ。ちゃんと、周りを見てご覧なさいな」

敗色濃厚で夢に閉じこもって、そこで仲間たちに縋《すが》り付《つ》く。

そんなみっともない自分を責めたガーフィールに、フレデリカは静かにそう言った。緑翠の瞳を細めた姉の眼差しに、ガーフィールは息を詰める。

「周り……」

言われるがままに、ガーフィールは劇場の中をゆっくりと見回した。

隣席に並んでいる仲間たち、後ろの席を埋めている敵たち、前の席に座っているのは味方と言い切るのに躊躇《ためら》いがあるものたち。――そしていつの間にか、劇場の中に空席は一つもなく、その全部がガーフィールの知るいずれかの顔で埋まっていた。

ラムやスバルたちがいるのはもちろん、ロズワールやラインハルトたちがいて、ミミやレムたちがいて、その他にも大勢の見知った顔がある。

好ましい相手もいれば、仲良くはなれないと思える相手もいて、そのいずれの相手もガーフィールの人生と接点を持ち、劇場に自分の席を確保していた。

「なんじゃ、劇場もパンパンじゃのう。すぐにここじゃ収まり切らなくなるわい」

ガーフィールと同じものを見て、リューズが上機嫌にそう笑った。

祖母の言う通り、満席となった劇場には立ち見の客も出ている始末。みんなで舞台の上のパックたちを眺め、ガーフィール役のパックの負けっぷりを見ていた。

情けなく、みっともない負けっぷりだ。さぞや、観客全員が呆《あき》れたものと――、

「――馬鹿ね」

「あのね、ガーフ。ここ、ガーフの頭の中な？　でも、ガーフあんまし頭よくない。ミミと一緒！　だから、みんなが言うこともそーな？」

左右、両方から立て続けに言われ、ガーフィールは息を呑《の》んだ。

それから改めて、恥に伏せかけた顔で劇場の顔ぶれを見渡し、彼らがやられるガーフィール役のパックの姿に言いたい放題、文句を付けているのを聞いて――、

「誰も、俺様に都合がいいだけのことも、言わねェだろォってことも言わねェんだな」

ラムの言い方は端的で、ミミの言い方はあやふやで、だけど同じことを言っている。

ここはガーフィールの頭の中の劇場で、客席を埋めたみんながガーフィールを慰めるために集められたなら、もっと気分がよくなることを言わせたはずだ。

だが、ガーフィールは頭がよくない。――彼らが言わないことは、言わせられない。

「お前も考えた通り、ここで出たプランがそのまま外で活《い》かせるわけじゃねぇよ。こんなのは気休めだ、気休め。でも、気だけでも休めて悪いことはねぇ」

「ガーフィールが龍《りゅう》を止めなきゃみんなおしまいなんてスバルが言ったくせに、なんだか無責任な言いようかしら」

「俺はガーフィールの頭の中の俺だから……！」

「それって、そういうすごーく大変なこと言い出しそうって思われてるってこと？」

きょとんとした顔のエミリアに聞かれ、ガーフィールは「あー」と唸《うな》った。

「大将にゃいくらでも無茶《むちゃ》ッぶりされて構わねェって思ってッから、そォいうこと言い出す大将が俺様の頭ん中にいんのかもなァ」

「で、無茶とわかっていて叶《かな》えるために奔走ですか。ナツキさんを図に乗らせますよ」

「それをオットー様が仰《おっしゃ》いますのね……」

フレデリカがそう苦笑すると、オットーが自分を指差して心外そうにする。と、それを見たペトラが「あは」と口に手を当てて笑い、その笑いが周囲に伝搬した。

気付けばガーフィールも、こんな状況なのに笑ってしまっていて。

「……なんつーか、頭が固くッなってたかもしれねェわ」

「ほう、ガー坊がかえ？」

「ベアトリスが言った通り、俺様が龍《りゅう》を止めなきゃこの世の終わりって大将に任されッちまったかんなァ。負けられねェのはいつもそォだが……なんだ」

ラムとミミに重ねられていた左右の手。その感触をゆっくりほどいて、ガーフィールは自由になった両手を胸の前で力強く合わせ、音を鳴らした。

その姿勢のまま、牙を噛《か》み鳴らして戦意を高揚させ、

「こいつァ、俺様が任された役目ッだが、俺様が一人でやってる戦いじゃァねェんだ」

「──見事」

ガーフィールの昂《たかぶ》る決意に、低く重々しい『戦鬼』の称賛が被《かぶ》さった。

それが後ろの席に座る、四対の腕を組んだ巨漢の一言だとガーフィールは確かめない。

今、確かめたいことは一個だ。

「言ったよなァ、大将！　空飛んでブイブイ言わせッてる龍を落としてこいってよォ！」

「──ああ！　言った！　やってきてくれ！」

「おォよォ！」

威勢よく返事して、ガーフィールがその場に力強く立ち上がった。

と、それまでは立ち上がるたびに引き止めてきたラムが、今度はそうしない。彼女は己の肘を抱いた姿勢で、自分を見下ろすガーフィールに「なに？」と目を細める。

「ハッ！　何でもねェよ。俺様の頭の中だってのに、ゆるくねェ女だぜ」

「わざわざ言うまでもないことを言わないだけよ。それがガーフの役目だもの」

細い肩をすくめて、こちらに視線も向けないラムにガーフィールは苦笑。代わりにぴょんと飛び上がったミミが座席の上に立ち、

「んじゃ、ミミは言う！　――ガーフ、ここで勝ったらカッコいいぞーっ！」

そう言って笑いながら、ミミの手が思い切りガーフィールの背中を叩《たた》いた。

すると一拍遅れて、ミミと同じようにスバルが、ベアトリスが、エミリアが、ペトラが、フレデリカが、リューズが、ガーフィールの背中を叩く。

押し出されるように、ガーフィールは背を叩かれて劇場の出口へ向かう。

「オットー兄《あに》ィ！　アドバイスくれ！」

「そうですね……命懸けなんて危ない真似《まね》、僕以外の人がするのは許しませんよ」

「オットー兄ィにだけァ言われたくねェ！」

冗談めかした兄貴分に背中を叩かれ、ガーフィールが劇場の出口へ。

その扉を押し開けてくれるのは、座席に見当たらないと思った幼い弟妹。そして二人の肩を抱いた母に微笑《ほほえ》まれ、ガーフィールは親指を立てた。

劇場一杯に埋め尽くすほどの出会い、いいソーマトウだった。

だから最後に、ビシッと舞台の上のパックたちを指差して、

「――俺様は猫じゃねェ！　ゴージャス・タイガーだ‼」

5

天災や天変地異の類《たぐい》に例えられることもあるのが『龍《りゅう》』という存在だが、『雲龍《うんりゅう》』メゾレイアはまさしく、その風聞に異論の余地のない暴れっぷりを発揮した。

帝都を、数分前とまるで違った景色に作り変える破壊の化身の猛攻は、この世のものとは思えぬ被害を生み、膝《ひざ》の震えの止まらないハインケルの心を砕いた。

――ほんの刹那《せつな》、その心が砕け散るのを遅らせた希望もあった。

しかし、その希望は龍との打ち合いに大敗し、大地を割らんばかりの咆哮《ほうこう》をまともに浴びて吹き飛んだ。容赦なく瓦礫《がれき》も降り注ぎ、今はその下敷きだ。

だから無駄だと、そう言ったのだ。無意味に無慈悲に、命を散らすだけだと。

ハインケルはそれを、ただ黙って見ているしかできなくて――、

「――ゴージャス・タイガーだ!!」

次の瞬間、怒鳴り声が瓦礫の山を中から吹き飛ばした。

あまりにもいきなりな出来事に、驚愕《きょうがく》に喉を詰まらせたハインケルは、突き上げた拳《こぶし》で瓦礫の山を平らにした人物――ガーフィールの生存に瞠目《どうもく》する。

「あァ、クソ……俺様、どのぐれェ寝てた……？」

「……が、瓦礫の下敷きになって、五秒くらいだ」

ふらふらと頭を振り、ボロボロの上着を破り捨てるガーフィール。その疑問に唖然《あぜん》とし

ながらハインケルが答えると、ガーフィールは首の骨を鳴らし、

「――五秒か。十回は殺されるッとこだったぜ、危ねェ危ねェ」

その、絶対に死んだと思った攻撃を浴びた直後とは思えない態度にハインケルは絶句。

だが、ハインケル以上の驚愕を味わったものがいた。

『な、ぁ……ッ』

彼我の体格差を顧みず、尋常でない戦いぶりのガーフィールをようやく撃ち落とした。

その苦心がわずか五秒で覆された相手に、ハインケルも同情する。――同情したとてなんだというのか。あの、超生物である『雲龍』を相手に。

『お前、なんで……なんで、死なないっちゃ……？』

「あァ？　馬鹿言え、死んでたッだろォが。オッサンが五秒作ってくれなきゃよォ」

「お、俺は何も……」

困惑する龍にガーフィールが歯を剥《む》くが、ハインケルは首を横に振る。

ガーフィールが吹き飛ばされ、瓦礫に埋もれた直後、ハインケルが剣を手にしたままメゾレイアと見合ったのは事実だ。だがそれは、ガーフィールが倒れたなら、次の標的になるのが自分だとわかっていたから、ただ視線を合わせたに過ぎない。

メゾレイアが五秒躊躇《ためら》ったのも、ガーフィールと同じニンゲンの強さを警戒したからであって、ハインケルの手柄などでは絶対にないのだ。

その証拠に――、

『──ッ！　死ねえええッッ!!』

ハインケルの存在など目の端にも入れず、メゾレイアの怒りが爆発する。

『雲龍《うんりゅう》』が棒立ちのガーフィールへ迫り、その太く長い尾を稲妻の如《ごと》く打ち下ろした。

瞬間、ハインケルなど接近するための翼のはためきだけで吹き飛ばされかける規格外の爆発力、それがガーフィールという個人へ集約して叩《たた》き込《こ》まれ──、

「──ぁ？」

刹那《せつな》、『雲龍』の体が空中でブレ、背中から帝都の防壁に叩き付けられていた。

『──ッッ!?』

逆さになり、全身で防壁を陥没させたメゾレイアが、何が起きたのかわからない衝撃に呼気を乱し、その様子にハインケルも開いた口が塞がらない。

どうやったのかはわからない。だが、誰が何をしたのかはわかった。

──ガーフィールが、メゾレイアの尾の一撃を受け流し、龍《りゅう》を投げたのだ。

「あァ、クソ……できちまった」

自分の両手を見下ろし、ガーフィールが何故《なぜ》かその戦果に不満げにこぼす。

まるで自分の嫌な思い出を掘り起こしたような顔つきで、ガーフィールは龍を投げ飛ばした両手の開閉を繰り返し、振り向いた。

その緑翠の瞳《ひとみ》が、逆さになった『雲龍』の金色の双眸《そうぼう》と真正面からぶつかり──、

「できッちまったもんはしょォがねェ、『来たる暁《あかつき》のバルドー』だ。やろォぜ、第二ラウ

ンド。——俺様ばっか山ほど応援がいて悪《わり》ィんだがよォ！」

そう、理解できない理屈を薪《まき》に戦意を燃やし、ガーフィールと『雲龍』との衝突が、刹那の中断を挟んで再開——神話の一節が、決着へ向かうのだった。

6

理解の及ばない衝撃が、『雲龍』メゾレイアの竜殻《りゅうかく》に収まったマデリンを打ちのめす。

防壁に叩き付けられ、逆さになった視界に映り込む血塗《ちまみ》れの少年——金毛に超人的な回復力、猛々《たけだけ》しい鬼気から獣の亜人と伝わってくるが、それだけのニンゲンだ。

それが龍の咆哮《ほうこう》をまともに浴びて生き残るなど、あってはならないことだった。

——竜殻状態のメゾレイアの特権であり、その体を我が物として動かす。

これは竜人《りゅうびと》であるマデリンの特権であり、竜人として生を受けてからの年数が浅く、個体としての親にあたるメゾレイアとの繋《つな》がりが強く残っているからできる荒業だ。

普段は、あの小さな体で持て余している力を、この大きな体でなら思う存分振るえる。

この強大さこそが、本当のマデリンなのだと声を大にして言える。

あんな、小さく、弱く、押し潰されそうなほどか弱い体で生まれたくなかった。

そうでなければ、あんな体でなければ、バルロイが挑んだ最後の戦いにも、マデリンが置き去りにされることなどなかったのだ。

マデリンが、恐ろしい顔で、強くて大きな体の龍《りゅう》だったなら――だというのに。

『――ニンゲンッ！』

「――『聖域の盾《たて》』、ガーフィール・ティンゼル」

張り上げたマデリンの怒声に、応じるように少年――ガーフィールが名乗る。

それが、戦いに挑む戦士の口上と知らない竜人《りゅうびと》は『雲龍《うんりゅう》』の尾を振り回し、壁に突き刺さった体を抜いて、地面を踏みしめた少年――敵と睨《にら》み合う。

負けられない。たとえ相手が何者であろうと、マデリンは負けられない。

この『雲龍』の竜殻《りゅうかく》こそが、マデリンがバルロイのために欲した花嫁衣裳《いしょう》なのだ。

『特別なのは、お前なんかじゃないっちゃ……！』

長く白い髭《ひげ》を震わせ、『雲龍』の喉が絶叫を上げる。その世界を威圧する咆哮《ほうこう》を前に、しかし半死半生のガーフィールは揺るがない。

その姿、まるで頼もしい味方を山ほど引き連れているみたいに。

「あァ、知ってる。――俺様が勘違いッしねェよォに、惚《ほ》れた女が馬鹿ねって先走んのを引き止めてッくれッからよォ!!」

胸の前で拳《こぶし》を合わせ、銀色の籠手《こて》を強く打ち鳴らしたガーフィールが吠《ほ》える。

その弱々しさの微塵《みじん》もない、脆《もろ》いはずの生き物にマデリンは怒りと、別の何かを覚えた。

その覚えた何かを、龍が人に抱いてはならないそれを、否定する。

『――消えろっちゃぁぁぁ!!』

瞬間、マデリンの激発に呼応し、『雲龍』の咆哮が再び帝都を揺るがした。

真《ま》っ直《す》ぐ、都市の真南から放たれた滅びの息吹が、街路を焼き焦がし、建物を塵《ちり》へと変え、射線上にある全《すべ》てを薙《な》ぎ払《はら》い――黄金の魂と激突する。

「お、おおおォォォォ――ッ!!」

両足をその場に突き刺すように踏ん張り、銀色の籠手を嵌《は》めた両手が息吹を止める。

ほんのわずかな拮抗《きっこう》でも奇跡でしかないのに、ガーフィールは吹き飛ばされずに、消し飛ばされずに、常外の相克を成立させ、滅びに全霊で抗《あらが》った。

『――ッッ』

咆哮を続けながら、自身もその竜殻を大量のマナで構成している『雲龍』の目は、尋常でない勢いで大地からのマナを体内に循環させるガーフィールを捉えていた。

ここまでのガーフィールの異常な回復力と持久力も、ああして大地から力を吸い上げていたのだろうが、その規模と勢いの上昇線が一気に跳ね上がっている。

その証拠に、あろうことかガーフィールはその場に踏みとどまるだけでなく、『雲龍』の息吹を浴びながら、一歩、前に足を進めた。

一歩、一歩と、着実に進み、マデリンとの距離を縮めてくる。

「俺様が弱気にッならねェよォに、やってこいって背中叩《たた》いてくれる奴らが大ッ勢いやがんだよォォ!!」

疑問するマデリンの視界、音さえ焼き尽くされる破壊の中で声が聞こえる。

ありえない。だが、ガーフィールは言い放った。言い放って、なおも足を進めた。この『雲龍《うんりゅう》』の息吹を、地図さえ書き換えかねない破滅の中で、前進する。

一歩、また一歩と、ありえてはならない一歩を踏んで——。

『——ッッ!!』

その前進を目の当たりにして、マデリンの呼気が大いに乱れた。

咆哮《ほうこう》と息吹、どう言い換えようと、それは破滅をもたらす龍《りゅう》の雄叫《おたけ》びに他ならない。すなわち、心を乱され、息が切れればそれは途絶える。

ガーフィールの前進と対抗は、『雲龍』の息吹に打ち勝つには十分だった。

「があぁぁらァァ!!」

ドン、とひと際強い踏み込みと合わせ、ガーフィールが両腕を跳ね上げる。

それを以《もっ》て、『雲龍』の息吹の最後の一息が空へ打ち上げられた。

凝然と見開かれた龍の眼《め》には、その全身から白い蒸気を噴き、目を背けたくなるほどの火傷《やけど》で真っ赤になった体を急速に癒《いや》していくガーフィールがいる。

その彼の背後には、彼がその細い両腕で守り切った帝都の街並みと、その街並みに尻餅《しりもち》をついている赤毛の男の姿があった。

『——』

耐え切られたと、信じ難《がた》い衝撃に打たれるマデリン。

しかし、真の衝撃は龍の息吹が通用しなかったことより、もっと別の形で訪れる。

「……正気じゃ、ねえ」

掠《かす》れた声でそうこぼすのは、息吹の前に吹き飛ばされていた赤毛のニンゲンだ。眼中になかったその男は、立ち尽くすガーフィールに青い目を揺らして、続ける。

「あんな、城まで消し飛ばすような息吹を、止めやがった……！」

『――――ぁ』

戦々恐々とした赤毛の言葉は、龍の脅威に抗《あらが》ったガーフィールに恐れさえ抱いたものだったが、マデリンには自分の行いを顧みさせる凶器となって突き刺さった。

赤毛の言う通りだ。ガーフィールが止めなければ、マデリンの息吹は真《ま》っ直《す》ぐ、帝都の真南から北へと縦断し――射線上の、水晶宮《すいしようきゆう》を消し飛ばすものだった。

そこにはマデリンの本体も、バルロイとカリヨンもいるはずなのに。

『ち、違うっちゃ……っ』

ゆるゆると弱々しく首を横に振り、龍にあるまじき仕草で自分の行いを否定する。

頭に血が上り、思考が白く染まり、目の前の敵をどうにかしたい一心で衝動的に、マデリンは自分の大切なモノまで何もかも、根こそぎに消し飛ばすところだった。

それを、小さく弱く、脆《もろ》くか細いニンゲンに、救われたなどと。

『違う、違う、違う違う違う違う違う違う違う違う違う違ううぅぅ……ッ！』

「てめェ、何を……」

『竜は！　バルロイのために！　全部、全部全部、バルロイのためだっちゃ!!』

頭を抱え、否定の言葉を重ねたマデリンにガーフィールが怪訝《けげん》な顔をした。そのガーフィールの声を、最も聞きたくない声を塗り潰すように、マデリンが叫んだ。

自分でもわけのわからない叫びを上げて、『雲龍《うんりゅう》』の翼をはためかせる。

「――ッ！」

暴風が巻き起こり、とっさに屈《かが》んだガーフィールの髪を強く煽《あお》って、『雲龍』メゾレイアの体が一気に上昇し、天空へと飛び込んでいく。

そこにあるのは、帝都ルプガナの全体を覆っている分厚い黒い雲だ。

『特別なのは、お前なんかじゃないっちゃ……！』

『雲龍』メゾレイアの呼び声に従い、帝国全土から集まってきた雲――それはメゾレイアが堆積しておけないマナを封じ込めた、白い破壊衝動。

それらを一挙にまとめ上げる。――到底、マデリンに扱い切れるものではない。それでもただ、途轍《とてつ》もない力の塊として地上に落とすことはできた。

『特別なのは、竜なんかじゃないっちゃ……！』

雲を地上に落とし、ガーフィールと赤毛のニンゲンを消し飛ばし、マデリンがしてしまったことを知るものを、亡き者にしてしまうことはできた。

そうすることで、マデリンは――、

『特別なのは、バルロイだけでいいっちゃ……!!』

泣くような龍《りゅう》の声が天高くから降り注ぎ、眼下のちっぽけなニンゲンが空を仰《あお》ぐ。

仰ぎながら、小さく、しかし脆《もろ》くも弱くもない少年は牙を鳴らした。

「――この、大ッ馬鹿野郎が」

7

――マデリンが誕生したのは、『雲海都市』メゾレイアのあるパルゾア山の頂だった。

帝国に長く生息する『雲龍』の名をいただいたその都市は、帝国独自の技術を利用した『飛竜乗り』を志すものが必ず足を運ぶことになる地だ。

住み着いた龍の力によるものか、山肌に巻き付くような大きな雲が年中消えない険しい山。その標高の高い位置に都市は存在し、『飛竜乗り』になるためには、それ以上の標高で暮らす野生の飛竜の巣から、生きて卵を持ち帰る必要があるためだ。

『飛竜乗り』を目指すものの、百人に一人しか生還できない危険地帯――そのさらに上、誰も見たことのない前人未踏の山頂が、マデリンの生まれ故郷である。

白い雲に包まれ、空にありながら空の青さえ望むことのできない場所で、竜人《りゅうびと》という世界有数の希少な存在として生を受けたマデリン。超存在たる龍の新世代として、本能的な理解を得ながら、しかし彼女には悲劇が待ち受けていた。

それは――、

『――我、メゾレイア。我が愛《いと》し子《ご》の声に従い、天空よりの風とならん』

生みの親たる『雲龍《うんりゅう》』メゾレイアが、竜人《りゅうびと》を生んだことで竜殻化《りゅうかく》し、意思疎通の困難な状態となってマデリンの生誕を迎えたことだ。

長い時を生きて、世の残酷さも不条理も知っていたはずの『雲龍』が、何ゆえにその世代交代を選んだのか、今もマデリンはわかっていない。

ただ一つ言えるのは、マデリンは碌々《ろくろく》言葉も交わせず、ただ自分と近しいことだけがわかる龍《りゅう》の傍《かたわ》らで、延々と孤独でない孤独を雲の中で過ごし続けたということ。

そしてその孤独を終わらせたのが、帝国史において誰一人成し遂げたことのないはずの、雲海に呑《の》まれた山頂へ辿《たど》り着《つ》いた『飛竜乗り』――バルロイ・テメグリフだった。

「何ともまぁ、腕試しのつもりで挑んでみたはいいものの……まさか、てっぺんで待ってらっしゃるのが可愛《かわい》らしいお嬢さんとおっかない龍とは思いやせんで」

「――ッッ」

濃霧ではなく、濃雲の世界でマデリン――まだ、その名前もなかった竜人の幼子を見つけて、バルロイは困ったように頬《ほお》を掻《か》いていた。

傍らの飛竜、カリヨンも『雲龍』の威容と、幼い竜人の存在感に気圧《けお》されながら、それでも相方であるバルロイを守るように立っていた。

『――我、メゾレイア。我が愛し子《いとご》の声に従い、天空よりの風とならん』

その、同じことしか語らず、食事にマナの塊である雲を与えるだけの『雲龍』が、突然の来訪者を拒絶しなかったのは、バルロイたちに敵意がなかったためだ。

バルロイたち以前にも、群れをはぐれた飛竜が迂闊《うかつ》に雲に迷い込んでは『雲龍』の本能に排除され、幼子の視界に入らないうちに消されてきた。

それ故《ゆえ》に、このとき、幼子は自分と『雲龍』以外の生命を初めて目にしたのだった。

そして、『雲龍』と竜人という奇跡の取り合わせに遭遇したバルロイは、しかし大して気負いもせずに、自分の羽織っていたマントを脱いで、

「ひとまず羽織りなさいや、お嬢さん。乙女がみだりに肌を晒《さら》すもんじゃありやせん」

そう言って、幼子――のちに、バルロイの口からマデリンと名付けられる彼女に、彼は生まれて初めての優しさと、温《ぬく》もりを与えてくれたのだった。


――マデリンとバルロイの奇妙な逢瀬《おうせ》は、いつも雲海の中で重ねられた。

「マデリン、またきやしたよ。いい子にしてやしたかい？」

「バルロイ！」

「うあたぁ!?」

白く分厚い雲を突き破り、姿を見せたバルロイにマデリンが飛びつく。

その少女の形をした龍の体当たりを受け止め、衝撃と勢いに着地したばかりのカリヨン諸共《もろとも》ひっくり返りながら、目を回したバルロイがマデリンの頭を撫《な》でた。

最初の出会い以来、バルロイは頻繁にパルゾア山の頂に会いにきてくれた。

多くの『飛竜乗り』が命を賭して挑み、それでも誰も辿り着けない山頂だ。当時のマデ

リンには、そのバルロイたちのすごさも苦労もまるでわかっていなかった。

ただ、足繁《あししげ》く山に通い詰め、マデリンの知らない外の世界との関わりをもたらしてくれるバルロイは、彼女にとってかけがえのない存在となった。

マデリンという名前も、呼びかけに困った彼が懸命に考えて名付けてくれたものだ。

「あっしがそちらさんと変わらん子どもだった時分に、よくしてくれた恩人の名前でさ。あっしの名付け親で……世話になりやしたねえ」

「バルロイ、そのニンゲンが、大切だった……っちゃ？」

「ちゃんとそう思える前にお別れがきちまいやした。それでも、この歳《とし》まであっしの中に残ってるってことは、そういうことでやしょうなぁ」

へらっと笑い、でもどこか寂しげな彼の胸にマデリンは頬《ほお》をすり寄せる。

大切なものの名前を、こうしてマデリンに与えてくれた。それはつまり、バルロイがマデリンを大切に想《おも》ってくれている証《あかし》だと思った。

バルロイにそう想い、想われていることは、マデリンに温かな感慨をもたらした。

それがもっと欲しくて、もっともっと欲しくて、バルロイとの時間を切望する。

バルロイともっと話したくて、ニンゲンの言葉もちゃんと覚えた。何故《なぜ》か、どうしても変な訛《なま》りだけは取れなかったが、バルロイはそれも個性だと優しく許してくれて。

「へへ、あっしの目に間違いはありやせんでした。よくお似合いですぜ、マデリン」

「そ、そうだっちゃ？　ふふ……」

満足げなバルロイの前でくるっと回り、マデリンはひらひらした布――彼から贈られた服の感触を確かめる。正直、竜人《りゅうびと》のマデリンには服なんて煩わしいものの印象しかなかったが、バルロイの贈り物という一点でそうした印象は霧散する。

何より、彼が贈ってくれた服は空色――マデリンの髪色と同じで、彼女が生まれてから一度も見たことのない、雲の彼方《かなた》の世界を教えてくれるものだった。

――名前をもらい、言葉をもらい、服をもらい、幸福を与えられた。

マデリンは、自分がバルロイから与えられたその全部を覚えている。

それは龍《りゅう》の習性だ。龍は、貯《たくわ》えた宝を決して忘れない。手放さない。

バルロイがくれたものは、形あるものもないものも、全《すべ》てがマデリンの宝だった。

「じゃあ、月が半分に欠ける前にまたきやすよ、マデリン」

ひとしきり、大切で壊れ物のように切ない時間を過ごしたあとで、バルロイはカリヨンに跨《またが》り、『雲龍《うんりゅう》』の巣から飛び去っていく。

その次の逢瀬《おうせ》の約束を胸に、マデリンは悲しい気持ちを堪《こら》えて何度も彼を見送った。

――山の頂にマデリンを残し、飛び立つバルロイを誰が無情と言えようか。

白雲に包まれた龍の巣で、いまだ自分の髪の色と同じ空さえ拝んだことのないマデリンを、バルロイが一度も外へ連れ出そうとしなかったわけではない。

ただ、それはできなかった。曖昧の世界にいる『雲龍』が、バルロイたちが巣へやってくることは許しても、マデリンを連れ出すことは許さなかったからだ。

『──我、メゾレイア。我が愛《いと》し子《ご》の声に従い、天空よりの風とならん』

龍《りゅう》の巣で、主である龍に睨《にら》まれ、ニンゲンに勝ち目などあるはずもない。

だから、バルロイはマデリンを連れ出せない。マデリンも、バルロイに死んでほしくなかった。外へ連れ出してほしいなんて、言えるはずもなかった。

その代わりに、一度だけ、

「バルロイ、ここでずっと……竜と一緒に、いてくれないっちゃか？」

そう懇願《こんがん》してしまった。

「──────」

そう懇願して、頬《ほお》を硬くしたバルロイの反応に、マデリンは理解した。

バルロイは、この山の頂に残ってはくれない。彼の世界は、この白く曇った向こう側にあるのだ。──マデリンの世界が、この白く曇った内側にしかないように。

「──すいやせん、マデリン」

そう謝り、いつものように頭を撫《な》でようとするバルロイの手を、初めて拒絶した。

涙目になって癇癪《かんしゃく》を起こし、責め立てるようにバルロイとカリヨンを山頂から追い出した。追い出してから、マデリンは三日三晩、泣きじゃくった。

そうして散々泣きじゃくってから、後悔した。あんな一時の感情の爆発で、バルロイと二度と会えなくなったらどうしようと、最後に見せた彼の悲しい顔を思い出し、心の底から悔やんで悔やんで、悔やみ続けた。

しかし、マデリンは幼く、その考えも想像力も甘く浅かった。

マデリンにとって人生最大の後悔は、三日三晩泣きじゃくったそのあとにやってきた。

――その日、『雲龍《うんりゅう》』メゾレイアが傷を負って帰ってきた。

マデリンの誕生以来、初めての出来事だったが、数日前のバルロイへの後悔を引きずり続ける彼女は、誰がメゾレイアに傷を負わせたのか気にも留めなかった。

不運にも『雲龍』の巣に入り込んでしまった飛竜か、無謀にも山の頂を目指したニンゲンか、いずれであろうと、メゾレイアが戻ったということは勝ったということだ。

だから、『雲龍』に傷を負わせたのが何者なのか、考えもしなかった。

「――すいやせん、マデリン」

その答えをマデリンが知ったのは、あの最悪の別れからしばらく、再び山頂を訪れたバルロイが目を背けたくなるほどの重傷を負っているのを目の当たりにしたときだった。

彼の謝罪は、先日の別れの一件へのものではなくて――、

「……『雲龍』を倒して、外に連れ出してやりたかったんですがね」

死にかけただろう傷でそう言って、同じぐらいボロボロの愛竜に寄りかかりながら、情けなく笑ったバルロイに、マデリンは滂沱《ぼうだ》と涙を流した。

後悔した。マデリンの竜生で最大の、それは拭い切れない後悔だった。

――龍は、宝に固執する。それが龍の習性だ。

それは、竜殻《りゅうかく》になって曖昧の世界に沈もうと忘れることのない習性で、『雲龍』が手放

すことを諦めない宝がマデリンだった。

バルロイは、それを奪おうとして、命を危うくしたのだ。

「馬鹿、だっちゃ……」

「やれなかないと思ったんですが……ほとほと、自分でも呆《あき》れちまいやすよ」

「違う！　違うっちゃ！　バルロイじゃなく、竜が、馬鹿だっちゃ……！」

情けなく自嘲《じちょう》するバルロイを否定し、マデリンはようやく知った。

今日この瞬間まで、バルロイに与えてもらうばかりだった自分。そんな自分を囲ってい
る白雲は、マデリンが己の爪で切り裂かなくてはならないものだったのだ。

それをマデリンはバルロイの優しさに甘え、彼に命懸けで破らせようとした。

なんという恥知らずか。そんな無様な在り方が、超存在たる竜人《りゅうびと》であっていいものか。

「竜が、自分でやるっちゃ」

「マデリン？」

「竜が、自分で外へ出るっちゃ。連れ出してもらうんじゃなく、自分で……今度は、竜が
自分でバルロイに会いにいくっちゃ。そうしたら……」

ぎゅっと、バルロイに贈られた服の裾を掴《つか》んで、バルロイに学んだ言葉で、バルロイに
教わった感情を、全《すべ》てを教えてくれたバルロイへ伝える。

超存在たる竜人、そんな自分を虜《とりこ》にした特別なニンゲンへ、伝える。

「そうしたら、竜をお嫁さんにしてくれるっちゃ？」

「――――」

マデリンの問いかけに、かつてと同じように一瞬の沈黙が生じる。

このときのバルロイの沈黙は、しかし、三日三晩泣きじゃくる羽目になった恥知らずなマデリンを苦しめたものと違い、そこに秘められたものがちゃんとわかった。

あのときのマデリンは、見たいものしか見ようとしていなかった。

バルロイに声をかけているのに、見てほしいという気持ちばかりで。

だから――、

「――そうでやすね。そうできたら、あっしもマデリンもどれだけいいでやしょう」

その精一杯のバルロイの優しさで、マデリンは自分が彼の一番でないことを十分にわからされた上で、大切な大切な約束を交わしたのだ。

8

――マデリンのこの気持ちを、本物の恋心ではないというものもいるだろう。

それは卵から孵《かえ》った雛《ひな》が、初めて目にしたものを拠《よ》り所《どころ》にする刷り込みのようなものだと、そんな風に賢《さか》しげに決めつけるものもいるかもしれない。

ただ、知らない幸せをたくさん与えてくれた相手を、特別に思いたいだけだと。

マデリンの求愛に対し、儚《はかな》く微笑したバルロイの答えを、将来は父親と結婚すると口にした娘への、傷付けないための優しい嘘《うそ》だと嗤《わら》うものがいるかもしれない。

他に想《おも》い人のいるバルロイが、その秘めたる想いを口にできないのと同じように、叶《かな》わぬ想いを抱いたマデリンを慮《おもんぱか》っただけだと哀れむものもいるかもしれない。

だが、そんなものはどれもこれも、ニンゲンの物差しに過ぎない。

竜人《りゅうびと》の、あるいは龍《りゅう》の価値観や考え方はニンゲンとは違う。もし仮に、竜人も龍もマデリンの想いを否定するなら、マデリンの価値観はそれら全部と違う。

マデリンは心から、本気で心の底から、バルロイ・テメグリフを欲したのだ。

それが恋や愛でないなら、マデリンは永遠にそれを知ることはない。

そう思えるぐらいに、命懸けの熱情で魂を燃やし、あの白雲を突き破ったのだ。

立ちはだかり、望みを挫《くじ》こうとする『雲龍《うんりゅう》』を調伏し、マデリンは初めて自分の髪の色と同じ空へ飛び出し、初めて何かを自らやり遂げ、初めて彼に会いに向かった。

そして、知ったのだ。――バルロイ・テメグリフの、ただ一人の特別な男の死を。

「――どうすれば、よかったっちゃ?」

その答えが、マデリンは今もわからない。

飲み下すには大きすぎるものを突き付けられ、マデリンの恋心は行き場を失った。

生きる意味さえ見失い、いっそ帝国を敵に回してやろうかと思い余ったマデリンを見つけたのが、『九神将』の空席を埋める存在を探していたベルステツだった。

「――どうすれば、よかったっちゃ?」

マデリンがベルステッツを殺さなかったのは、彼がバルロイを知っていたことと、その糸のように細い目の奥に、マデリンと同じ失ったものの慟哭《どうこく》を見たからだ。

マデリンと言葉を交わし、ベルステッツは彼女に二つの道を提案した。

一つは、持て余した感情のままに暴れ、帝国の敵としてバルロイと同じ結末を迎える。

もう一つはベルステッツの推薦を受け、バルロイの代わりの『九神将』となり、死した彼の足跡を辿《たど》り、その応報の機会を待つこと。

多くは悩まなかった。——こうして、『飛竜将』マデリン・エッシャルトが誕生した。

「——どうすれば、よかったっちゃ？」

地位を得て、歩き始めて、しかしそれは目的地のわからない旅だった。

あの山の頂から、白い雲に包まれた狭い世界から、バルロイが教えてくれた外へ踏み出しても、マデリンの心はあの日、飛竜と共に現れた男に囚《とら》われたままだった。

それでも、『九神将』として果たすべき役割には従事した。バルロイの代わりに。

それでも、帝国の『将』として示すべき威信を示した。バルロイの代わりに。

それでも、帝国の敵を打ち倒すべく力を行使した。バルロイの代わりに。

その日々は、マデリンにとって底知れぬ恐怖の毎日だった。

「——どうすれば、よかったっちゃ？」

自分が奮闘し、バルロイを想って、バルロイの穴を埋めようとするたびに、マデリン自身でバルロイの墓を掘り、彼を殺し、埋め立てている気がした。

バルロイの不在を補うたびに、彼の居場所を、確かにいた痕跡を、奪っていく。

それを嫌い、他者に役目を譲ることもできない。譲った相手がバルロイを殺していると感じて、きっとマデリンはその相手を殺すだろう。

「――どうすれば、よかったっちゃ？」

他の誰にもやらせられないから、自分でバルロイを殺していく。そうして、やがてバルロイを殺し切ったとき、自分の心もまた死ぬのだろうか。

それが、一番いい形な気がした。

バルロイに与えてもらった心で、感情だ。それはバルロイが死んだときに、彼の一番大事な瞬間に一緒にいられなかったときに、死んでおくべきだった。

それなのに――、

「――どうすれば、よかったっちゃ？」

――『大災』は、マデリンが失ったモノを確かに蘇《よみがえ》らせてくれた。

自分の一番好きな色だと、空色の髪を褒めて、頭を撫《な》でてくれた。

ふやっと柔らかく、見ていて胸の締め付けられる笑顔を浮かべた彼と、果たせなかった約束――晴れ渡る空の下で、雲の邪魔のない場所で抱き合うことができた。

あの山頂以外の場所で、ようやくマデリンはバルロイと触れ合えた。

それでもなお、空には分厚い雲がかかり、世界は薄暗く閉ざされたままだった。

「――どうすれば、よかったっちゃ？」

もう、どうしていいのか、マデリンにはわからない。

愛《いと》おしくて愛おしくて、ただそれ以外のことは、もう何もわからないのだ。

わかりたくも、ないのだ。

「──どうすれば、よかったっちゃ？」

9

どす黒い雲が渦巻いて、空に上がった『雲龍《うんりゅう》』を中心に集まっていく。

天空を覆わんばかりの破滅の黒雲、それが帝都の街並みを破壊し尽くすだけの力を秘めていると本能的に察し、地上のガーフィールは牙を軋《きし》らせた。

龍《りゅう》の息吹をしのいだばかりだというのに、一息つく間もありはしない。

「あのでけェ雲、全部が全部、『龍』のマナでできてッやがる……ッ！」

この瞬間、メゾレイアが呼び寄せるまで気付かせなかった切り札だ。

あまりにも大胆に空に浮かべられた『雲龍』の奥の手、しかし、ガーフィールの心中を震えさせたのは、目の当たりにした破壊の力ではなく、その繰り手の様子だった。

『雲龍』メゾレイア──否《いな》、その中身が別の存在であることは何となくわかっている。

見た目の幼さと裏腹に、長生きしてきたもの特有の風格を備えたリューズ。彼女を知るガーフィールには、『雲龍』の巨体に秘めたる未成熟さが感じ取れた。

「大将ァ、飛んでる龍《りゅう》を落としてッこいなんて俺様に言ったがよォ……」

世界最強の生物である龍を落とせと、そう信じて託された事実は途轍《とてつ》もなく大きい。

その信頼が与えてくれる力は、死に瀕《ひん》したガーフィールが見た、わけのわからない劇場というソーマトウから現実に戻ってくる活力を与えてくれた。

だが、真に、ガーフィールがここへ送り出された意味は、別にあった。

スバルがそれを狙ったかはわからない。

どうだろうと、構わない。この、『雲龍《うんりゅう》』メゾレイアはガーフィールが相対しなければならない、そういう敵だった。

何故《なぜ》なら――、

「――てめェの世界を守ろォって、ぴいぴい気ィ張って泣いてやがる」

悲鳴のような声を上げ、がむしゃらに力を掻《か》き集めるメゾレイアの姿、それがガーフィールにもたらしたものは、ひどく苦々しい恥の感情だ。

かつて、今のメゾレイアと同じ憤怒と悲嘆を、ガーフィールは周囲に爆発させた。

あのとき、自分のそれを力ずくで仲間たちが止めてくれたから、ガーフィールの今の立場と覚悟、強く踏みしめた二本の足と頑丈な体がある。

もちろん、ガーフィールとメゾレイアとでは、立場も状況も種族すら違う。だから、ガーフィールと同じ解決法がメゾレイアに使えるとは限らない。

だが、しかし、使えないという根拠もない。

確かめるためには、ガーフィールと同じで、牙を下ろさせて話してみるしかない。

そのために——、

「——ッ」

めまぐるしく周囲に目をやり、ガーフィールは強く牙を噛《か》み鳴らした。

崩れかけの防壁、龍の息吹に焼かれて半壊した帝都、背の高い建物は軒並み地盤の傾きで真ん中から潰れ、民家を積み上げている時間もなかった。

メゾレイアへ届きたくても、あの、雲の高さまでガーフィールが届かない。

だから、ガーフィールは一人でやることを諦めた。

「オッサン!!」

「——。あ?」

血相を変えて振り向いたガーフィール、その視界で呆然《ぼうぜん》と空を仰《あお》ぎ、地べたにぺったりと尻餅《しりもち》をついているハインケルがこちらを見た。

震え、焦点のぼやついた青い瞳《ひとみ》に自分を映し、ガーフィールはその両肩を掴《つか》む。

「手ェ貸せ！　何とかして、あそこまで飛んでッかなきゃァならねェ！」

「飛ぶ……飛ぶ？　飛ぶだと？　何を、何を言ってんだ!?　できるだけねえだろ、そんなこと！　どんだけの高さだと思ってやがる！」

怒鳴るように頼んだガーフィールに、ハインケルもまた怒鳴るようにして言い返した。

肩を掴む手を振りほどこうとしながら、ハインケルが頭上を指差す。

轟々《ごうごう》と、掻《か》き混《ま》ぜられる雲の色が変わり、黒雲の向こう側にあった空の色まで呑《の》み込《こ》んだみたいに、青みがかった紫色へと天の色が変じていく。

その天変地異そのものの光景を指差しながら、ハインケルは青白い顔で、

「もう終わりだ！」

「終わらせねェ！」

「――っ」

「何も終わりゃァしねェ！　俺様もオッサンも、負けちゃァいねェんだ！」

振りほどかれまいと強く肩を掴《つか》んだまま、ガーフィールはハインケルに強く訴える。

息を呑み、頬《ほお》を硬くするハインケル。震える指で天を指差しながら、反対の手にはまだ自分の剣を握りしめている男を、ガーフィールは信じると決めた。

「現実味がねェよな。わかるぜ、オッサン。――まるで、この世の終わりみてェだ」

そう呟《つぶや》くガーフィールが目を細め、渦巻く雲の形をした滅びを頭上にしながら、自分たちのいる戦場とは別の、彼方《かなた》の空を見据えながら頷《うなず》く。

どうやら本当に、どこもかしこも、スバルの言うところのテンノーザンだ。

帝都の北には雲を突き破って氷山が落ち、北東には城壁と、その向こうの山々まで届くような世界を断ち切る斬撃が奔《はし》っていく。東の天と地は百を超える赤だけで世界を構成し、あらゆる戦場が異なる終わりを帝国へもたらそうとしていた。

だが、ガーフィールは絶望しない。

「そぉだろ、大将」

スバルが、色んな顔をしてやってくる終わりとの戦い方を選んだはずだ。

そしてその、この場所の終わりに対抗するため、スバルが最強の手札として選んだのが他ならぬガーフィール・ティンゼルなのだ。

エミリアでも、ベアトリスでも、ロズワールでも、スピカでも、ハリベルでも、オルバルトでも、タンザでも、ミディアムでも、ジャマルでもなく、ガーフィールだ。

そしてこの瞬間、そのガーフィールとこの場所に一緒にいるのが──、

「──『剣聖レイドは龍《りゅう》を前に剣を抜いて笑う』」

「……そんな、頭のおかしい先祖と一緒にするな」

「──『ラインハルトからは逃げられない』」

「その名前を出すな！　俺は！　俺は……！」

「────」

「俺は……」

天地が終わりを迎えかけるその場所で、ハインケルが天を指差していた手で自分の顔を覆い、弱々しい声でそうこぼす。

その先に続く言葉が何なのか、ガーフィールにはわからない。もしかすると、ハインケル自身にも、その言葉の先は見つかっていないのかもしれない。

だとしたら──、

「――オッサンの、出ねェ言葉のその先を、俺様と一緒にこじ開けてやろォぜ」

10

想像することができるだろうか。

どこまでも続く広い大空、それを埋め尽くす雲の全《すべ》てが剣林弾雨と成り果てて、世界の終わりの如《ごと》く降り注いでくる光景を。

今にも、起きようとしていることはそれだった。

ただし、剣林弾雨という言葉の印象と違い、世界を終わらせる破滅の雲霞《うんか》はあまねく帝国の大地に降り注ぐのではなく、一挙に集中し、穿《うが》たんとしていた。

――渦巻く黒雲が螺旋状《らせんじよう》にねじられ、天空を織り込んだ巨大な円錐《えんすい》が形作られる。

強大なそれは歪《いびつ》で禍々《まがまが》しく、しかし破滅を目的とした一点において美しくさえあった。

天空で白い翼を広げ、両手をかざした『雲龍《うんりゆう》』によって形作られた終焉《しゆうえん》の形は、その巨体と裏腹に、幼子のように泣きじゃくる龍《りゆう》の手から放たれる。

『――消えろっちゃ』

涙ぐんだその一声は、破滅が落ちる地上の誰かへ向けられたものか、耐え切れずに消し飛ぶだろう地上そのものへ向けたものか、はたまた地上でも誰でもない、己自身にぶつけられた自罰のそれだったのか、わからない。

どれであっても、結果は同じだ。

龍という超存在が長い時間をかけて用意した奥の手を防ぐ手立てなどない。帝都のおおよそ南半分が消し飛ぶ大被害が発生し、『大災』の目論見《もくろみ》は果たされる。

帝都は崩壊、すなわち災いに対する帝国の完全敗北を意味し、止まらなかった死の軍勢は滅ぼした大地を呑《の》み込《こ》んで、その猛威を残る国々へも向けるだろう。

そうして、世界は留《とど》まることを知らない悲劇の連鎖へと取り込まれてゆく。

それが、終焉の落ちた世界の揺るがぬ結末だ。

その、どこぞの好奇心の塊たる『魔女』以外には誰も喜ばないだろう結末を否定することができるのは、落ちる終焉へ飛び込む矮小《わいしょう》な勇者のみ――、

「――――」

強く、踏み切る前に大地の存在を魂で感じ取り、勇者は掻《か》き集められるだけの力を掻き集めて、全身を預けた。

ぐっと伸ばした足が、鞘《さや》から抜かれていない剣の上に乗っかり、一瞬の力の均衡があった直後、猛然と、渾身《こんしん》の力で、上へと振り上げられる。

――それは偉大な一撃だった。

恐ろしく強大な龍を相手に振るわれたわけではなく、世界を滅ぼさんとする円錐に斬《き》り込んだわけでもなく、鍛えた技など欠片《かけら》も活《い》かされていない。

敵と目を合わせることさえしなかった、しかし、偉大な一撃だった。

少なくとも、それを自らの足裏で受けた勇者はそう判断する。

あとはその偉大な一撃が、何にも記録されず、誰にも記憶されないものとなるかどうか、結末を預けられた自分が証明するだけだ。

『――――』

落ちてくる終焉《しゅうえん》の向こうで、天上へ上がる勇者と龍《りゅう》の目が合った。

その龍の目の色が揺れるのを見て、勇者の口元に笑みが浮かんだ。場違いなくらい優しい笑み、それはすぐに好戦的で獰猛《どうもう》な猛虎のそれに塗り潰される。

「拳骨《げんこつ》を、喰《く》らわせてやる」

力一杯の、手加減なしの、それをぶち込む。それをぶち込んで、それをしてから――、「てめェの話を聞かせてくれや。――俺様が、大将たちにしてもらったみてェに」

跳ね上がる銀色の豪腕が、円錐《えんすい》の形をした滅びの黒雲と衝突する。

刹那《せつな》、折り畳まれた天空と、ねじくれた黒雲が無音の爆発となって世界を呑《の》み込《こ》む。

「――――」

衝突の結果は、音の消えた世界にもたらされる。

それが如何《いか》なる決着を迎えたのか、瞬くような光のあとに描かれるだろう。

ただ、衝突の先に生じた空は、立ち込めていた黒雲の掻《か》き消《き》えた空は、青い。

かつて、一人きりの孤独な竜人《りゅうびと》に名前を与えた『飛竜乗り』、彼が愛《いと》おしむように、慈しむように幾度も触れた髪色と同じ、空色が広がるのみだった。

幕間《まくあい》『アラキア』

1

――誰に言われたからでもない。アラキアがそれを頬張《ほおば》ったのは。

ドクドクと、血の流れる音が痛みとなって押し寄せる。

戦いの最中《さなか》よりもなお速く打つ鼓動、心臓が弾むたびに魂を直接釘《くぎ》で打たれるような衝撃が全身をつんざくが、それがかえってアラキアの気を楽にしてくれる。

心の臓が血を送り出しているということは、まだ自分は人の形をしているらしい。

たとえ、それが誤差のような些細《ささい》な安らぎに過ぎないとしても、アラキアが自分自身を攪拌《かくはん》され、魂を散らさないためには必要だった。

――『精霊喰《ぐ》らい』という特異な存在は、この世界にアラキアしか現存していない。

研究者というより、異常者というべきものたちの妄執の果てに造り出された彼女は、誰とも分かち合えない宿命の下、唯一無二として生かされてきた。

あえて薄められた自我を維持するため、自分にとって大切だと思える『柱』の存在だけを縁に、アラキアは精霊を喰らい、力あるものの役目を全うした。

それでいいのだと思っていた。

それではいけないのだと、『柱』を失って初めて知った。

知ったところで手遅れと自我は崩壊し、己が取り込んだ精霊に魂を塗り潰される。それが『柱』を失った『精霊喰らい』の本来の結末だ。

しかし、アラキアはそうはならなかった。そこには二つの要因が考えられる。

一つは、アラキアの『柱』とした存在が、離れ離れになったぐらいでは見失えないぐらい眩《まばゆ》い太陽のような人物であったこと。

そしてもう一つは、アラキアは絶対に認めたがらない理由――『柱』と引き離されてからの日々、アラキアがアラキアであることを強く意識させる雷鳴が、絶えず彼女の魂を震わせ、劣等感を思い出させ、その個を刺激し続けたことだ。

眩い太陽に照らされ、うるさい雷鳴に囃《はや》され続け、アラキアは己の魂を保った。

「――と、そう当方は結論付けますが、ご自覚はおありか伺いたい次第」

「……いや」

それはアラキアの序列がオルバルトを追い越し、『弐《に》』へ昇格したときのことだ。

チシャは賢く、話もわかりやすい。しかし、『精霊喰らい』について残されていた文献を漁《あさ》ったという彼の見解は、アラキアには受け入れ難《がた》いものだった。

アラキア自身、『精霊喰らい』である自分のことは感覚的にしかわかっていなかったが、それでも自分の全部はプリスカでできているものと信じたかった。

その切実な願いを、よりにもよってな成分で薄められたくない。

そもそも──、

「……なんで、その話したの？」

そう疑問した通り、チシャがそうした話題を持ち出したこと自体が驚きだった。

アラキアの『柱』であるプリスカ──彼女が『選帝の儀』から例外的に逃がされ、生きたまま国外へ出されたことは、ヴォラキア帝国でも秘中の秘。

当時、その追放に関わったアラキアやチシャは知っていて当たり前だが、他の誰に聞かれてもならないと、何年も口にしてこなかった話題だ。

それなのにどうして、このときになってチシャはそれを口にしたのか。

「あなたが、脆《もろ》く儚《はかな》く消える存在なのかそうでないのか、知っておきたいのですよ。いずれ来たる大きな戦いの頭数に、あなたを数えていいものかどうかと」

「……意味不明。わたしは、『九神将』だから」

チシャやヴィンセントが予測する、反乱や謀反《むほん》の鎮圧に駆り出されるのは当然だ。

しかし、アラキアの答えにチシャは目尻《めじり》を下げ、珍しい顔を作った。ほとんどいつも、呆《あき》れているか無表情な顔ばかりしているチシャの、滅多《めった》に見せない微笑だ。

その微笑でアラキアの虚を突きながら、チシャは続けた。

「あなたの思う戦いよりも、少しばかり大きなものになりそうでしてなぁ。あなたが心から閣下に仕え、当方を味方と思っているわけではないことは知っている次第」

「────」

「わかってはいても、否定されぬのもいささか傷付きますなぁ」

「……姫様のために、わたしは消えない」

額に手をやったチシャの反応に触れず、アラキアは自分の眼帯を撫《な》でてそう答えた。

自分が自分である理由、アラキアという魂の答えはちゃんとある。チシャが心配しているようなことは起こらない。チシャを安心させるためではないが、そう言った。

「あと、そのこととセシルスは関係ない」

「ふ。あくまで当方の推論ですからなぁ。どうしても違うと認めさせたいのであれば、一度くらいセシルスを負けさせていただきたい次第」

「あれれれれ？　今僕の話とかしてませんでしたか？　なんですなんですアーニャとチシャで僕をのけ者扱いだなんて性格悪いことしないでくださいよ。もしかしてあれですか？　懲りずに連敗記録を伸ばし続けるアーニャの薄い勝ち目の相談ですか？」

「セシルス、死んで」

結局、直後に始まったセシルスとのぶつかり合いで、巻き添えを嫌ったチシャが逃げてしまったからそれ以上の話は聞けなかった。

その後、チシャと話の続きをした覚えもない。──ただ、ぼんやりと思った。

アラキアも、チシャとの付き合いが長くなった。

プリスカと離れ離れになった『選帝の儀』からの付き合いで、プリスカと離れ離れになった理由に深く関わるチシャを、アラキアは許せないでいる。

でも、チシャはアラキアに字の読み書きの手ほどきをしてくれた。彼には借りがある。その貸し借りの分、チシャが望んだ戦いをしてもいいとは思った。

だから、チシャの話していた来たるべき大きな戦いがいつくるのか、聞きたかった。

——それとも、これもプリスカ以外の理由ということになってしまうのだろうか？

セシルスは嫌いだ。ヴィンセントは複雑だが、プリスカのことがあるので許せない寄りだと思う。オルバルトは冗談が面白い。ゴズは顔が面白い。グルービーは口は悪いが面倒見がよくて、モグロは嫌な顔をしないで話を聞いてくれる。ヨルナは苦手だが、どことなく嫌いになれなかった。バルロイはたまに飛竜に乗せてくれて、マデリンとはお互いに顔を合わせないようにしていた気がする。トッドには、感謝していた。

——そのあれこれも、プリスカ以外の理由ということになってしまうのだろうか？

「——」

バラバラになりそうで、ズタズタに千切れそうで、思い出す端から自分というものが失われていく感覚があって、アラキアは『アラキア』を掻《か》き集める。

そうしていないと、自分という存在が消えてなくなってしまうから——ではない。

「——め、さま」

そうしていないと、自分の中ではち切れそうに暴れ回るそれを抑え込めなくなる。

それは途轍《とてつ》もなく大きなモノだった。それは信じられないほど重たいモノだった。それは耐え難《がた》いほど歪《いびつ》なモノだった。それは放っておけば帝国を滅ぼすモノだった。

それを自分が抑えておかなくては、『柱』――プリスカを、守れない。

だからアラキアは、誰に言われたわけでもなく、それを頬張《ほおば》った。

自分の、比べるべくもなく細くて小さな体の内に、大いなる『石塊《いしくれ》』を取り込んだ。

『魔女』を名乗った怪物に、この存在を利用され、帝国を滅ぼさせてはならない。

そのために――、

『察するに何か悪いモノを口にしましたか。――本当にあなたは手のかかる』

うるさい雷鳴が、千々に引き裂かれる魂を継《つ》ぎ接《は》ぐような錯覚。

その雷雲のような痛みと喪失に苛《さいな》まれながら、アラキアは『アラキア』を掻き集め、掻き集め、掻き集めて、攪拌《かくはん》される存在の霧散に抗《あらが》い続ける。

抗い続け、耐え忍ぶ。――滅びかけの魂にかけて、唯一の可能性を待ち望んで。

2

数えるのも嫌になるが、数えるのは癖になっている。

あえて詳細な数字を記憶することで、直面した現実を矮小化《わいしょう》できる――なんて賢い話じゃない。そうした精神論抜きに、本当にただ癖になっているだけだ。

その癖が数えた。——これで、百九十一回目だと。

「我ながら凡人すぎて嫌になるぜ……」

熱がこもり、流れる汗が兜《かぶと》の中を浸していくのを感じながらアルは呟《つぶや》く。

溶解した第二頂点を舞台に、場違いな端役の悪足掻《わるあが》きは続いている。刻一刻と、一帯は地獄に作り変えられ、その環境の激変に人の営みは適応できない。

木々や建物は燃え、砂や街路は溶け始める。青龍刀《せいりゅうとう》を握った掌《てのひら》は焼け、纏《まと》った衣類もいつ着火するか知れない。——実際、火だるまになったのも一度や二度ではなかった。

だが、そんな異次元と化した世界でも——、

「たたたたたたたたたたたたた——!!」

猛然と、ボコボコと泡を立てて沸騰するマグマの上を駆け抜けて、雷光と見紛《みまが》う速度の千両役者が大立ち回りを繰り広げる。

深みのある濃い青の乱れ髪を躍らせながら、目にも鮮やかな桃色のキモノをはためかせて走るのは、この世界の花形役者を気取るセシルス・セグムントだ。

「——とう!」

子ども特有の高い声を掛け声に、セシルスの体が斜めに飛んだ。

その踏み切った刹那《せつな》、彼が直前までいた地面が膨れ上がり、内側から爆発を起こす。その爆風さえも味方に付けて、射出されるセシルスが宙で身をひねった。そのまま、雷光の蹴撃が中空にいる銀髪の犬人《いぬびと》——アラキアへ飛び込んでいく。

「──あ、う」

宝石のように赤い瞳《ひとみ》から血涙を流すアラキア、微《かす》かに呻《うめ》く彼女の胴体にセシルスの靴裏が焦げ付いたゾーリが迫り、迫り、迫り──インパクトの瞬間、大音が空で爆《は》ぜる。

「〰〰ッッ!!」

直後、飛び上がったとき以上の速度で叩《たた》き落とされ、セシルスの矮躯《わいく》が街路を跳ねる。苦鳴を押し殺しながら顔を上げると、一拍遅れて幼子の童顔が血を噴いた。

「完璧に合わせてくるようになりましたね」

額から流れた血を舌で舐《な》めて、セシルスがまんまと撃墜された事実を受け止める。

そこに驚きの色はない。何故《なぜ》なら、疾風迅雷はすでに十数回迎撃されている。その旗色は急速に、それも深刻に悪くなりつつあった。

「アラキア嬢ちゃんがマズい」

介入する隙を窺《うかが》いながら、アルは空間を歪《ゆが》めて浮遊するアラキアを見る。

そのアラキアの姿は、ほんの十数秒前よりもさらに異形化が進み、細い少女の体の内側から突き破るようにいくつもの魔晶石が生えたものとなっていた。

アラキアの腕や背中から生えたそれは、遠目には天使の羽のようにも見える。

しかしその実態は、アラキアが取り込んだ大きすぎる存在が、自らを閉じ込める少女の体を食い破り、溢《あふ》れ出《だ》そうとしている惨状に他ならなかった。

「クソったれ」

徐々に力に侵食され、異形化の進むアラキアの姿にアルは悪罵《あくば》を吐き出す。

自分の望みを叶《かな》えるため、その可能性を外に求める気持ちはわかる。だが、自分の身の丈に合わないモノで補おうとすれば、運命はそうまでして彼女が守りたかったものに牙を剥《む》く。——そういう、最も残酷な結末を用意する仕組みになっているのだ。


——当初、アラキアとの戦いを優勢に進めていたのはセシルスの側だった。

第二頂点を吹き飛ばし、そのまま帝都を丸々消し飛ばしかねない危険物と化したアラキアを引き止めるため、セシルスはあえて刺々《とげとげ》しい敵意で彼女の注意を引き続けた。

はっきり言って、アルより一段二段どころか十段飛ばしで上の超越者たちの戦いだ。

アルがいたところで介入できる余地はほとんどなかったが、それでも二百回に迫る試行錯誤の中で、二回はセシルスの手足が吹き飛ぶのを阻止できた。

その間も、アラキアは際限なく水を注がれ続けるコップを持たされたように、溢《あふ》れる水を無作為にぶちまけて、アルやセシルスの命を大いに危うくした。

だが、それが繰り返されるだけなら、領域というズルをしているアルはもちろん、理外の存在として跳ね回るセシルスを捉えることは永遠にできなかったろう。

しかし、状況は変わった。

前述したアラキアの異形化が進み、途端にその戦い方が変化したためだ。

「——くる！」

弾んでさえ聞こえる声を上げ、血を拭ったセシルスの双眸《そうぼう》が輝く。

刹那《せつな》、セシルスの周囲の空間が歪《ゆが》み、四方から飛び出すねじくれた石柱が大蛇のように少年に襲いかかった。その猛然と嚙《か》みついてくる石柱を、屈《かが》み、飛びのき、身をひねって躱《かわ》しながら、地を蹴るセシルスの速度が一瞬でトップスピードへ乗る。

だが、血涙を流すアラキアの猛攻は雷光を逃さない。

地を蹴り、加速するセシルスの進路の地面がめくれ、石と土でできた巨大な腕が瞬く間に百近く生まれ、それが少年を握り潰さんと一斉に掴《つか》みかかった。

「残念ですが舞台の役者にお触り厳禁！」

軽妙な返答、波濤《はとう》の如《ごと》く押し寄せる作り物の腕を足場に跳躍、宙へ迫ってくる腕を階段のように駆け上がり、セシルスは再び宙のアラキアへ迫る雷光となる。

だが――、

「やらかした――！」

掠《かす》めるだけでアルを爆散させる実績のある巨岩の拳《こぶし》、それをゾーリの裏で受け、全身のバネを使って衝撃を殺し、勢いだけもらって飛んだセシルスが叫んだ。

弾道ミサイルのような勢いでアラキアへ突き進むセシルス、その射線上に白い光が生み出され、空で逃げ場のないセシルスが自ら光に飛び込む――、

「うおおおお！」

吠《ほ》えるアルが青龍刀《せいりゅうとう》を振り上げ、セシルスが光に飛び込む前に刃《やいば》を叩《たた》き込《こ》む。

次の瞬間、青龍刀の直撃を受けた光が一瞬強く瞬いて、接近したアルの体を、迫ってい

たセシルスの体を呑《の》み込《こ》んで消し飛ばし――、

× × ×

「やらかした――!」

巨岩の拳《こぶし》の勢いを盗み、セシルスが弾道ミサイルのように飛びながら叫んだ。

その叫びが発されるより早く、アルは青龍刀《せいりゅうとう》の先を何もない空中に向けて――、

「ドーナぁ!」

アラキアと比べれば、月とハナクソのような差のある魔法だが、生み出された礫《つぶて》は空を走り、生み出されかけていた破滅の光の出鼻を潰す。

一瞬の閃光《せんこう》が兜越《かぶとご》しにアルの目を焼くが、光はアルの命も、セシルスの命も殺せない。

「アルさん、やるぅ!!」

その命拾いの感慨さえ軽々しく飲み下し、セシルスが真《ま》っ直《す》ぐアラキアへ突っ込む。

振りかざした右手の手刀、半端な名刀さえ凌駕《りょうが》する怪物級の切れ味のそれが一閃《いっせん》、魔晶石の翼を生やしたアラキアを斜めに衝撃が打つ――、

「――っ!」

瞬間、誇張抜きの雷鳴が轟《とどろ》き、空が引き裂かれる光景をアルは幻視した。

実際にそれは錯覚ではなく、セシルスが放った手刀の衝撃波は背後に抜けて、その向こ

うにあった倒壊寸前の建物群にトドメを刺し、一帯を崩壊へ導いた。

だが、しかし、肝心の、手刀を浴びたアラキアは。

「――――」

ぎょろりと、血色に染まった目が動き、すぐ間近にあるセシルスを覗《のぞ》き込《こ》む。

その額に強烈な手刀を浴びたにも拘《かかわ》らず、中空にある身を小揺るぎもさせなかったアラキアは、返礼とばかりにその魔晶石でできた翼を振り上げて――、

「――――」

その、薄い唇が微《かす》かな音を紡いだ直後に、一撃がセシルスを致命的に抉《えぐ》っていった。

3

――刻々と時間が流れ、経過し、過ぎ去り、『アラキア』が消えていく。

徐々に存在を、魂の在処《ありか》を塗り潰される感覚を味わいながら、アラキアは痛みと苦しみの中で、懸命に自分の太陽の眩《まぶ》しさを思い出そうとしていた。

持て余された存在だった。多くの犠牲の果てに造り出されたにも拘らず、造り出したあとのことには無頓着で、行き場のない危険物そのものとして生を受けた。

そんな、使い道も、正しい扱い方も知れない恐ろしいだけの存在を、彼女は平然と自分の歩む人生の隣に並べると、ついてこいと堂々と言い切った。

その、完成された雄大さに、いったいどうして逆らうことができただろう。反抗心など芽生えようはずもなかった。彼女はアラキアが正しいと思うことの象徴であり、彼女が存在してくれることがアラキアの生まれた意味だ。

その輝きを失わせないため、その輝きに美しいと思うものを取りこぼさせないため、必要だと思えば傍《そば》を離れることを選び、身を引き裂かれるような思いにも耐えた。

耐えて耐えて耐え抜いて、その先にまた太陽が昇るのを信じられたからだ。

その、明日の暁《あかつき》を守れるなら、昇る日の光を自分が浴びられなくてもいい。

がむしゃらに喚《わめ》いて、手に入らないと駄々《だだ》をこねて、他ならぬ太陽から失望の目を向けられながら、それでようやく、辿《たど》り着《つ》いた結論。

太陽に、捨てられたのだと思った。太陽は、もう自分を照らさないのだと思った。

しかし、あの帝都決戦で向かい合い、泣きじゃくるアラキアへと『陽剣』を向けた太陽——プリスカは、その真紅の宝剣でアラキアを斬《き》らなかった。

その後、現れた『大災』の僕《しもべ》に取り囲まれたときも、逃げ切ろうと思えば逃げ切れたはずだ。だが、彼女はアラキアの無事と引き換えに、囚《とら》われとなることを選んだ。

太陽は、アラキアを捨ててなどいなかった。太陽は、また世界を照らしてくれた。

——プリスカ・ベネディクト。ヴォラキア帝国の、沈み、また昇る太陽の象徴。

彼女を想《おも》えば、アラキアは『アラキア』のままでいられる。自分という器を破り、太陽が照らし出す大地をなくしてしまうだろう脅威を、引き止めていられる。

そうして破滅の時を引き延ばし続けるアラキアの体で、『石塊《いしくれ》』もまた抗《あらが》い続ける。

何百年もの長い時間を停滞して過ごし、自らの力の一部が人間同士の争いに利用されようと、あるいは人の営みの豊かさに活用されようと意に介さない大精霊。――それは、アラキアという脆《もろ》い器に入ったことで、本来知ることのなかった滅びを知った。

それを、『石塊』に教えることこそが、アラキアの抗いの真意だ。

「――――」

誰かが、誰かがアラキアの姿をした大精霊を止めるために戦っている。

その誰かが多少なり、アラキアの力を消耗させてくれるから、『アラキア』が失われることへの歯止めがかかっているのだとも思う。

だが、足りない。弱らせるだけでは、押しとどめるだけでは足りない。

『大災』の、その目的を邪魔するために、アラキアはそれを頬張《ほおば》った。

何をされても、されるがままの大精霊は、アラキアに取り込まれることで、自らが失われるということの恐れを知った。

あと、もう一押しだ。もう一押しがあれば、大精霊は理解する。

『アラキア』が生きるためには、太陽が必要だ。

そして、『アラキア』が生かすために必要なのだ。――雷鳴が。

誰かが、誰かがアラキアを止めるために抗っているのを感じる。

足りない。その誰かでは、足りない。必要なのが誰なのかは、わかっている。

だから、アラキアははち切れそうになりながら、待ち望む。

――雷鳴が、本物の雷鳴が鳴り響くのを、待ち望む。

4

「――殺して、セシルス」

そう聞こえた瞬間、あろうことか思考が止まってしまった。

渾身《こんしん》の手刀を叩《たた》き込《こ》み、それが相手に全く通用していなかったと睨《にら》まれた直後、血涙を流す美しい少女は泣きながら、か細い声でそう懇願《こんがん》したのだ。

「――――」

直後、その呟《つぶや》きを飲み下すより早く、セシルスの胸が強烈な一撃を受ける。

少女の細腕は、しかしびっしりと生えた魔晶石の鋭さで刃《やいば》も同然、哀れセシルスの薄い胸板は無惨にも切り裂かれ、お気に入りのキモノを血に染めながら落下する。

痛み、ある。やらかした実感、ある。大ピンチの兆し、十二分にある。

しかし、深々と抉《えぐ》られた傷よりも、宙に尾を引いている流れた血よりも、遠ざかっていく少女の痛々しい目と顔、何よりも言われた言葉から目が離せない――。

『■■!!』『■■■■』『■●■●■●■』『■■■■●●■■』『●●●■■■』『――■

■』『●●●●!!』『■■■●■●●■■●●』『●●……■』『●●■■●■■●●』『●■●■●■●■』『●●■●■●●●■■●――!』

「――申し訳ありませんが静粛に願います!!」

その瞬間、ひっきりなしに聞こえ続けている観客の声に、セシルスは強く訴えていた。

普段であれば、セシルスは観客の声を黙らせるようなことはしない。

聞こえてくる声を、自分のモチベーションを上げるための発奮材料とし、言わせるがままに聞き流しながら平然と常に過ごしている。

それを、黙らせた。静寂が、痛みさえ煩わしい静寂が欲しかった。

「――――」

落下しながら、セシルスは観客の声のしない静寂の中に少女を見つめ続ける。

血の涙を流して苦しみ、嘆きを訴える手段として世界を壊す彼女は、意味を為《な》さない呻《うめ》き声の中にようやく自分の望みを交えた。

それが、他ならぬ自分の名前だったことは、まさしく花形役者の宿命と言えよう。

しかし――、

「――殺してとは、聞き捨てならない」

痛みや驚きよりも、紡がれた台詞《せりふ》の方が受け入れ難《がた》く、セシルスは歯を噛《か》んだ。

瞬間、頭から地面へ落下する体の膝《ひざ》を畳んで反転、危なげなく着地すると、その着地を狙って落ちてくる石柱の連鎖を躱《かわ》し躱し躱し、飛んで地面を踵《かかと》で擦る。

そして、顔を上げた。

「あれは僕に言ったものではありませんね」

無論、この状況で他に名を呼ばれるセシルスがいるとは思えない。

だがしかし、涙を流した彼女が呼んで、望みを託されたのが自分でないことはちゃあんとわかる。――それが、無性に腹立たしくあった。

大一番、鉄火場、決めシーン、担当回、なんという言い方をしてもいい。

そんな瞬間、そんな場面、そんな見せ場を用意され、そこで呼ばれるセシルス・セグムントが、自分以外でいいはずがない。

故《ゆえ》に――、

「――セシルス！　お前、傷は……」

「決めましたよ、アルさん」

深手を負い、流血するセシルスを何故《なぜ》か自分の首に青龍刀《せいりゆうとう》を宛《あて》がいながら呼んだアル。

そのアルに応じながら、セシルスは破けたキモノの切れ端を千切り、紐状《ひもじよう》のそれでバラバラとばらけていた自分の青い髪を後ろでまとめる。

そして笑い、泣いている少女――ヒロインを見上げ、言い放つ。

「天上の観覧者も照覧あれ。――世界がいずれを選ぶかを」

第六章　『セシルス・セグムント』

1

――セシルス・セグムントは『星詠み』である。
この書き出しはすでにしたので没とする。
――セシルス・セグムントはこの世界の花形役者である。
この事実は語るより魅せるで証明し続けているので野暮《やぼ》とする。
――セシルス・セグムントはこの世に唯一無二である。
この主張はセシルスに限った話ではないので頭痛が痛い的な話である。
――セシルス・セグムントはセシルス・セグムントである。
この定義が一番しっくりくるので、今回の始め方はこれを採用とする。
然《しか》らば――、

2

――セシルス・セグムントはセシルス・セグムントである。

テンチシンメーに従い、この事実は決して揺るがざるセシルスの大前提だ。

たとえ我が身に何が起こっていようと、周りが言っていたように、今よりすらりと高身長で見目の整った華のある美青年な大人の自分がいたのだとしても、それはもはやビフォア・セシルスであり、今この瞬間のセシルスは自分しか存在しないのである。

故《ゆえ》に、それを証明する。

「天上の観覧者も照覧あれ。――世界がいずれを選ぶかを」

ぎゅっと服の切れ端で髪をまとめ終え、空いた両手で自分の頬《ほお》を強く張る。

こうした気合いの入れ方をセシルスは滅多《めった》にしないが、観客が役者の変化に気持ちよくついていくためにも、こうした描写は作劇上とても重要だ。

それをしてから、「そう言えば」とセシルスは首をひねり、

「意外と聞き分けがいいんですね皆さん。もうご歓談を再開されて一向に構いませんよ」

『●●■▼●■●!』『▼■■――』『■■■■■!!』『▲■■▲●●●■▲●●▲▼■●▲■■●●●』『●■●●■■!』『――▲▼▲』『●●▲▼▲●●』『■●▲●■■●●

『▲■●！　●■●！　▲▼■！』『●●■■▼●■――』

途端、沈黙を強いられていた観客たちの熱狂が爆発し、セシルスはそれらの平常運転に内心でうんうんと頷《うなず》きながら、自分の調子を取り戻す。

常日頃、自分に釘付《くぎづ》けな彼らに承認欲求を満たされ続けるセシルスだが、ああして彼らを黙らせたのは初めてのことだった。彼らもビックリだろうが、自分でもビックリだ。

ただ、その事実も実に快なり。幸先《さいさき》がいいとはこのことだ。

「――なにせ、見くびってくれた相手を見返しにいくところですので」

そう述べた直後、セシルスの顔面を光の一閃《いっせん》が貫いた。

「セシ――!?」

ニヤリと笑った顔の中心、それを穿《うが》たれたセシルスの姿にアルが声を上げる。

駆け寄ってきていた彼は、そのセシルスの被害に何故《なぜ》か自分の首に宛《あて》がった青龍刀《せいりゆうとう》の力を込めようとした。が、その腕は寸前で動かなくなる。

顔を貫かれたセシルスの残像がブレ、実像のセシルスがその腕を引き止めたからだ。

そして、息を呑《の》むアルの腕をパッと解放し――、

「少し離れた方が全体が見やすいですよ」

そう観劇のコツを教えた直後、セシルスの残像が弾《はじ》け、衝撃波が広がる。

光の一閃が空間を引き裂き、遅れて届いた音が広がる破壊を追いかけるように拡大、も

はや原形を留《とど》めていない街路が十数メートルにわたって丸く吹き飛んだ。

「うおあああ⁉」

その余波に巻き込まれ、吹き飛ぶアルの悲鳴が尾を引くが、爆心地から飛び出したセシルスは彼の方を見ない。見なくても、吹っ飛び方も転び方もわかる。何故なら、一番見栄えがする吹っ飛び方と転び方を、こちらで勝手に思い描くから。

役者は舞台の端々まで見られないが、舞台の端々までわからなくてはならない。

故《ゆえ》にセシルスは周辺情報を拾う感覚――否《いな》、脳内空想視野を拡大し、戦場を舞台に舞台効果を自分好みに、すなわち世界的に最も映えるよう演出する。

「――――」

死線を走るセシルス、その頭上を浮遊するヒロインの異形化がどんどん進む。

セシルスの渾身《こんしん》の手刀にもビクともしなかったヒロインは、その細い体の全身から魔晶石を幾本も生やし、輝く翼を纏《まと》ったような幻想的な姿と化していた。特に目を引くのは彼女の周囲に浮かび、柔らかく空を撫《な》でている光の帯――薄く平たい魔晶石だ。

如何《いか》なる原理か、燃える街並みの赤に照らし返される魔性の帯は、風になびく薄絹のような軌道で空を泳ぎ、刹那《せつな》、世界を縦断してセシルスへ放たれる。

先の、アルの吹き飛んだ一撃、それが目を輝かせたセシルスの顔面へ迫り――、

「――ぺろり。なるほどこれはおかしな味わい。なんというか宝石味？」

刹那、セシルスはつんと伸ばした舌先で、顔の中心を穿たれる寸前で躱《かわ》した帯の味を確

かめた。舌先の感触は柔らかいのに硬く、その味は言葉通りで宝石に近い。

昔、飴《あめ》に似ていると宝石を口に入れてガッカリしたときとそっくり同じ味だ。

「宝石の帯……そう言えば序盤は光やら火やらを飛ばしてきていたのが途中から石の柱に土の手足と変わっていましたね。宝石もその延長線ということですか……実に雅《みやび》で僕好み！　いいですねいいですねクライマックス度が高まります！」

光り輝く帯をねぶった舌を引っ込めて、セシルスは気分の高揚に呵々大笑《かかたいしょう》。

この土壇場、大勝負の場面で相手するのが宝石の羽衣を纏《まと》った天女とは恐れ入る。ましててや先の雷速の手刀、止められたのは彼女の体も同じく変質しつつあるからだ。

それこそ、宝石の中には鉄より硬い代物もあるとかないとか。

すなわち、セシルスが相手するヒロインは――、

「――金剛石の天女!!」

浮かんだ言葉をそのまま出力した直後、天女の羽衣から金剛石の帯が射出される。

閃《ひらめ》き、世界を切り刻みながら押し寄せる光の帯、都合十二本がセシルスを包み殺すように四方八方十二方から襲いくる屍山血河《しざんけつが》――渡れるものなら渡ってみろと荒れ狂った十二の死線を掻《か》い潜《くぐ》り掻い潜り掻い潜るるるるるるるる――！

「ここで想像力を羽ばたかせる！」

降り注ぐ猛攻は留《とど》まる余地がなく、浅からぬ傷から血を噴きながら全部無視。

戦闘の最中《さなか》の思考の加速は目覚ましく、ここまでの大立ち回りを絶賛喝采大歓声。しか

しこのままではジリ貧退屈総スカンと、セシルスはベストな演出プランを導き出すために全身の機能を舞台映え優先でギアチェンジ。

——まず最初に、色を識別する機能をカット。世界が白と黒に染まった。

彩色された世界の彩り豊かさは失われるが、モノクロの世界にはモノクロの世界でしか表現できない物の本質の良さがある。

——次いで、音を聞き分ける機能をカット。観客の声も自分の心音も、届くのが遅い光の帯が風を切り、舞台が解体される音も軒並み置き去る。

無音の世界は味気ないが、不自由を堪能する風流にしか出せない味がある。この環境でこそ気付ける妙、演者の身振りや顔の芝居の巧みさに胸を打たれる喜びが。

——加えて痛みとか味とか匂いとか、そのあたりの機能もまとめてカット。体の方は戦いに全振りし、頭の方を閃く思考に全集中、脳内空想視野劇場の幕開けだ。

「——さて」

と、そう一息挟み、白黒の世界——金剛石の帯の猛攻を躱《かわ》し続ける空間で、セシルスは見栄えよく奮闘する自分を文字通り俯瞰《ふかん》している。

思考の加速を空想的に表現し、刹那《せつな》を引き延ばしているような感覚。とはいえこれも万能ではない。物語は動いてこそ、心を揺すぶるのだ。

あの金剛石のヒロインに泣きながら懇願《こんがん》され、それはそれは腹を立ててしまったセシルスではあるが、あの訴えの真意を自分に都合よくこじつけて、このスローモーだがゆっくり着実に進行している状況を動かす推進力を得なくては。

「――――」

普通に考えれば、彼女はセシルスの関係者なのだ。もしかすると、有名すぎるセシルスを一方的に知っているコアなファンの可能性もあるが、仮にそうでもここから先の思考には問題がないので、そこの正否は問わないでおく。

ここで重要なのは、彼女が意識するセシルス・セグムントというのが、今の自分ではなくて、色々と話題に上るお騒がせなビフォア・セシルスということだ。

余人が聞けば呆《あき》れるだろうし、実際にシュバルツやタンザは呆れていたが、そのビフォア・セシルスの話はセシルスの興味を全く惹《ひ》かなかった。

何を言われても他人事《ひとごと》、何を為《な》そうと他人の空似、何を残そうと誰かの褌《ふんどし》。

それがセシルスの感覚であり、故《ゆえ》にはっきりとセシルスの中ではビフォアとアフターの住み分けは完了している。どうやらそれは拾い食いが原因であっぷあっぷ状態の疑惑があるヒロインも同じ感覚であるらしい。

ヒロインは、ビフォア・セシルスとアフター・セシルスを同一視していない。

「それ自体は歓迎すべきことですし仮にでっかくなあれと言われてなれるものではないので現状ままで話を進めるしかありませんけれども！」

「どうしたことでしょうね。別物と分けて考えてもらえてるのはありがたいにも拘《かかわ》らず必要とされているのがこの僕でないことにははっきり不満を感じます」

うんうんと考え込むセシルスの横に、ぴょこんと別のセシルスが顔を出す。

今、ビフォアとアフターのセシルスは別と言い切ったところなのに、ここでアナザー・セシルスが出てくるのはややこしいが、話し相手がいると捗《はかど》るのも事実。

「まぁ、ここは集中力の高まりが思考の加速をよりわかりやすく可視化した結果と認識しておきましょう。それよりも今はヒロインの話ですよ」

「ヒロインの話というよりは彼女に対する僕のスタンスの話だと思いますね。もちろんボスやタンザさんを見ていれば物語における重要人物とそのヒロインとの関係性がそれまでになかったケミストリーを生み出すことは想像に難《かた》くありませんが」

「ということは僕と彼女との間にもそういうケミストリーが？」

「どうなんでしょう。そもそもどういう意図で彼女をヒロインに決めたんでしたっけ」

「ノリで」

「ノリか〜」

「でもでもボスが言うところのライブ感というものは馬鹿にしたものではありませんよ。即断即決脊髄反射はつまるところ直感頼みのインスピレーションってことですが多くの場面で僕は直感に従ってやってきたじゃありませんか」

「それは確かに。ということは現状も直感に従った結果なわけですからこの先も直感に従うのがベストなのでは？」

「そんな気がしてきました。しかしそうなるとあれですね。――僕の直感は今この瞬間の僕というセシルス・セグムント以外を頼られるのがなんかなーって思ってますね」

「なるほど。ですが彼女が求めているのは今の僕ではないという話でしたね。乞われているのはビフォア・セシルスですがその理由はアフター・セシルスにはビフォア・セシルスならできるだろうってことができないと思われているからでは？」

「あ、じゃあ、今の僕が前の僕を超えたら解決ですね」

「異議なーし！」

二人のセシルスで頷《うなず》き合い、お互いが納得のいく合意に達し、そのままどちらが俯瞰《ふかん》されているリアル・セシルスへ戻るかで一悶着《ひともんちゃく》が起こる。

ここにどちらが真のセシルスの魂なのかを決める不毛な戦いが始まり、終わり——直後にリアル・セシルスの時が通常速度で動き始め、天女の羽衣が放つ十二の金剛石が生み出す死線、それへの対処が再開する。

「——ゆっくりに見えてたから体感速度が速い速い速い！」

躍る十二の光帯は、それぞれが意思があるように独立し、普通の武器とは違って生き物のように不規則な軌道を成立させるハードな敵だ。

そんな致死性の高い美しき宝石群に囲まれながらセシルスは思う。

「殺してというあの言い方、彼女の頭の中のセシルスならできるという考え」

それはつまり、彼女の頭の中のセシルスならば、この金剛石の包囲網も容易《たやす》く突破して自分に辿《たど》り着《つ》いた挙句、見事に心の臓を止めてみせるという信頼の表れだ。

当然だが、ビフォァア・セシルスを超えるつもりの、アフター・セシルスとアナザー・セシルスが融合を果たしたパーフェクト・セシルスはその上をゆくのが必須条件――、

「当たれない触れないビフォァア僕がやってないやつならこうしては？」

首から上を狙った光帯、胴体へ迫る煌《きら》めき、足払いというより足削《あしそ》ぎ狙いの薙《な》ぎ払《はら》い、それらを頭を傾け、身をひねり、左足右足と順番に跨《また》いで避けて、その後ものけ反り、しゃがみ、膝《ひざ》を伸ばして跳び上がって全弾回避、結果――、

「これぞ光のアヤトリ！」

独立した十二本の光帯をスレスレで躱《かわ》し続け、それぞれが空中で絡まり合うよう誘導、見事な網目状に結び目を作ったそれが『トーキョータワー』となる。

剣奴《けんど》孤島からの旅の道中、シュバルツが手慰みに披露した糸遊びで、珍しくタンザが手放しに感動してシュバルツがマジ照れしていたものを再現した。

無論、マナで作られた金剛石の帯に長さの限度はなく、作られた結び目も一度構成をほどいて再構成されれば、何事もなかったかのように元通りだ。

この行為に戦略的な意味などない。ただ、得られただけだ。――確信を。

「僕は僕を超えられる」

実物は見ていない。実際に比べ合ったわけでもない。

しかし、セシルスが頭の中で思い描いたビフォァア・セシルスには、この『トーキョータワー』は作れなかった。彼の中には『トーキョータワー』がないのだから。

なのでビフォア・セシルスでも躱《かわ》せたかもしれないが、躱す以上の見せ場作りに成功したのでその分、パーフェクト・セシルスが一歩リード。

確信の直後、光の『トーキョータワー』が予想通りに構成をほどかれ——予想と違った形で爆発を起こし、こちらの思惑を上回ってくる。

「あなたも相当な負けず嫌いですね！」

変わらず色と音を落とした世界で、セシルスはヒロインの負けん気を称賛した。

称賛した上で、真下から押し寄せる光の爆発——直撃されれば帯を躱した分が帳消しになる威力、宙にある我が身は自由度が地上より圧倒的に低い。

マズいマズいマズいマズいマズいマズいので燃えてきた。——再び空想視野を拡大し、全身の機能のギアチェンジを敢行。

色覚、現状維持。聴覚、現状維持。痛覚と触覚を再起動し、途端に湧《わ》き上がってくる痛苦を歯を剥《む》く笑みの裏に隠して、一秒を百分割する感覚の中に『鍵』を探す。

それがあれば、脚本を次のページへめくれる『鍵』を。

「——あった」

全身の皮を剥《は》ぎ、神経を剥き出しにするような感覚の広げ方をするセシルスの伸ばした足が何かに当たった。それは都合のいい壁や建物ではない。当たったのはセシルスたちの戦いに巻き込まれ、壊れる街並みから舞い上がった瓦礫《がれき》の破片、一粒の小石だ。

それを、足場にする。

「し」

足裏に当たった微《かす》かすぎる感触を足場に、セシルスの体が空中で跳ねる。

セシルスはさらに、巻き上げられた木片や割れた窓ガラス、ついには大きめの灰を踏んで高く逃れた。

何故《なぜ》できるのか。できるからできると、見たものを信じさせる。

様々な道理や概念を無視し、空へ逃れるセシルスのそれは常識への暴挙だ。それを目にしたものは奇跡と呼ぶかもしれないが、セシルスに言わせればこの程度は序の口、日常様々な瞬間に訪れ、世界を彩っていく奇跡の一握に過ぎない。

そして、奇跡を起こし続けていれば――、

「焦《じ》れて現実が牙を剥く」

理不尽な上昇で光芒《こうぼう》から逃れるセシルス、その逃亡の正否が結果として出る前に、無色の光芒を内側から食い破り、再構築された光帯が空のセシルスへ追い縋《すが》った。

十二の帯は螺旋状《らせんじょう》に絡まり合いながら、セシルスへ向けて先端を放射状に広げ、まるで食虫花が美しい花弁で羽虫を捕らえるように喰《く》らいつく。蕾《つぼみ》のように閉じられる花弁、金剛石の花に呑《の》まれかけるセシルスに逃れる術《すべ》はない。

それもたぶん、きっと、今のセシルスでないセシルスだったなら。

「ドン」と、口にした音を百倍するような音で、セシルスに蹴られた空が爆《は》ぜる。

音を置き去りにし、雷速で走るセシルスは空気に壁があることを知っている。その壁を蹴るのは簡単ではないが、見せ場でしくじるような大根役者と侮られるのは御免だ。それがぶっつけ本番だろうと、完璧に魅せてこなして花形役者。

――結果、閉じる花弁を貫いて、落雷の如《ごと》くセシルスが地上へ突き刺さる。

代償に右足の膝《ひざ》から下が見るも無残な有様だが、無傷で勝利を掴《つか》む颯爽《さっそう》とした姿も、傷を負いながらも相手を下す凄烈な姿も絵になる意味では甲乙つけ難《がた》し。ああすればこうすればと事のあとでうだうだと騒ぐのは観客に失礼、万雷の拍手を浴びた心地で血塗《ちまみ》れの胸をずいと張り、前へ、前へ、往《ゆ》く――。

「――十歩」

目測、空中にあるヒロインへの距離を測り、あえて血塗れの方の足で踏み込む。

その走り出したセシルスを狙い、一度は閉じた蕾《つぼみ》が再び広がり、金剛石の花弁が胞子を散らせるように降り注いでくるのを、大きな一歩で置いていく。

「――九歩」

セシルスの左右の空間が歪《ゆが》み、ねじくれたそこから石柱が飛び出す。

金剛石の光帯以外の攻撃手段がここで再動、憎い計らいに歯を噛《か》み、地面に置いてある右足に無茶《むちゃ》と無理と無謀を押し付け、加速、左右から突き出してくる石柱の隙間を後れ毛だけを犠牲にすり抜け、空気だけをすり潰させる。

「――八歩」

地面を突き破り、家ほどもある複数の四角形――キューブ状の岩塊が浮かび上がり、それが投槍《なげやり》のように雨あられとばかりに攻撃を撃ち込んでくる。

上がった左足の膝を伸ばし、迫る石槍の先端を踏むと、直撃したあとはそのまま墓標に使えそうな致命的なそれを足場に雨の中へ飛び込む。

「——七歩六歩、以下省略！」

不測の事態に臨機応変、歩数のカウントをリセットし、パーフェクト・セシルスを拒むように構築された石柱の嵐を掻《か》い潜《くぐ》り、無限に思える距離をゼロに近付ける。

自分の認めた、自分に届き得るセシルス以外は近付けないと猛威を振るうヒロイン。

その強情で頑《かたく》なヒロインに、今の自分でも届いてみせると証《あか》すのに息巻くセシルス。

それはまさに、世界有数、帝国史に残るレベルの危険で破滅的な意地の張り合いだ。

その意地の張り合いを制し、セシルスは成し遂げる。

成し遂げてどうなるとかではない。成し遂げたいから、成し遂げるのだ。

「——二歩!!」

振るった両手の手刀で道を塞ぐ石柱を吹き飛ばし、遮蔽物に隠されていたヒロインまでの距離を山勘で計測、飛び出した先、十メートルほど上空に彼女の姿を発見、さすが自分の直感と脳内スタンディングオベーションしながら射程に捉える。

「——」

そこへ、分解と再構成の過程を経て、再び十二の金剛石の光帯が立ちはだかる。

石柱の嵐を抜けて、自分を見上げるセシルスへとヒロインは光帯を再度向けた。瞬間、射程を大きく取りながら広がった光帯の先端がわずかに閃《ひらめ》き、極薄のそれをさらに分かち、十二から二十四、二十四から四十八、四十八から九十六、九十六から百九十二、百九十二から三百八十四、三百八十四から――、

「〰っ」

数えるのも馬鹿らしくなるほど枝分かれした光帯が、空を美しく煌《きら》めかせながら滝のように落ちてくる。

左右と後ろ、退路となる方角は石柱に埋められ、舞台は不可避の結界と化した。道は正面にしかなく、落ちてくる光の雫《しずく》は当たるどころか掠《かす》めるだけで致死必死。

――致死、不可避、致死、不可避、致死、不可避、致死、不可避、致死、不可避、致死、不可避、致死、不可避、致死、不可避、致死、不可避、致死、不可避、致死、不可避。

「――――」

色も音もない世界を『死』の可能性で埋め尽くされる。

避け難《がた》い『死』という命運を前に、積み立て続けた奇跡のことを想起する。

右足は膝《ひざ》下が繋《つな》がっているのが奇跡、深すぎて心の臓が見えそうな胸の傷で動けているのが奇跡、破れたキモノがはだけて無様を晒《さら》していないのも奇跡、なおも泣き続けるヒロインの姿にむしろやる気がみなぎる自分の存在が奇跡。

そして――天へ伸ばしたセシルスの手に、最高のタイミングで小道具が届いた奇跡。

3

――一万二千二百八十八回。

アルが、自分の舞台上の役割を把握するのに費やした回数だ。

「――――」

己の髪をまとめたセシルスが、アルにはわからない理屈で気持ちを切り替えた直後、戦いはアルの介入を鼻で笑う領域へさらに加速してしまった。

元々、自分にできることはほとんどないとわかり切っていた戦場だ。

定義した領域の中で、二百回近い試行錯誤をしても介入できた機会はたったの二回。その二回に意味は確かにあったが、さらにギアの上がった戦いにあっては、アルが介入するチャンスなど、ただの一度も巡ってこなかった。

その場に居合わせるだけで、アルが巻き添えで消し飛ぶこと二千回以上だ。

しかし、一切の介入を諦めて戦場を離れる選択肢も取れなかった。アルが何もしなければ、セシルスはアラキアに届く前に光の帯に殺される。

変わらない結果を変えるため、アルは介入できる余地を探し――巻き添えを重ねた。

何度も何度も、何百回も何千回も繰り返し、気付いた。

位置取りの問題や、迂闊《うかつ》に気を引いたアルが虫を払うぐらいの感覚で帯の一本に消し炭にされることもあるが、セシルスがアラキアの目の前に辿《たど》り着《つ》くところまで何とか見届けられたなら、不可避の攻撃に晒《さら》されるセシルスの不可解な動きが見えた。

——アラキアの纏《まと》った光の帯が絶望的な数に枝分かれして降り注ぐ直前、セシルスが天に向かって手を伸ばすのだ。

「——」

最初、アルはそこからセシルスが渾身《こんしん》の手刀でも放つのかと思った。しかし、セシルスの右手は光の雨が降り注ぐ瞬間も動く素振りを見せなかった。

それが手刀ではなく、五指を広げているのだと気付いたのは数百回もあとだ。

「——」

それを確かめたあとも、介入する余地なく、試行回数は無為に重ねられ続けた。

超高速の戦闘は結果が出るまでも瞬《まばた》きのように早く、状況の確認と可能性の検討、思いつきを形にするまでの間にも取り返しのつく敗北が加速度的に積み重なる。

そのこと自体に焦りはなくとも、その先へ至れない事実には焦燥が湧《わ》く。

自分は、引くべき場所で引くことを躊躇《ためら》い、間違った袋小路へ潜り込んだのではないかと、そんな途方もない後悔に蝕《むしば》まれ、その気持ちごと消し炭にされる。

これだけアルが必死になっているのに、件《くだん》のセシルスは振り向きもしない。

アラキアもアルを一顧だにしていない。無性に腹が立ってくる。

これは自分たち二人だけの争いだと、何千回にもわたって暴力的な手段で言われ続けているだけなのではないかと、そうも思わされる。——もし、違っていたら？

「――」

それは不意に頭を掠《かす》めた可能性で、アルはそれをすぐに首を振って否定する。

芽生えかけたふとした考え、その考えが発展する兆しには何度か立ち会ったが、いずれもそれ以上の成果はなく、破滅の光に呑《の》まれて毎回消えていった。

しかし、このときは珍しく、終わりを跨《また》いで次の再開の出だしに持ち越された。

もしも、そうじゃなかったら。――もしも、介入する余地があるなら。

「――」

徹底的に、アルは芽生えた可能性に縋《すが》ってみることにした。

セシルスがあらゆる攻撃を躱《かわ》し、アラキアの前へと辿《たど》り着《つ》く。アラキアが纏った煌《きら》めく光の帯が無数に枝分かれし、それが降り注いできて光が世界を呑み込む終幕。

この終幕までの間を、何度も何度も繰り返し繰り返し、何が起きているのかを完全に把握するために、挑み続けた。

途中、セシルスが光の帯を舐《な》めていることに気付いてドン引き。

　途中、セシルスが何もない空間を蹴って飛んだことに気付いてドン引き。

　途中、実は何もない空間ではなく、小石や灰を蹴っていたと気付いてよりドン引き。

そうして理解を進めて進めて進めて、進めていって、首をもたげた。

セシルスは、あるいは、もしかすると――アルに、見せ場を作ったのかもしれない。

「――」

何を期待されているのかと、アルは消し飛びながら愕然《がくぜん》となる。

要求のハードル、それが高すぎてまさかともしかしてが頭の中で踊り始める。だが、気付いてしまった。思いついてしまった。引きずり出されてしまった。

降りるかどうか、迷っている舞台の上どころか、真ん中へと――。

「――」

そこからの苦闘が長かった。誰にも、理解されない。される必要もない。

その瞬間まで生き延びて、その瞬間までに辿《たど》り着《つ》いて、その瞬間に間に合わせて、その瞬間に介入しなくてはならない。

そのために、苦闘に苦闘を重ねた。でも、いい。――星の数ほどじゃない。

だから――、

「――いけよ、千両役者」

天へ掲げられたセシルスの手に、一万二千二百八十九回目の正直――投げ込まれた青龍《せいりゅう》刀《とう》の柄《つか》が、強く強く握り込まれた。

4

――かつて、『盗品蔵』という建物があった。

王都ルグニカの貧民街、王国の長年抱える負債の象徴であるその場所で、盗品の商いが堂々と行われていた闇深い地と言っていい。

　王国の命運を分ける重要な品物を巡る戦い、その舞台ともなった盗品蔵は、最終的に当代の『剣聖』ラインハルト・ヴァン・アストレアの介入により、『腸狩り』エルザ・グランヒルテを退ける流れで倒壊する憂き目となった。

　そのとき、ラインハルトが振るったのは何の銘もない、量産品の鉄の剣だった。

　特別優れたものでもなく、たまたま盗品蔵にあったものをラインハルトが拝借し、戦いに用いただけの行きずりの刀剣――しかしその一振りは、『剣聖』ラインハルトの手で振るわれることで、数ある名剣にすら到達できない剣撃を放つ機会を得た。

　無論、並の剣がその一閃《いっせん》に耐えられるはずもなく、剣はラインハルトの手の中でたちまち崩れ去り、形あるものとしての生涯をそこで閉じた。

　しかし、壊れた剣は不幸だっただろうか。

　盗品蔵の片隅で放置され、何十年も埃《ほこり》を被《かぶ》って廃棄される終わりと、『剣聖』のたった一振りに付き合って消滅するのと、どちらが剣の本懐と言えたのだろうか。

　話が本題よりズレかけているため、軌道を修正する。

　端的に言えば、盗品蔵という建物を倒壊させたのは、凡百のナマクラが剣としての本懐を果たせる使い手に巡り合い、振るわれたことが理由だった。

　ならば、だ。

『剣聖』がそれを果たしたならば、同格の使い手にそれが果たせぬ道理もない。

「――いい仕事しましたよ、アルさん」

伸ばした手の中の感触を強く確かめ、セシルスは奇跡を起こした男を称賛する。

認めよう、断言しよう。この瞬間、セシルスへ青龍刀《せいりゅうとう》を投げ渡すのが、アルの立場でどれほどの困難が伴うものなのか、セシルスには想像もつかない。

人の想像力は無限大だが、無限には至れるという軽はずみな発想さえおこがましい。

あることはわかっていても、辿《たど》り着《つ》くことができない山の頂のようなモノ――それこそ、セシルスの目指し続ける『天剣』と相違ない夢幻だ。

だがしかし、アルは間に合わせた。

如何《いか》なる方法でか、セシルスですら想像できない手段で山を乗り越えて、アルはセシルスが欲した奇跡を、この手の中に届け果たした。

見事、見事、見事見事見事という他になく、花丸万歳大喝采だ。

「――――」

光の雨が、セシルスに回避不能の『死』となって降り注いでくる。

セシルスほどの役者となれば、つまらぬ死に様よりも、美しく星をちりばめたような終わり方を観客が望む気持ちもわかるし、事によってはそれもありかと思わなくもないが、今は時機が悪い。思い描いている幕引きとも異なる。

故《ゆえ》に――、

「そのエンディングは書き直しです」

幼子の体には大きすぎる青龍刀を、セシルスはこの瞬間、これまでに何千何万何億回と振ってきたような、熟練の剣技へ昇華させて振り抜く。

初めて振るう武器、ノーだ。――セシルスの脳内劇場の中では、この青龍刀を血反吐《ちへど》を吐いて朝も夜も振り続けたという空想の実績がある。ただ、その場面を詳細に描くのはセシルス的にNGなので、努力の結果だけをもぎ取った。

刹那《せつな》、青龍刀の限界を超えた雷光の一閃《いっせん》が、降り注ぐ光の雨を斬《き》り払い、消し飛ばす。一閃に掻《か》き消されたのは無数に分裂した光帯だけではない。セシルスの左右と背面を覆い、逃げ場を封じようとした石柱の密林までも木端微塵《こっぱみじん》に吹き飛ぶ。

この瞬間、セシルス・セグムントの剣撃は、『精霊喰《ぐ》らい』アラキアを――否《いな》、ヴォラキア帝国の大地そのものと言える『石塊《いしくれ》』ムスペルを凌駕《りょうが》した。

「――――」

そして、光の雨上がりの向こう、セシルスとアラキアの視線が交わり――、

「――ッ」

放たれた十三本目の光帯を、セシルスは首をひねって躱《かわ》した。右頬《ほお》を掠《かす》められ、右耳の下半分が消し飛び、こそがれた首と肩で血が蒸発するが、回避に成功。

あの光の雨の裏に、まだ手を隠していた事実を一筋縄ではいかないと称賛し、

「一歩――」

残りの距離の歩数カウントを再開、左足で地を蹴り、宙へ上がる。

そこから、セシルスの雷速の疾駆が空のアラキアへ迫らんと――、

「――――」

瞬間、躱《かわ》した光帯が無色の爆発を起こし、セシルスの頭が爆風に殴られていた。

5

『――おや？』

不意に、夕暮れの差し込む部屋の中に立ち尽くし、セシルスは首を傾《かし》げた。

首を巡らせてみるが、見覚えのない場所である。セシルスは忘れっぽいことに定評があるが、これで意外と目にした場所や物は忘れない。

どんなシチュエーションや小道具にも、役立つ機会はあるかもしれない。舞台効果というものは、思いがけない発想から生まれたりもするものだ。

『その僕の認識で知らない場所ではありますね。というかそもそもこういう場所にいること自体がちょっと違和感が仕事しすぎていますが』

ここに見覚えはなくとも、直前に何をしていたか忘れるほど粗忽《そこつ》ではない。

セシルスは屍人《しびと》だらけの帝都で、泣きじゃくるヒロインに殺してとせがまれ、それにムカッ腹が立ったので過去の自分越えを決意し、アルの青龍刀《せいりゆうとう》を粉々にしたはずだ。

『そこで終わると僕がアルさんの青龍刀を壊したのを気に病んで現実逃避しているみたいに思えてきますね。さすがにそれは……ととと』

人の物を壊せば、セシルスだって胸が痛む。が、物にも寿命や天運がある。機会が巡ったなら、それが壊れることもやむなしというもの。アルの青龍刀はその類《たぐい》だろう。全部が丸っと片付いたあと、シュバルツにでも頼んで弁済させてもらえばいい。

などと、そう結論付けたところで、部屋に変化が生じた。――夕日が差し込んでくる窓の向かい側、見知らぬ部屋の入口が開いたのだ。

そして――、

「いやあ、いいもんですね、呼び出される覚えがない呼び出しというものは。いつも呼び出されるときは大抵はお叱り事ですが今日はその心配がありませんし！」

『――ははぁ、なるほど』

ケラケラと笑いながら、軽快な足取りで部屋に入ってきたのは青い髪に細身の青年――桃色のキモノを纏《まと》い、ゾーリを履いた人物に見覚えはないが、心当たりはある。

すらりと伸びた手足に、柔の印象を残して整った見目、鏡で日々確認している自分の顔との共通点、もはや疑う余地は微塵《みじん》もない。

『大人の僕ですね。とするとこれはビフォア僕の記憶？』

その過去の自分――『セシルス』の実在を確かめて、セシルスは状況を推測する。

あれだけ方々で『青き雷光』の話題が広がっていたのだから、いないと疑うのは無理があったが、こうして本当に大きな自分を見るとなかなか感動する。

『ふむふむ、いいじゃないですか！　なかなか理想的な育ち方をしましたね！　華はそのままに色気を増して男っぷりが上がりました！』

目の当たりにした『セシルス』の姿に、大したものだと惚《ほ》れ惚《ぼ》れする。

心構えとしては今のセシルスと同じく、自分がこの世界の花形役者の気概を持ち続けていたのだろうから、心身を最高たる状態に保つのは当然のこと。

その考えがちゃんと実践されているようだと、それ自体は大歓迎の一言だ。

『はて。しかしこうして成長を遂げた僕を前にしたはいいですが先の展開が読めませんね。僕が僕を超えるという発想を実現するためにここでかつての僕と斬《き》り合いに突入とか？

そのわりにはこちらの僕には僕が見えていないようですが……』

ひとしきりの感動を済ませると、改めてセシルスは現状を訝《いぶか》しむ。

目の前で手を振ってみても、『セシルス』はこの場のセシルスの存在に気付かない。この光景に干渉できないなら、これの意味するところはなんなのか。

その答えは、ちゃんと状況の進展と共に提示された。

「──叱責かどうか、そちらに自覚がない場合もあるかと当方は考える次第ですが、心当たりがないからと安心するのは早計ではありませんかなぁ」

次いで、聞こえてきた声は『セシルス』に遅れて部屋に入ってくる人物だ。

その人物は開いたままの扉を後ろ手に閉めると、先に入った『セシルス』を見やり、その切れ長な瞳《ひとみ》を細くする。――それは、何とも珍妙な見た目の人物だった。

長い白髪に白い顔、纏《まと》った衣装や手にした軍配をも白くまとめた出《い》で立《た》ち、『セシルス』以上に細くて背の高い姿は、絵物語に登場する怪しい化生《けしょう》のそれに見える。

その見た目からして、実にセシルス好みのインパクトだ。

「む。そう言い出すってことは僕が思い当たらないだけでやっぱりお小言ですか？　だったら僕を先に部屋に入れたのは失敗でしたね。あの窓からバーンと外に飛び出して城壁を駆け下りて逃げるだけですよ、チシャ」

「城の兵がざわつくのでそうした奇行は控えていただきたく。それと一応、今日は本当に小言の類《たぐい》ではありません。そう警戒しなくとも構いません次第」

「なんだ、驚かせないでくださいよ。まったく、チシャときたら人が悪い。何年経《た》っても変わりませんねえそういうところは」

「――。ええ、珍しく同意見ですなぁ」

その白い人物を、『セシルス』が気安い調子でチシャと呼んだ。

ならば名前はチシャなのだろう男と、『セシルス』はなかなか親しげだ。今のセシルスにチシャと出会った覚えはないが、年単位の付き合いがあるのはやり取りからわかる。

見た目の年齢的に、ざっくりと十年――セシルスの『青き雷光』の異名の広がり具合からも、そのぐらいの年数が妥当ではないかと目星を付けた。

『そうなるとこの過去回想も現実でこの一、二年のやり取りってところかな？』

そう見て取り、セシルスはさらに思考を進め、合わせて首をひねる。

当たり前だが、引っかかるのはこの過去が見えている理由と、何故《なぜ》この過去を見ているのかというところ――後者はともかく、前者は何となく理解できる。

『縮んでるのが事実だとしてたぶん小さくなる前の記憶は封じられてるだけで消えてなくなったわけではないと思うんですよね』

縮んだときの記憶がないので、縮むメカニズムはよくわかっていないが、セシルスの過ごした十年をごっそりなかったことにはできないはずだ。それでも十年の記憶が思い出せないのは、肉体と精神が相互に影響し合うものだからに他ならない。

セシルスができると思ったことを体で実現するように、体の方が縮んだと証明したら精神の方も合わせて退行しなくてはならない。――たぶん、そんなところだ。

なので、この記憶自体は眠っていただけで、セシルスの中にずっとあったものなのだろうと思う。思うので、見えていること自体は問題ない。

問題はやはり、見えた理由の方なのだ。

『……これ、僕が縮んだときの記憶っぽいんですよねえ』

そうセシルスが渋い顔をするのは、嫌な可能性に思い至ったからだ。

セシルスは未経験だが、人間は死に瀕《ひん》したとき、迫る『死』から逃れる方法を求め、自分の人生の記憶を遡って、『死』を否定する手段と材料を探そうとするらしい。

まさしく、目の前の光景がその人生のスパークなのではないか。

『これが本当に僕が縮むシーンなら、それを見て戻る方法のヒントを掴《つか》んで状況を打開しようみたいな展開じゃないです？　それってめちゃめちゃダサくありません？』

自分を超えると宣言し、涙をこぼしたヒロインへ辿《たど》り着《つ》こうと決死行へ挑み、脇役のアルが役割以上の最高のアシストをしたのに、自分は初志貫徹に失敗する。

『そんなのやだいやだいやだい！』

あまりにも嫌すぎて、床に寝転がって手足をバタつかせて駄々《だだ》をこねてみた。だが、そうするセシルスの抵抗は、『セシルス』とチシャのやり取りを止められない。

寝そべるセシルスを置き去りに、二人の話題は進んでしまう。

「何やら複雑な顔をしてますね、チシャ」

「――。やれやれ、普段は大して人の顔色など気にしてもいないでしょうに、こういうときばかり鋭いところが、当方があなたを厄介と思う理由ですなぁ」

「ははは、面白いことを言いますね。普段からちゃんと周りの人の顔色も見てますよ。見ていて大抵の場合は触れずに放置してるだけです！」

「では、何ゆえに今日はそれに触れたのです？」

「友達がしんどそうにしてたら心配しません？　わりと普通に」

「あなたの口から普通などとは片腹痛い」

笑みなど欠片《かけら》も浮かばぬ顔で、そう答えるチシャに『セシルス』が唇を尖《とが》らせる。

その様子を、記憶に構ってもらえないセシルスが駄々っ子を諦めて胡坐《あぐら》で見上げる。友人とは、自分で言うのもなんだが自分にいるのが意外の極み。

シュバルツやタンザ、グスタフやプレアデス戦団のものたちは、セシルスにとって味方であっても友人や家族ではない。その自分に友人とは。

しかし、そのセシルスの感慨も余所《よそ》に、ふと遠い目をしたチシャが「セシルス」と『セシルス』のことを呼んだ。

「もし、当方と閣下が意見を違《たが》えて対立すればどうされますかなぁ」

「閣下とチシャが？　話し合えることなら話し合えばいいし話し合ってどうにもならないことなら雌雄を決するしかないのでは？」

「雌雄を決するとき、あなたは？」

「もちろん閣下の味方です。言うまでもないことでしょう？」

忌憚《きたん》なく、気負いなく、『セシルス』は声の調子を変えずに淡々と答える。そのまま、彼は奥の机にひょいと尻を乗せると、足を浮かせてチシャを見た。

膝《ひざ》の上に頬杖《ほおづえ》をつき、『セシルス』はその青い双眸《そうぼう》を片方つむると、

「遠回しな上に不可解な仮定の話……もしや何かしでかすつもりでいるんです？」

「そうですなぁ。……大きな、大きな戦いに備えなくてはならない次第」

「『――大きな戦い』」

チシャの一言に反応する、過去と今のセシルスの発言が重なった。

『セシルス』には心当たりのなさそうな話で、セシルスもこれだと言えるほどチシャを知

らない。その言葉に、チシャは後ろ手に手を組んで窓辺まで歩いていき、

「何を引き換えにしても勝たなくてはならない戦いです。しかし、その大いなる戦いに際して、当方と閣下では意見を違えております。勝利条件の設定からして、閣下とは意見が合わない。擦り合わせる余地も、見当たらぬ次第」

「チシャと閣下が没交渉とは珍しい。珍しいというより初めてじゃありません？」

「そうとは思えませんなぁ。たびたび、閣下に意思を通されることが……」

「ええ。ですからチシャの側が閣下を言い負かすのを諦めるのが初めてでしょ？」

「――――」

　窓の外の景色を眺めながら、押し黙るチシャの背中に『セシルス』が首だけ振り向く。チシャが答えないのは、『セシルス』の言い分が事実だからだろう。

　長い付き合いだが、あれでヴィンセントはチシャに無茶《むちゃ》振りばかりする。帝国始まって以来の賢帝という評判は、チシャの血と汗と涙の上に成り立っているのだ。

『……むう』

　そう考えたところで、セシルスはチシャをよく知っている気がしてくる。

　話題に挙がる閣下についても、ぼんやりと顔が思い浮かんできた。なんだか、眉間に皺《しわ》が寄っている顔だ。顔はぼやけているが、眉間の皺は特徴的で、皺が本体に思える。

　その感覚をあまり歓迎できない心境で、しかし、セシルスは『セシルス』とチシャの会話には興味が湧《わ》いて、成り行きを見守った。

チシャと閣下――ヴィンセントとが没交渉。それから――。

「当方は、この件に関して閣下と意見をぶつけ合う気はありません。閣下に疑惑の破片すら抱かせないのが絶対条件。そのために……」

「――僕が邪魔ですね？」

静かに、わずかに楽しげに、『セシルス』がチシャの背に問いかける。それを受け、チシャは無言で振り向き、白い体を浴びた夕日で橙色《だいだいいろ》に染めながら目を細める。

またしても否定はない。無言は、沈黙は、肯定の証《あかし》だ。

「閣下とチシャの意見が割れて対立するなら僕は必ず閣下につきます。それは僕の大前提であり譲られることのない剣の誓いですよ」

「ええ、そう答えることは承知している次第。加えて、あなたが閣下の側に立つなら当方の勝算はなきに等しい。たとえアラキアやオルバルト一将……いいえ、あなた以外の『九神将』を全《すべ》てこちらへ与《くみ》させても、あなた一人に敵《かな》わないでしょう」

「ほうほうほうほう、それはそれは魅力的なお話ですね。実は僕も前々から思っていたんですよ。帝国最強軍団『九神将』ですが九人というのは多いのではないかと」

『それは僕も思いますね』
四、五人減らして五大頂や四天王というのも悪くはない。
そんな認識のセシルスと、徐々に戦意を高めつつある『セシルス』。二人のセシルスの視線を真っ向から浴びて、チシャの表情は崩れない。

この顔をしているときのチシャは要注意、何かとんでもない策がある。

「生憎《あいにく》と、実際に『九神将』を口説き落とせたわけではありません」

「なんだそうですか。いやでもそうですよね。ゴズさんやモグロが閣下を裏切るわけとかないですし。でもだったらどうするんです？」

「――――」

「それで諦めるチシャじゃない。そういう顔ですよ？」

沸々と蘇《よみがえ》る懐かしい感慨、それを後押しする『セシルス』の反応。『セシルス』は机に尻を預けたまま、チシャの挙動の端々に目を配っている。

チシャがどう動こうと制圧できる。が、それはチシャもわかっている話。

さあ、どうするつもりなのか。どうやって、この『セシルス・セグムント』の隙を突き、彼は自分を小さな子どもの姿へ縮めてくれるのか。

「セシルス、あなたを盤面から排除します。当方と閣下の読み合いに、あなたの出る幕は用意しません。あなたには別の役目を用意する次第」

「そう言われてもはいそうですねと威勢のいい返事はできませんよ。かといって力ずくで僕をどけることもできないなら言葉の力で排除しますか？　この僕が帝国で一番聞く耳を持たない『将』であることはチシャも知っての通りです」

そう言って、机の上から尻を下ろして床に着地、くるっと踊るように回り、『セシルス』がチシャと真っ向から向き合った。

夕日の中に佇《たたず》むチシャの姿を眩《まぶ》しく見ながら、『セシルス』は彼から目を逸《そ》らさない。

長く付き合いがあり、互いにいいところも悪いところもよく知り尽くした間柄、そんな友人の顔を覗《のぞ》き込《こ》み、『セシルス』は笑った。

笑い、チシャの用意したとっておきの策とやらを出せと挑発する。

「さあ、どんな聞かせる言葉や意見や理屈で僕を説得してくれます？　これは閣下に次ぐ知恵者であるチシャ・ゴールドでも難題でしょう！」

「――――」

その安い『セシルス』の挑発に、チシャは目を閉じて一拍おいた。

そして、その瞳《ひとみ》を開いて、双眸《そうぼう》に『セシルス』を映しながら、

「セシルス。――どうか、閣下を頼みます」

「――。」

――――。

――――――――。

――油断でも、説得でもなく、願いとは恐れ入った。

「――。これはズルい」

『――パーフェクト!!』

6

飛び散る血の赤が、記憶の中の夕日の赤と強く強く印象が重なった。

背に夕焼けを背負いながら、執務室でチシャ・ゴールドはセシルスを打ち倒した。隙を突かれたのでも、懇々と利を説かれたのでもなく、託された。

それが『セシルス・セグムント』が、セシルス・セグムントになった理由だ。

――カッと熱い灼熱《しゃくねつ》の感覚が頭を打ち、セシルスの意識が現実へ回帰する。

意識があの日の夕闇に飛んでいた時間は一秒にもその半分の半分の半分にも満たない。

だが、その停滞で、立ちふさがるヒロイン――アラキアには十分だ。

手の中で砕けて消える青龍刀《せいりゅうとう》、その渾身《こんしん》の一撃で掻《か》き消《け》したはずの光帯が再構成され、キラキラと金剛石の破片が散る中にアラキアはいる。

その細い体の奥底に、喰《く》らい込んだのは『石塊《いしくれ》』ムスペルか。

ヴォラキア帝国の大地そのものに牙を立てるとは、その見境のなさには驚かされる。なんて、さすがのセシルスもあの涙を見てはそうは思わない。

あの一言を聞かされては、いつもの調子ではからかえない。

「でも、あんな顔の頼み事なんてお断りですよ」

どうしてもセシルスに頼みを聞かせたいなら、せめて精一杯笑うことだ。その選択に悔いはないと嘘《うそ》のない笑顔で言われれば、セシルスも真剣に受け止めもする。

笑ってセシルスに縮めと命じた、あのどうしようもない友人のように。

「ああ、そういうことでしたか」

今も、セシルスの手足は短く、蘇《よみがえ》った記憶も眠っていたものが断片的にだ。

縮んだ体を元に戻す方法はわからない。チシャの具体的な手法を思い出す前に記憶は終わったし、それであの回想の目的は果たされた。

死を目前にした人間が、その打開策を自分の記憶の中に求めるという現象。あれは紛《まぎ》れもなく、その一例だった。ただ、打開策の答えが予想と違っただけ。

あの、チシャの顔と、頼みを聞いた。——元の体になど戻らずとも、セシルス・セグムントが、死を拒絶できる根拠には十分すぎた。

「そもそも僕が負けるわけありませんしね」

自負と自信はたっぷりに、しかしそれは実力だけが根拠の発言ではない。

セシルスには自分の哲学で、ここでアラキア相手に負けないという答えがあった。

何故《なぜ》ならここには——、

「——ボスがいません。僕がここで死ぬことがあるのなら約束なんて平気で反故《ほご》にして駆け付けてくるでしょうに」

そうこぼし、セシルスは血濡《ちぬ》れの美顔で苦笑する。

ナツキ・シュバルツはそういう少年だ。剣奴《けんど》孤島から旅立ち、プレアデス戦団を名乗って東征する最中《さなか》、月下でセシルスとシュバルツは約束を交わした。

シュバルツの奇跡のような『物見』の力で、セシルスを救わないでくれと。

互いを尊重すると約束をしたが、セシルスにはわかる。シュバルツはいざとなれば平気で約束を破る。セシルス自身がそうだ。シュバルツも同じ手合いだ。

だから、わかるのだ。

セシルスが死ぬと『物見』で見たら、シュバルツは必ずここへ駆け付けた。

それがない。それをシュバルツからの信頼と、そう言い換えてもいい。

そして、同じものはセシルスからシュバルツへ向けるものとしてもある。

「――――」

横紙破りな確信を得たセシルスへ、蘇った六本の光帯が猛然と閃《ひらめ》いて迫る。

すでに宙にあり、次なる動きを生むのが難しいセシルスには躱《かわ》せない。だが、躱せなくともできることがある。それは、一瞬の白昼夢から持ち帰った切り札だ。

「――マサユメ」

――青龍刀《せいりゅうとう》をなくしたセシルスの手に、別の刀の柄《つか》が握られている。

銘を呼ばれ、刀身の刃紋を波打つように揺らすのは一振りの魔剣。それはセシルス・セグムントが有する強大な力を持った『夢剣』マサユメ。

在処《ありか》のわからぬとロウアンが嘆き、もう一振りの『邪剣』ムラサメと同じく、この世の理《ことわり》を超えたモノを斬《き》ることが許された超常の剣。

セシルスの記憶と共に見失われ、皆が在処に頭を悩ませたのも当然だ。

『陽剣』ヴォラキアは空を鞘《さや》とする。そして、『夢剣』マサユメは夢を鞘とする。――故《ゆえ》にセシルスは、白昼夢の中の『セシルス』の腰《こし》よりマサユメを拝借した。

手の中で脈打つマサユメは、矮躯《わいく》のセシルスが所有者であると認めている。これがムラサメならこう容易《たやす》くはいかない。巡り合わせにこの場は感謝だ。

感謝し、一閃《いっせん》――迫っていた六本の光帯を切り伏せ、超克する。

「狙うは――」

アラキア――の、胸の中心、そこに大きく居座っている力の塊。

それを調伏する。やったことはない。だが、できると信じ、実現する。その力がセシルスにはある。マサユメも頼もしい。目撃者のアルもいる。しくじれない燃えてくる。

あとは――、

「夢は起きて見るもの、魅せるものですよ、アーニャ」

そう口にして、セシルスは引き延ばされる超速の中にアラキアの双眸《そうぼう》を見る。光のない左目から血涙を流し、いつも以上に感情の読み取りにくい顔をした美しい少女。

その、見慣れていると感慨深い彼女の右目に、青い炎が浮かぶのが見えて――。

「――あなたが大事に想《おも》う人も、あなたを大事に想っていますよ」

そう、優しく紡がれる雷鳴が、求められた以上の終幕へ至る一閃を放つ。

――それがセシルス・セグムントの、ワガママなヒロインの懇願《こんがん》への答えだった。

第七章『スピンクス』

1

——警戒する見張りの背後に回り、その体の中心線に沿って点穴を打つ。

途端、相手は声も上げられずに崩れ落ちる。その倒れる体を支えてやったのは思いやりからではなく、具足が床を打つ音を響かせられては困るからだ。

「やれやれ、片手で大の男を抱えるのは年寄りにはしんどいんじゃぜ。——中身空っぽのくせに、しっかり重てえってんだから困ったもんじゃぜよぅ」

そうこぼし、白髪に白眉の老人——オルバルトは倒した敵を左手一本で抱え、傍《かたわ》らの城壁を爪先で軽く叩《たた》く。すると、石塀は叩かれた壁面を水面のように波打たせ、ぐいと押し込んだ敵の体を呑《の》み込《こ》み、そのまま埋め込んでしまった。

幸い、屍人《しびと》は呼吸しなくても死なないらしく、壁に埋めても殺さずに済む。土でできた体は血も流れないので、痕跡が残らず片付けが楽でよいことだ。

「ただ、それ以外がちぃともよくねえ。殺しても、死んですぐに起きてきやがるのもいるとあっちゃ、迂闊《うかつ》に殺すと面倒が増えっちまいかねねえんじゃぜ」

相手する屍人の特性で、オルバルトが最も危険視するのが倒した敵の復活だ。

倒しても倒しても蘇《よみがえ》られては、闘争心溢《あふ》れる帝国兵でも心が折れる——という理由ではなく、殺されて蘇る屍人が、殺される前の記憶を引き継ぐのが問題だった。

それをされると、相手は代替可能な命と引き換えにあらゆる情報を即共有できる。

シノビの頭領であるオルバルトは、戦における情報の鮮度と確度の重要性を十二分に知っている。生涯で、一番殺した敵は斥候か伝令かというほどだ。それも、本来は情報の伝達を防ぐための殺しなのに、それをしても情報が伝達されるのは不条理でしかない。

故《ゆえ》に、オルバルトは屍人相手の『殺さず』を苦心しながら徹底している。

先ほどのように、オルバルトに点穴を打たれ、壁に埋もれた屍人はすでに五十体ほど。

体の作りも中身もハリボテだが、点穴が急所として機能してくれてホッとする。

もっとも、それも屍人の膨大な総数からすればささやかな抵抗でしかないが。

「殺し殺されが得意科目の帝国人に、死ぬな殺すなってのは酷じゃろうによぉ」

それは帝国を救うための協力関係にある、王国と都市国家からの友軍が聞けば顔をしかめる意見だが、大半の帝国人が共感するだろう意見だ。

結果的に、『大災』を率いる敵はヴォラキア帝国の最も苦手とする、不殺が最適解となる防衛戦を仕掛けてきている。——否《いな》、結果的にではあるまい。

「老い先短《みじけ》ぇジジイの余生に、手強《てごわ》い敵なんて勘弁してほしいもんじゃぜ」

そう白眉に覆われた瞳《ひとみ》を細め、オルバルトは単独で潜入中の水晶宮《すいしょうきゅう》で息を潜める。

存在を殺したシノビの隠形は、城の見張りへの警戒というより、帝都の広範囲にばら撒《ま》かれた『茨《いばら》の呪い』の対象に入らないための対策だ。

オルバルトも痛いのは御免だ。心臓に茨の棘《とげ》など、想像しただけで寝返りたくなる。

「そうならんためにも、慎重に動かねえといかんのよな」

――少数精鋭による帝都への突入と、敵の首魁《しゅかい》の素早い暗殺。

それが『大災』との戦の最終局面で採用された策であり、ヴィンセントはもちろん、オルバルトも異論のない妥当な最善手だった。

「とはいえ、相手も当然それは予想しとるんじゃろうぜ」

だが、たとえ相手に読まれていても、他に打つ手がないのならその手を打つしかない。

あとはどれだけ、打ち筋のバレている手に相手の予想を裏切る要素を詰め込めるか。

それ故《ゆえ》に、少数精鋭をさらに分け、敵の目を引く派手な囮《おとり》の裏でオルバルトが動いている。――単身で水晶宮《すいしょうきゅう》へ潜入し、不透明な城内の情報を持ち帰るために。

とりわけ重要度が高いのは、『大災』の首魁であるスピンクスなる輩《やから》の居場所と、城内で身動きを封じられているだろう『鋼人《はがねびと》』モグロ・ハガネの解放。あとは余裕があれば、セシルスの愛刀である『夢剣』と『邪剣』の回収だが。

「まぁ、たぶんセシの刀は見つからねえんじゃけどな。『邪剣』は逃げっし、『夢剣』なんてどこに仕舞《しま》ってんだかもわかりゃしねえんじゃからよぅ」

なので、オルバルトは優先度の低い刀の奪取をそもそも放棄している。どこにあるのかわからない刀は、どこにいるのかわからないセシルスが勝手に探せばいい。

オルバルトの理想はスピンクスの所在を掴《つか》み、その身柄を確保することだ。

それができれば、あの縮んでいるのに戻りたがらない奇特な少年――シュバルツと連れの少女の力で、屍人《しびと》を魂ごと滅ぼすこともできる。

それが実現できるのが、この『大災』との戦いにおける最も望ましい決着だ。

ただし、それも容易《たやす》いことではない。

「――ったく、ここも行き止まりにされてやがんじゃぜ」

早々の決着を望む気持ちと裏腹に、オルバルトの足がたびたび止められる。

その原因は、外観に変化のない水晶宮――その城内の在り様が一変していることだ。

「こういう惑わしも、本当ならワシらの専売特許じゃってのによぅ」

そう愚痴ったオルバルトの視界、水晶宮の中身は廊下の作りや部屋の位置、扉の大小など様々な要素が作り変えられ、シノビの勘働きさえ惑わす迷宮と化していた。空間そのものを捻《ね》じ曲《ま》げたような違和感があり、おそらくは『魔女』の仕業なのだろう。

この情報を持ち帰るだけでも、オルバルトが先行した意味は十分あった。あるいは参謀役を務めたシュバルツは、これを期待してオルバルトに偵察役を任せたのだろうか。

だとしたら、その眼力は頼もしいと同時に未来の脅威だ。

今は協力関係にある王国と都市国家も、屍人の『大災』を水際で食い止めたあと、帝国にどのような態度で接してくるか知れたものではない。

そうなったとき、ヴィンセントの横にはもうチシャはいないのだから。

「──しかし、やってくれたもんじゃぜ、チェシ」

戦火と血風、生者にも死者にも香り続ける『死』の空気。

それらを理由に心の中で弔う暇もなかったが、オルバルトは自分の技を『能』で盗み、さらにはヴィンセントへの成り代わりを気付かせなかったチシャをそう評する。

オルバルトは人の技を盗むのは好むが、盗まれるのは好まない。

なにせ、成長とは若者の特権だ。彼らには盗まずとも、自分の手で新しいものを生み出せる可能性がいくらでもある。翻《ひるがえ》って、老人にはその伸び代はない。だから、オルバルトは自分から盗まれるのを好まない。

もし、若者が生み出すのではなく、盗み取ることに味を占めたらどうなる。

この世に新しいものが生まれなくなり、オルバルトの盗むものがなくなるではないか。

「チェシも横着な真似《まね》しやがるんじゃぜ。気持ちはわからねえでもねえんじゃがよぅ」

限られた時間内で、チシャは最良の結果を求めた。

つまるところ、チシャとオルバルトの選択は同じだ。オルバルトはお迎えの近い年寄りで、チシャはお迎えの機会を近々に定めた死兵であった。

だから、手持ちの札を増やすため、手段を選ばなかったという話だ。

その選べる手の少ない中で勝負に出て、チシャはこの状況を勝ち取った。

──ヴィンセントを生かし、オルバルトを味方に付ける現状を。

「――――」

――オルバルト・ダンクルケンには野心があった。

それは帝国史に、他に並ぶもののいない形で名を遺《のこ》すという人生最後の目標であり、自分という存在が一個の命として確かにあったことを刻み、証明することだった。

シノビの多くは命を使い捨てられ、長生きなんてできないものだ。それがオルバルトは御年百歳を目前とするまで生きた。――なら、その最後もシノビらしくなくていい。

名など遺さず、歴史の闇に消えるのがシノビらしさなら、あえてその真逆を望もう。

それ故《ゆえ》に、オルバルトは虎視眈々《こしたんたん》とその機会を待ち続けていた。

人生の最後にひと花咲かせるため、最もやり甲斐《がい》があるのは『賢帝』ヴィンセント・ヴォラキアの首を取ることとも考えてはいたが――、

「相手が滅びとあっちゃ、裏切っても意味がねえのよな」

相手が『大災』――屍人《しびと》の軍勢で、その目的がヴォラキア帝国の滅亡とあっては、オルバルトの目論見《もくろみ》は脆《もろ》く儚《はかな》く崩れ去る他になかった。

オルバルトは帝国史に名を遺したいのだ。

その帝国が滅ぼされては、オルバルトの望みはどうあっても叶《かな》わない。だから、こうなるまでオルバルトを早まらせなかったチシャの暗躍に脱帽なのである。

「このどんちゃん騒ぎが片付いたあと、ワシがなんかやらかす余地が残ってっといいんじゃがよぅ。ワシの寿命が尽きちまうぜ、下手すっと」

戦後、消耗した帝国の立て直しの最中《さなか》に行動を起こす——というのも、『大災』に便乗している感が否《いな》めなくて、いくら『悪辣翁《あくらつおう》』でも気は進まない。

と、そのオルバルトの足が、元の水晶宮《すいしょうきゅう》なら謁見の間へ通じる大扉の前で止まった。

「……なーんか、嫌な感じがすんのよなぁ」

白眉を撫《な》でるオルバルトの胸中、湧《わ》き上がるのは相反する二つの感覚だった。

この扉の向こうへいくべきではないという感覚と、この扉の向こうにいくべきだという感覚——前者は本能に根差し、後者はシノビとしての長年の勘を根拠とする。

普段なら、オルバルトの判断は前者一択から動かない。しかし、オルバルトの勘は言っている。この扉の向こうにこそ、オルバルトが潜入した意味があると。

「……長引かせて、国家転覆する機会を逃しちゃ死んでも死に切れねえんじゃぜ」

しゃがれた声でそうこぼし、オルバルトは進退のどちらを選ぶか決める。

謁見の間であれば、帝都決戦でモグロが空けた壁の穴から中を確かめられるはずと、オルバルトは廊下の窓から壁伝いに、目的の部屋へ辿《たど》り着《つ》く。

そして、空間の歪《ゆが》みに注意しつつ、部屋の中を覗《のぞ》き込《こ》み——、

「——おいおい、ワシでもやらんのじゃぜ、ここまでのことはよぅ」

その、変わり果てた広間にあった『魔女』の成果物に、『悪辣翁』と呼ばれたシノビの頭領は不快感を隠さず、そう呟《つぶや》いていた。

2

——そのモノの魂は、もはや元の在り様を見失い、引き裂かれていた。

外法《げほう》により地上に呼び戻され、自らが属したはずの帝国を滅ぼすための軍門に下った哀れな魂の虜囚《りょしゅう》、それが屍人《しびと》たちが置かれた状況だ。

多かれ少なかれ、屍人たちはその精神構造に生前と異なる手を加えられている。そうでなくては、蘇《よみがえ》った死者の全《すべ》てが帝国の滅亡に加担する形にはならないだろう。

手の加え方は軽度から重度と様々だが、元々の形質に大きな負荷をかけるほど命令に忠実になる反面、本来の実力を発揮できなくなる恐れがある。

それ故《ゆえ》に、生前が強者だったモノほど軽度の負荷に抑えたくなるのが術者の常だ。

実際、『荊棘帝《けいきょくてい》』や『魔弾の射手』のような強者は負荷をかけた場合の大きな弱体化が危ぶまれ、多少の自由意思を残してでも弱体化を避ける方へ『魔女』は舵《かじ》を切った。

ともあれ、そうした一部の例外的強者や、率先して『魔女』へ協力する姿勢を見せたラミア・ゴドウィンのようなモノを除けば、屍人の魂は無惨に弄ばれている。

生前にどんな願いを抱いていようと、どれほど高潔な戦士だったであろうと、何を大切にしていたのだとしても、その全てを踏《ふ》み躙《にじ》るように利用される。

そして、帝国を滅ぼすための災いの尖兵《せんぺい》として動くことを強要されるのだ。

——そのモノも、例外にはなれなかった。

自由意思を奪われ、戦うための道具として使い潰される存在となり、度重なる『死』を味わおうとも再び魂を招聘《しょうへい》され、土の器を新たな依《よ》り代《しろ》に蘇《よみがえ》る。

悲しいかな、そのモノは『魔女』が設定した屍人《しびと》化の条件と程よく合致した。

戦士としては一流の実力に、それなり以上に秘めた戦いへの執着、言いなりの人形とされても惜しくはなく、強い後悔と憎悪が最期の瞬間として焼き付いている。——それが理由で屍人となったそのモノは、とめどない激情のままに暴れ回るのだ。

引き裂かれ、元の形を失いつつある魂に引っ張られる形で、その肉体はもはや人形《ひとがた》であることを忘れ、見るもおぞましき異形と化していた。

長く大きな腕、増えすぎた足、骨と皮だけのペラペラの胴体と、そんな姿に変わり果てても、『魔女』に利用される状況から逃れられない。

幾度殺されても、魂を引き延ばしてまた別の怪物となって蘇る。

それを終わらせるためには、『魔女』の望みを叶《かな》える他にない。『魔女』の望みを叶え、『大災』の先触れとなって帝国を焼き尽くすしかない。

ありえざる姿になったモノの、今やそれが願いだった。それだけが願いだった。

それだけが、それだけ、それだ、それ、願いは、それだけ——。

「——『巨眼』のイズメイル」

——。————。——————。

ふと、おどろおどろしい咆哮《ほうこう》と、激しい戦いの音に紛《まぎ》れてそれが聞こえた。

もう耳の形をしていない耳に、他にも色々な音が飛び込んできているはずなのに、その一声だけがやけにはっきりと、妙にしっかりと、不思議とちゃんと、聞こえた。

それが、どんな意味を持っているのか、そのモノはわからない。

わから――、

「イズメイル！」

「いああいあう」

疑問が思考に停滞を生んで、たくさんある殺すための腕や足が全部止まっていた。その隙を縫うように伸ばされた小さな手が、薄く平らな胸から何かを掠《かす》め取《と》っていく。

するりと、何かが抜け落ちたような感覚があった。

大事なものなのか、大きなものなのかもわからない。ただ、それが抜け落ちたあと、パンパンに詰まっていた暴力的な衝動が消えて、最初からあったものだけが残る。

それは、戦う理由だ。功名心とか野心とか、そういう言い方もできる。

馳《は》せ参《さん》じたのは、戦うためだった。戦ったのは、歴史に名を刻むためだった。そこに自分がいたと、一族が誇った『自分』が確かにあったのだと証明するためだった。

自分という存在が、『巨眼』イズメイルが、そこに――。

「ああ、叶っていたのか……」

大きな、黒い単眼に浮かんだ金色の瞳《ひとみ》が、その男の顔をはっきり映し出す。

黒髪に切れ長の瞳をしたその美丈夫は、自らの命に差し迫った刃《やいば》にさえ小揺るぎもせず、堂々とこちらを見据え、変わり果てた姿のイズメイルを呼んだ。

ヴォラキア帝国の頂点は、イズメイルを認識していた。

それが――、

「――剣狼《けんろう》の誉れだ、皇帝閣下」

3

「――『巨眼』のイズメイル」

そう、異形化した屍人《しびと》を見据えたアベルが名前を呼んだとき、まさかと思った。

しかし、事前に決めていた。――この帝都の最終決戦で、アベルが屍人の名前を呼んだなら、何がどうあろうとそれを信じ抜くのだと。

事実、これまでアベルは一度も、屍人の名前を呼び間違えはしなかった。

「イズメイル！」

「いあああいあう」

戦斧《せんぷ》と一体化した腕をジャマルが食い止め、蜘蛛《くも》か蟻《あり》のように動く細い多脚をベアトリスが陰魔法で拘束、そこへ手を繋《つな》いだスバルとスピカが飛び込み――イズメイルと呼んだ異形の胸に掌《てのひら》を叩《たた》き付《つ》け、『星食』が発動した。

条件を満たしたなら、たとえその姿かたちが人から逸脱したものだろうと、他の屍人たちと同じ決着を迎える。はたして、異貌《いぼう》のモノとされてしまったイズメイルも、その巨体をゆっくり震わせ、大きな丸い金色の単眼にアベルを映しながら――、

「――ぁ」

声にならない声で何かを言い残し、砂のように崩れ去って、消えた。

それを成仏と、軽はずみに言っていいものかはわからないが、ようやく眠れたのだ。

「ああ、クソ！　信じられねえ！　なんだったんだ、今の化け物は！」

「単眼族の勇士、『巨眼』と呼ばれたイズメイルだ。最後に呼びつけた通りであろう」

「単眼族って、目玉が一個ってだけじゃなくて、あんな化け物なのかよ……なんですね」

強力な屍人《しびと》との戦いを終えて、顎《あご》を伝う血と汗を拭いながらジャマルがぼやく。

思わず、皇帝相手の乱暴な口調を反省する彼だが、その指摘は的外れなものだろう。イズメイルという人物は、最初からあんな姿だったわけではない。

「ベア子、さっきの人は……」

「あれは『不死王の秘蹟《ひせき》』の被害者かしら。何度も何度も蘇《よみがえ》らされたせいで、元になってる魂の方にエラーが出ていたのよ。エラーの、はずかしら」

「うー、あう……」

難しい顔のベアトリスの横で、スピカが沈んだ様子で自分の掌を見下ろしている。そのスピカの頭を撫《な》でてやりながら、スバルはイズメイルの冥福を祈った。

イズメイルとは帝都からの撤退戦のときにも遭遇したが、今回はあのとき以上に異形化

が進んでいた。それが何度も蘇《よみがえ》らされた弊害なら、今度こそ解放されたはずだ。

　スピカは落ち込んだ顔だが、その力が確かに彼を解放したのだと、そう思いたい。

「でも、お前はよくあんな姿になってたのに相手が誰なのかわかったな」

「屍人《しびと》として蘇った時点で、人相にある程度の影響は出ている。ならば、そのものの特徴で見分けるのが肝要だ。あれはわかりやすい部類であった」

「わかりやすいって……」

　正直、イズメイルの元の姿をスバルは知らないが、仮に隣に並べて比較しても、共通点が見つけられないぐらい大きく変貌してしまっていたと思う。それでも見極めてくるアベルは、怪物級の記憶力というより、異様に勘がいいだけの方がまだ納得できる。

「国内の有力な兵の存在は把握しておくものだ。敵になるにせよ味方になるにせよ、判断材料が多いに越したことはない」

　だが、その後に続いたアベルの言葉は、単純な身体的特徴で相手を見抜くのではなく、それ以外の部分も評価していたが故《ゆえ》のものだった。

　消える寸前、最期にアベルを見ていたイズメイルにそれが伝わっていたらいい。それが何の慰めにならないとしても、スバルはそう思った。

「――っ、正念場だな」

　そこへ、空の彼方《かなた》から聞こえてくる轟音《ごうおん》に顔を上げ、スバルは呟《つぶや》く。

　そのスバルの視界、空を覆った雲を破り、水晶宮《すいしょうきゅう》の方へ落ちていく氷山――ロズワールが戦術に利用するため、エミリアにこさえさせた凶悪なそれが見えた。

さらに遠くの空では渦巻く雲が禍々《まがまが》しい凶器となり、また別の方角では地上からの雷鳴がうるさく鳴り響いていて、澄んだ剣撃に切り刻まれる街並みも見える。

各頂点、スバルが指示した条件を守り、各々が激戦を繰り広げている証《あかし》だ。

「ロズワールの奴、張り切りすぎなのよ」

「あれ見ると、あいつがちゃんとヤバい奴だってことを思い出させられるよ。城にオルバルトさんが忍び込んでるのに、潰さねぇだろうな、あいつ」

「潰す必要があるなら潰すかしら。そういう男なのよ」

空が割れるような音を立てて、砕かれた氷山が無数の煌《きら》めきを天空へ散らせる。

そうした介入できない戦いの勝敗は、もどかしくても任せた仲間たちに預けるしかない。

最大級に警戒すべき、『魔弾の射手』と『雲龍《うんりゅう》』と『茨《いばら》の呪い』を。

「自分で言ってて壁が多すぎて嫌になる……あとは、エミリアたんとタンザがうまくやってくれるかどうかだ」

現状、戦力の最善の割り振りができたとスバルは考えているが、その中でエミリアの配置だけがはっきり決まらず、あやふやな形になっている。彼女に任せてある役割を考えると、今はタンザと一緒にいてもらうのが正解と信じているが。

「正直、エミリアたん抜きでイズメイルが出てきたときはヤバいと思ったけど……」

この陣容で異形化イズメイルを止められたのは、全員が死力を尽くしたおかげだった。

とりわけ、ジャマルの貢献度は高い。見る間に動きのよくなっていく彼は、もしかすると死地に立たされていることで、すごい勢いでレベリングしてるのかもしれない。

それ自体は大歓迎だ。ジャマルが頼もしいという、精神的な抵抗感を除けば。

「ジャマル・オーレリー、まだやれるな？」

「は！　閣下の仰せなら、百体も二百体でもやれますぜ！」

「だそうだ。貴様たちも大いに励め」

「クソ、他の奴にできない仕事してるからって堂々としやがって」

重要な役目を果たしつつだが、一人だけ涼しい顔でいるアベルに悪態をついて、スバルはベアトリスとスピカの方を窺《うかが》い、無理していないか確かめる。

このチームの戦いは常に総力戦で綱渡り、不安がある状態で進むのは得策ではない。

「ベティーはノープロかしら」

「あーう！」

そのスバルの目配せに、二人は気丈にそう答えた。

この分だと、体力に一番不安があるのは自分になりそうだと、スバルは『プレアデス戦団』との繋《つな》がりを意識し、絆《きずな》パワーのドーピングを確かめてから頷《うなず》いた。

「ぼちぼち状況が動き出すはずだ。ハリベルさんかオルバルトさんが役目を果たしてくれれば、俺たちも水晶宮《すいしょうきゅう》に道が付けられる。それから――」

他の戦域の情報を獲得し、この周回と先々の展開を考慮する材料が欲しい。

そう仲間たちに呼びかけようとしたときだった。

「――なるほど。これは奇妙な現象ですね。要・観察です」

不意に、意識の外から聞こえたその声に、全員、弾《はじ》かれたように振り返る。

目を見張ったスバルの視界、そこに今までいなかった第三者――背の低い、青白い肌をした屍人《しびと》がしゃがみ込み、地面に積もった塵《ちり》を指で確かめていた。

『星食』によって成仏したイズメイルの塵を弄ぶ、桃髪の知った顔の屍人――、

「見たところ、核たる虫に直接干渉したわけではありませんね。虫は寄生する先をなくして死んでいる……魂の喪失？　奪取、強奪、回収……興味深いです」

指先を汚した塵を舌で舐《な》め、そう結んだのはスバルたちの身内と瓜二《うりふた》つの姿をし、その一方で似ても似つかぬ温《ぬく》もりのない瞳《ひとみ》をした存在――『魔女』スピンクスだ。

『大災』の首魁《しゅかい》、すなわち、この最終決戦の最大の作戦目標だった。

「――――」

そのあまりに堂々とした登場に、スバルは一瞬言葉を失う。

『茨《いばら》の呪い』や『魔弾の射手』の存在を筆頭に、切り札であるスピカを水晶宮へ連れていけない状況が帝都には設定されていた。だからスバルは、仲間たちに各頂点の攻略を、オルバルトには水晶宮への単身での潜入を任せ、道を作るのに苦心したのだ。

それも全《すべ》ては、城にいるだろうスピンクスへ辿《たど》り着くためのものだったのに。

その目的が自分から、こうしてスバルたちの前に現れるとは――、

「――いや」

チャンスだ、とスバルは頭を切り替え、ベアトリスの手を強く握った。ちらとこちらを見るベアトリスに目で頷《うなず》き、スバルは驚いているスピカとも手を繋《つな》ぐ。

予想外の展開だろうと、スピンクスが目の前にいる事実は動かない。屍人《しびと》である彼女の天敵、スピカがこうして万全の状態でここにいる事実も。

屍人の特性を活《い》かした『死に逃げ』は脅威だが、その不死性と引き換えに『魔女』は回避できない『星食』という弱点を背負った。――それを、当てる。

そうすることで、このヴォラキア帝国の戦いを終わらせることができるのだ。

だから――、

「スピン……」

「まさか『暴食』の権能を利用するとは驚かされました。要・対策です」

「――っ」

仕掛けようとした出鼻を、スピンクスの静かな分析に潰された。

こちらの切り札であるスピカの『星食』、それが『暴食』の権能であると看破され、スピンクスの眼力にスバルは息を呑《の》む。呑《の》んでしまった。

たとえ正体を言い当てられようと、当たりさえすればいい権能の強みを忘れて。

そのせいで、ツケを払う羽目になった。

「――馬鹿が」

そう口汚く罵る声が、突き飛ばされたスバルたちとスピンクスの間に割って入る。

スピンクスは開いた手をスバルたちへ向けていた。その手指から放たれた白い熱線がスバルとスピカの頭を貫く前に、その割り込みが発生する。

構えた剣の刀身を丸く抉《えぐ》られ、防げなかった熱線が荒武者のような男――ジャマル・オーレリーの胴を貫き、血の焦げる生臭い香りで、スバルに後悔を焼き付けていった。

4

――スピンクスは、『強欲の魔女』の不老不死研究の失敗作だ。

『聖域』という箱庭を作り出すための核となり、その身を捧《ささ》げた少女――リューズ・メイエルの肉体を基礎に、精霊と同じ仕組みでマナ体を構築した複製体。

その複製体の虚《うつ》ろな命に、すでにある魂を癒着させることができれば、魂の複製という疑似的な不老不死の悲願を達成することができると考えられた。

しかし、この目論見《もくろみ》は生命の器と魂、その大きさや形が個々で異なるという事実の前に脆《もろ》くも崩れ去ることとなる。

『強欲の魔女』の魂は、リューズ・メイエルの複製体に収まり切らなかった。

その至極真っ当な破綻の結果誕生したのが、『強欲の魔女』の出来損ないであり、後々まで多くの禍根を世界に色濃く残すことになる存在、スピンクスである。

『スピンクス』と、混ざり物の怪物の名を与えられたその存在は、造り出された本来の目的にそぐわないと処分されるところを、運命の悪戯《いたずら》によって生き延びた。

そして、多くの造られた命がそうであるように、スピンクスもまた、己が造り出された目的を果たすための活動を開始した。

造られた『魔女』、スピンクスの造物された目的――『強欲の魔女』として完成するため、スピンクスは多くの災禍を生み出すこととなるのである。


「――馬鹿が」

と、そう悪罵《あくば》を漏らした口から血を流し、ジャマルがその場に崩れ落ちる。

放たれた白光は本来、幼子たちの頭を貫くはずだったため、ジャマルが喰《く》らったのは脇腹あたりの高さだ。それでも、片腹を貫かれる重傷には違いなくて。

「ジャマル――!」

「想定した対象は被害を免れましたか。ですが、対応可能な範疇《はんちゅう》です」

突き飛ばされ、とっさに庇《かば》われたスバルの反応を余所《よそ》に、それをした張本人のスピンクスは攻撃の失敗に頓着していない。

静かで、冷淡と言い切っていい屍人《しびと》の親玉の言葉にスバルは奥歯を噛《か》んだ。

倒れたジャマルに戦闘の続行は困難、それどころかすぐに治療しないと命が危うい。

「スバル！　目の前に集中するのよ！」

「――っ」

途端、スバルの腕を引くベアトリスが鋭い声でそう呼びかける。

彼女の言葉に頽《くずお》れるジャマルから視線を外し、スバルはスピンクスを見た。同じく、ベアトリスとスピカ、アベルもスピンクスを見据えている。

厳戒態勢に入った三人は、その意識を敵であるスピンクスに集中していた。

ジャマルの治療は後回しにするしかない。それは正しい。絶対的に、正しい。

それなのに――、

「あなたが私の計画を狂わせる異物だと思いましたが、違いましたか？」

倒れたジャマルから意識を外せないスバルに、スピンクスが首を傾《かし》げて言った。その屍《し》人《びと》の金瞳《こんどう》に覗《のぞ》き込《こ》まれ、ますますスバルの思考が千々に乱れる。

「――っ、合わせるかしら、スピカ！」

「あう！」

とっさに動けないスバルに代わり、ベアトリスとスピカが同時に動く。

ベアトリスの呼びかけに、長い金髪を躍らせたスピカがゴム毬《まり》のように跳ねてスピンクスへ飛ぶ。そのスピカの跳躍に合わせ、ベアトリスは立ち尽くすスピンクスの左右と後方に紫紺の結晶矢を展開、逃げ道を塞いで追い詰める。

その二人の連携に四方を塞がれ、スピンクスは為《な》す術《すべ》もなく――とはならなかった。

「エル・ジワルド」

ささやかな詠唱と、続いた破壊の効果は絶大だ。

迫る脅威に対し、スピンクスは何も持たない両手を開くと、先ほどジャマルを攻撃したときと同じように、今度は左右の五指から白い熱線を放射する。

ただし、今度は光線銃のように一瞬の熱線ではなく、照射し続ける光の剣だ。

十本の指で十条の光の刃《やいば》、半端な大剣よりも長い射程のそれを振り回し、スピンクスが自分を中心に全方位を切り刻む攻撃で空間を掌握した。

その白光を浴び、ベアトリスの展開した紫矢はことごとくが切り払われ、正面から飛びかかったスピカにもその猛威が襲いかかる。

「――う！」

白光がスピカの細い体を両断する寸前、彼女の姿が全員の視界から消える。

転移だ。短距離テレポートを発動し、スピンクスの白光の射線上を逃れたスピカが、街路から外れた建物の残骸《ざんがい》の上へと出現する。

そして、スピカのさらに向こうにいたスバルとベアトリスは――、

「たわけ、敵の首魁《しゅかい》の姿に呆《ほう》けたか？」

そうとっさの嫌味《いやみ》を欠かさないのは、スバルとベアトリスの頭を押さえつけ、その場にしゃがませたアベルだった。

スピンクスの反撃、その射線上にあったスバルとベアトリスを救うべく、飛びついた彼が二人を上から押し潰して熱線をよけさせたのだ。

「ジャマル・オーレリーが立ってくる期待は持てん。貴様らの働きが肝要だ」

「い、言われなくてもわかってるのよ！　今のお前の機転には、このあとの働きで報いてやるから見てるがいいかしら！」

乱暴に押し倒されたベアトリスが、頬《ほお》を膨らませて慌てて立ち上がる。そのベアトリスの気丈な反論に鼻を鳴らし、それからアベルは倒れたままのスバルを見下ろすと、

「どうした？　相方は威勢がいいが、貴様は――」

立ち上がれないのか、とアベルは挑発的な言葉を発そうとしたのだろう。

だが、彼はすぐに異変を察したように言葉を区切り、形のいい眉《まゆ》を寄せた。

「スバル？」

その傍《かたわ》らで、ベアトリスもアベルと同じ異変に目をぱちくりとさせる。

ベアトリスとアベル、二人の足下でスバルは前のめりに倒れたままだ。その様子に、離れた位置に転移したスピカも困惑した目を向けている。

とっさに、彼女たちには何が起こったのかわからなかったのだろう。

故《ゆえ》に、そうした選択肢がそもそも頭になかったベアトリスたちに代わり、スバルの身に何が起きたのかを最初に察したのは皮肉にも敵のスピンクスだった。

スピンクスは、その感情の表現力が著しく下がっている青白い屍人《しびと》の顔で、それでもそうとわかる困惑と疑念を瞳《ひとみ》に浮かべながら、

「……何故《なぜ》、服毒を？　要・説明です」

「──ッ、貴様！」

スピンクスの疑問の直後、表情を変えたアベルがスバルの襟首を掴《つか》んで引き起こす。その乱暴な所業に、しかしスバルからの苦情はない。

何故なら、すでにスバルは奥歯に仕込んだ毒の薬包を破り、『死』へと通じる地獄の苦しみを味わっている真っ最中だったからだ。

「いやあああ！　スバル⁉　スバル⁉」

「うあう──⁉」

血泡を噴いて痙攣《けいれん》するスバル、その姿にベアトリスとスピカが悲鳴を上げる。震えるスバルにベアトリスが縋《すが》り付《つ》こうとするが、その少女を押しのけ、アベルはスバルの口の中に指を入れると、薬包を引き抜き、怒りの形相になる。

「貴様、何のつもりだ⁉　血迷ったか⁉」

「ぶぶぶ、ぶぶぶぶ……っ」

「運命と戦うと、そう大言を口にしてこれか⁉」

激怒するアベルの声と、泣きじゃくるベアトリスの声。必死に飛びついてくるスピカの悲痛な声、それを全身をグズグズに溶かされる喪失感を味わいながら、スバルは聞く。

その怒りの声に、泣き声に、絶望する声に、言葉で答えられない。

それでも、ちゃんと意味はあるのだ。必要なことなのだ。──これが最善手なのだ。

誰も、死なせない未来へ、辿《たど》り着《つ》くための、一番、いい、方法。

「ぶぶ、ぶ」

「要・説明です」

誰にもそれを伝えられないまま、『魔女』の疑問は解消されないまま、息は尽きた。

ナツキ・スバルが絶命する。——この最終決戦で、すでに何度もやったように、また。

5

——最初の数年、探求というべきスピンクスの旅は困難を極めた。

複製体の元となったリューズ・メイエルの体は、過酷な世界を生き抜く適性がなく、極端な悪天候や寒暖の変化、時に魔獣や悪意ある人間に容易《たやす》く命を脅かされ、それに対抗する手段にも乏しいと、容《い》れ物《もの》の選考の時点での不備が多すぎた。

マナ体には成長や鍛錬といった概念も意味がないため、改善にも期待ができない。

肉体依存ではない知識や技術の習得は可能だが、それらを学ぶための道のりで命を危うくする機会も多く、常に危険と隣り合わせの日々だった。

その上、素体となったリューズ・メイエルはハーフエルフであり、スピンクスもその外見的特徴を引き継いだことで、迫害や奇異の目に晒《さら》されることが多々あった。

しかし、外見の特徴を元から大きく変える容姿の改善は躊躇《ためら》われた。

それらは最初にスピンクスに与えられたものであり、条件を大きく変えてしまえば、自分自身の造物目的を果たせなくなる恐れがあったためだ。

故《ゆえ》にスピンクスは装うことを良しとせず、違う方法で生き残る術《すべ》を模索した。

命さえ奪われなければと、見世物や奴隷に身を落としたこともある。リューズ・メイエルは見目が整っていたので、気前のいい主《あるじ》の使用人になったこともあった。

知ること、学ぶことに貪欲だったスピンクスは、どこでも能力を重宝された。

覚えの良さが理解されると、様々な局面で利用価値が生まれる。そうしていくうちに、スピンクスは自らの身を守る方法がそれだとも気付いた。

貧弱で生きる力に乏しい体で世界を渡り歩くためには、自分の利用価値を作り、それを求める輩《やから》に提供し、その庇護《ひご》下に入ることが最善だ。

そうやって、自分の身を自分で守れるようになるまで、スピンクスは他者の傘の下に入って生き続ける手段を選んだ。

そんな日々は、実に百五十年ほど続いた。

×　　×　　×

――異世界召喚されて以来、ナツキ・スバルの最多の死因はなんだろうか。

そう問われたとき、スバルは確信を持って『服毒自殺』と答えられる。

『魔都』カオスフレームの紅瑠璃城《こうるりじょう》で、オルバルトとの地獄の鬼ごっこでも相当数の『死』

を味わったが、あれは死因『オルバルト』とでもしない限りは死に方は様々だった。

あの絶望的な十一秒のような例外を除けば、間違いなく最多記録は毒だ。

ひどく不名誉な話だが、異世界で一番スバルを殺したのは、その毒の調合を行ったヌル爺《じい》さんと言うこともできるのかもしれない。

ともあれ、『剣奴孤島《けんど》』ギヌンハイブでの奮闘、『プレアデス戦団』を結成するために高頻度で使われた毒は、今もなお、スバルの口内に仕込まれたままだった。

「――全員、無事に連れ帰る」

それが、この帝都の最終決戦に挑むスバルが譲らぬ絶対条件に定めたものだ。

元々、そうした姿勢と心構えは体が縮む前、帝国まで飛ばされてくる以前から持ち合わせていたが、ここまでの帝国での日々で覚悟はより強まっている。

それは避けられない衝突の結果、あの手この手で『死』という決着を押し付けてこようとするヴォラキア帝国への、スバルなりの反骨心が理由だ。

帝国が『死』を無理やり押し付けてくるなら、何がなんでもそれを撥《は》ね除《の》ける。

そのために、できることは全部やる。それが何回、何十回、何百回と、地獄の苦しみを伴うことになろうとも、だ。

「――が、ぎぅッ！」

真っ赤に明滅する視界が開け、全身の血肉と骨、血管の一本一本、細胞の一片に至るまでもまとめてミキサーにかけられたような苦しみに、スバルの喉が悲鳴を上げる。

が、本当に直前まで味わっていた致死性の痛苦と、その痛苦以上の苦しみをスバルに与える怒声と泣き声が彼方《かなた》へ消えた。──『死に戻り』だ。

服毒自殺によって『死に戻り』が発動し、ナツキ・スバルは時を遡った。

その瞬間、スバルは自分が帝都へ乗り込む前の、最後に立ち寄った陣で、顔を洗った直後の場面に舞い戻ったと意識を切り替えようとして──、

「──馬鹿が」

「────」

胸を突き飛ばされた感触と、絞り出すような悪罵《あくば》が聞こえて、スバルは『死に戻り』のリスタート地点が更新されたことを見せつけられる結果になった。

「想定した対象は被害を免れましたか。ですが、対応可能な範疇《はんちゅう》です」

悪罵と共に血をこぼし、手にした剣の刀身を丸く抉《えぐ》られたジャマルが崩れ落ちる。その様子を尻目《しりめ》に、冷めた声で下手人たるスピンクスが淡々と告げる。

この光景もその言葉も、どちらもほんの数十秒前に見聞きしたもので。

「スバル！　目の前に集中するのよ！」

「──っ」

現実の理解と把握に思考を乱されるスバルを、ベアトリスが鋭く呼んだ。

彼女の声に頭の中身を打ち壊され、直前の服毒の衝撃を深々と息を吐いて逃がし、それ

からスバルは目の前の、新たな状況への適応を開始する。

呆《ほう》けている暇は、ない。そうする間に、失われるかもしれないものが多すぎる。

──『死に戻り』地点の更新。

それが意味するのは、すでに始まってしまった帝都での最終決戦において、各頂点に振り分けた『滅亡から救い隊』の入れ替えはもうできなくなったということだ。

現状、ベストの人員をベストの戦場に配置できたとは考えている。

だが、最も被害が少ない条件を確かめ切れたわけではないことが悔やまれた。特に、エミリアをタンザと組ませた場合の答えがわからないのが、心理的に大きな痛手。

無論、他のメンバーたちの安否も気掛かりで、不安と心配の種は尽きないが──、

「あなたが私の計画を狂わせる異物だと思いましたが、違いましたか？」

「────」

ここまでの、頭の中に組み上がっていた積み木が音を立てて崩れていく。

形作った思考の試行錯誤した積み木は、様々な角度から眺めてよりよい完成を目指したものだったが、それが跡形もなく崩れ去る。──違う、崩すのだ。

頭の中で組み上がった積み木の傍《そば》に、頭の中のナツキ・スバルが現れ、乱暴にそれを叩《たた》き壊《こわ》し、完膚なきまでに破壊する。

積み木の元の形がなんであったのか、それがわからなくなるまで、それを気にしてもどうしようもなくなるまで、崩して、崩して、崩して、崩す。

そうして、もう手の加えようがなくなった積み木のことは、一度忘れ去る。

そうやってから初めて、ナツキ・スバルは新しい試行錯誤に取り掛かれるのだ。

「——違わねぇよ」

首を傾《かし》げたスピンクスの問いかけに、ベアトリスとスピカに両手を取られ、黒瞳《こくどう》を細めたアベルと同じく、敵を見据えてスバルは答えた。

スピンクスの言い分は消化し切れていない。彼女の、この『魔女』の発言が何を意味したものなのか読み解けてはいないが、意気込みは変わらない。

『魔女』スピンクスを倒し、この『大災』を終わらせる。

そのために——、

「俺が、お前の計画を狂わせる、災いの天敵だ」

6

今でこそ『魔女』と呼ばれるスピンクスだが、誕生してからの数百年は、その呼ばれ方に相応《ふさわ》しい力をまるで備えていなかった。

これも、スピンクスという存在が誕生して初めてわかったことだが、『魂』と『容《い》れ物《もの》』には相関性があり、その不一致は生きる上で大きな欠陥となって立ちはだかる。

——容れ物は、その魂に合わせて最適化されているのだ。

早い話、『強欲の魔女』の技術や才能は、『強欲の魔女』の体でなければ満足に扱うことはできない。リューズ・メイエルの容《い》れ物《もの》に、『強欲の魔女』の魂を中途半端に入れた存在であるスピンクスは、またしても誕生時点から造物目的を妨害されていた。

結果、スピンクスが『魔女』と呼ばれるのに相応《ふさわ》しい力を得るのに百五十年かかった。容れ物と魂の不一致という欠陥を抱えたスピンクスには、歩き方や呼吸の仕方、心臓の鼓動の打ち方に至るまで、新しく覚え直すに等しい努力が必要だった。

これは一般的な才能の持ち主が魔法使いになるまでの、百倍近い時間がかかっている。

さらに言えばこの時代、スピンクスが造物目的を叶《かな》えるために活動するには、様々な要素が障害として立ちはだかりすぎていた。

身体的特徴からハーフエルフとして扱われ、『魔女』の代名詞である『嫉妬の魔女』への恨みつらみの捌《は》け口《ぐち》とされたこと。『強欲の魔女』の研究成果であるスピンクスの存在を疑い、その弟子を標榜《ひょうぼう》する人物の執拗《しつよう》な追跡を受けたこと。

他にもあるが、主にこの二つが理由で一所に留《とど》まれず、スピンクスの造物目的を果たすための探求は幾度もの足踏みを余儀なくされた。

そうした日々の果てに、初めて自力で魔法の発動に成功したとき、スピンクスは指先に灯《とも》った小さな火を見て、大きく失望したことを覚えている。

――『強欲の魔女』を継ぐはずのモノが、この程度の魔法しか使えないものなのかと。

×　×　×

「――馬鹿が」

と、そう悪罵《あくば》する口から血をこぼし、またしてもジャマルがその場に崩れ落ちる。

その倒れるジャマルに突き飛ばされ、手を繋《つな》いだベアトリスとスピカの二人と一緒に踏みとどまった瞬間、『死に戻り』の再発動を確認する。

「想定した対象は被害を免れましたか。ですが、対応可能な範疇《はんちゅう》です」

狙いを外した結果に落胆せず、スピンクスが冷然と戦果を受け止めて振り向く。

どうあれ、この場にいるスバルたち全員を一掃するのが『魔女』の目的だ。そういう意味では、真っ当な戦力だったジャマルを落とせたのは初撃の戦果として十分。

少なくとも、これでスバルたちの手札は一枚失われた。

だが――、

「スバル！　目の前に集中……」

「ベアトリス！　ジャマルを治してくれ！」

「――っ、わかったのよ！」

先に声を上げかけたベアトリスを遮り、スバルは彼女にジャマルの治療を指示。それを聞いたベアトリスは目を見張り、すぐに彼の下へ駆け寄った。

その機敏なベアトリスの背を見送り、スバルは反対の手を繋ぐスピカに目配せし、

「スピカ、頼む！」

「あー、う！」

勢いよく、弾むゴム毬《まり》のような速度でスピカがスピンクスへ飛びかかる。その彼女を迎え撃つべく、スピンクスが両手の指から十本の白光を伸ばすのはわかっていた。

だからその前に、スバルはジャマルの落とした剣を拾い、投げつける。

「エル・ジワルド」

縦回転するジャマルの剣が、振るわれるスピンクスの熱線に切り払われる。

剣は空《むな》しく、光の剣になぞられて空中で六等分にされたが、スピカが転移する時間を作るのには成功する。この援護がなければ、スピカの転移も間に合わないのだ。

「――う！」

短く吠《ほ》えるスピカの姿が、街路の脇の瓦礫《がれき》の上に転移。

そして、本来はスピカと、その背後にいるスバルをまとめて狙った熱線は、後ろから伸びてくる腕が乱暴に押し倒し、躱《かわ》させてくれていた。

飛びついたアベルの手に後頭部を押さえられ、強引に押し潰される。

「たわけ、敵の首魁《しゅかい》を侮ったか？」

「どのパターンでも煽《あお》るのに余念のねぇ皇帝だな……！」

地面に手をついて、べしゃっと潰されるのを避けたスバルが素早く立ち上がり、アベルの憎まれ口に文句を付ける。

そのスバルの反論には何も言わず、アベルはスピンクスを警戒しながら、

「ジャマル・オーレリーが立ってくる期待は持てん。捨て置くべきであろう」

「俺はそうは思わねぇ。あいつには帰りを待ってる妹がいるんだ」

「遺族には十分な恩賞を与える」

「家族が死んで、胸に空いた穴は埋まらねぇよ」

負傷したジャマルに手をかざし、ベアトリスがその傷に治癒魔法をかけている。

悔しいが、アベルの言う通りだ。賢いベアトリスの治癒魔法が最大限の効果を発揮しても、ジャマルがこの戦いに復帰する可能性はゼロに近いだろう。

だが、ここでジャマルを瀕死《ひんし》から救えれば、スバルの憂いは一個消せる。

それはスピンクスとの戦いを進めるにあたり、大きな大きな心理的意味を持つのだ。

だから——、

「スピンクス！　お前を殺せるのは俺だ！」

「——」

視線を巡らせ、状況を確かめていたスピンクスがその直球的な発言にスバルを見る。

その意識がベアトリスたちから離れ、スバルの方を向くなら成功だ。

「屍人《しびと》のお前は『死』を克服した気でいるのかもしれないけどな、そんなのは嘘《うそ》っぱちの大間違いだ。誰も永遠には生きられねぇ。例外は、ないぜ」

「……説得力はあります。事実として、あなたたちは私の『不死王の秘蹟《ひせき》』を塗り替え、

死者の魂に干渉していますから。私だけ例外ということはないでしょう。ただ」

「ただ？」

「——。いえ、あえて口にする必要はありません。要・検証です」

スバルのあえての挑発に、スピンクスはゆるゆると首を横に振った。しかし、そう返答するスピンクスに、スバルは微《かす》かに頬《ほお》を硬くする。

それはスピンクスの返答の内容に不都合があったなどの理由ではなかった。

そう返答するスピンクスが、ほんのりと唇を緩め、笑ったからだった。

「……リューズさんも、表情豊かな方じゃなかったけど」

屍人《しびと》として蘇《よみがえ》ったことも手伝い、そのリューズに輪をかけて感情表現に乏しい印象のあったスピンクスの微笑——それに底冷えするような怖気《おぞけ》をスバルは覚える。

その怖気には、愛らしい見た目の存在が屍人化したことへの嫌悪感より、もっと大きくて根源的な理由があるように感じられて。

そしてそれは、次なるスピンクスの一言で、より明瞭なものとなる。

「一つ、要・確認したいことがありました。——そちらのあなたは、ヴィンセント・ヴォラキア皇帝で間違いありませんか？」

次いで、スピンクスの言葉の矛先《ほこさき》が向いたのは傍《かたわ》らのアベルだった。

思いがけず、対話の照準がアベルを捉えたことにスバルは眉《まゆ》を上げる。立場上、アベルが注目されるのは当然だが、ここでスピンクスが彼を気にするとは思わなかった。

戦闘力がなく、状況的に最も警戒する理由のないはずのアベルを。

「いかがです？　要・返答です」

「貴様の如《ごと》き卑しい賊に、名や立場を偽るつもりはない。――正しく、俺がヴィンセント・ヴォラキア、この帝国の皇帝だ」

「回答、感謝します。重ねて、要・確認したいことが」

鋭い眼差《まなざ》しで自分を睨《にら》むアベルに、スピンクスは恐れ知らずにも言葉を続けた。

帝国を滅ぼす『大災』を自覚しているからか、ヴォラキア皇帝であるアベルと対峙《たいじ》するスピンクスに、スバルはその後の対応を考えあぐねる。

少しでも対話が長引けば、ベアトリスがジャマルの治療に使える時間が増える。

この場はその利点を有効活用すべきと、スバルは二人の話に口を挟まなかった。

そこへ――、

「回答は約束せぬ。だが、言ってみるがいい」

「――プリシラ・バーリエル、あるいはプリスカ・ベネディクト」

「……え？」

思いがけず、突然に話題に挙がったプリシラの名前にスバルは動揺した。

帝都決戦に参加し、『大災』の出現を理由に始まった撤退戦の最中《さなか》、行方のわからなくなったはずのプリシラ。安否のわからない彼女の安全確認は、同じく行方知れずとなったヨルナ共々、何故《なぜ》か彼女が使える『魂婚術《こんこんじゅつ》』の継続で確かめていたことだった。

ヨルナがタンザとカオスフレームの住人に、そしてプリシラがシュルトにかけた『魂婚《こんこん》術《じゅつ》』が、彼女たちが生きていることの証《あかし》であると。

もちろん、あのプリシラのことだ。救出のために帝都がアルに残った経緯もあって、当然しぶとく生き延びてくれているとは思っていたが、ここでスピンクスの口から、ましてやアベルへの質問の形で名前が出されるのは予想外だった。

確かに、プリシラは城郭都市《じょうかくとし》グァラルの時点から参戦し、ヴォラキア帝国にも、アベルに対しても何らかの関わりがあることを示唆していた。

それが──、

「────」

スバルが確かめてこなかったアベルとプリシラとの関係、そこに言及されたアベルの方をちらと見やり、スバルは彼が黒瞳《こくどう》を細めているのを横目にする。

その極小の反応が、実はアベルの少なくない動揺を表したものだと知っている。

それを見抜いたかは定かではないが、スピンクスは押し黙った皇帝に対し、続けた。

「あなたは彼女の兄で間違いありませんか？　要・確信です」

そう、スバルの予想を裏切る爆弾発言を続けたのだった。

7

自分で魔法を使えるようになっても、スピンクスの生き方は激変はしなかった。

一度魔法の発動に成功したことで、リューズ・メイエルのマナ体でのゲートの使い方は安定し、『強欲の魔女』の魂が把握している大半の魔法の再現には成功した。

しかし、それでスピンクスの置かれた危険な立場が変わることはなく、相変わらず人目を忍び、脅威を避けるために一所に留《とど》まらない日々は続いた。

ただ、以前と比べて人目を忍びやすく、脅威から逃れやすくはなった。

そのおかげで、スピンクスは誕生してから百五十年経《た》って、ようやく自分の造物目的である『強欲の魔女』の再現という研究に着手できた。

――最初の百年は、『強欲の魔女』を知ることに時を費やした。

『強欲の魔女』と同じ魂を起源にしているにも拘《かかわ》らず、スピンクスは『強欲の魔女』の魂から取りこぼしたものが多すぎて、目指す最終目標がぼやけすぎていた。

そこで、すでに失われて久しい『強欲の魔女』を知るため、各地の伝承や文献を辿《たど》る旅から始めたが、『魔女』を歴史から消し去ろうとする魔女教――本来の設立目的はそうではなかったようだが、彼らの活動の邪魔もあり、成果は遅々として上がらなかった。

結果、百年かけて進展の見られない方針を変え、スピンクスは別の方法を模索する。

――次の百年は、己の中の『強欲の魔女』の不足を補うことを目的とした。

百年かけて世界を巡り、ほとんど成果が上がらなかった事実から、スピンクスは『強欲の魔女』を知る最大の手掛かりは、同じ魂を持つ自分自身と考えた。

もしも『強欲の魔女』の再現に失敗し、足りない出来損ないとして誕生したスピンクス。もしもその魂の足りない部分を埋め、本来の形を取り戻せれば、それは『強欲の魔女』を再現するという造物目的を果たすことになるのではないかと。

しかし、この試みも百年かけて困難であることが発覚し、頓挫する。

方針転換はしても、放棄はしていなかった『強欲の魔女』を知るための資料の捜索に動きがあり、これがスピンクスに目指すべき山の頂を見失わせたのだ。

どうやら、『強欲の魔女』はひどく複雑な人間性の持ち主であったらしい。

見つかった資料によれば、『強欲の魔女』は多くのものと言葉を交わし、彼らの欲する知識や知恵を与えては、善かれ悪《あ》しかれ、たびたび歴史に干渉したとされている。

一方で、スピンクスの曖昧な記憶の中には人との接触を可能な限り避け、滅多《めった》なことでは他者の人生と関わるまいとした『強欲の魔女』の姿もあったのだ。

その相反する『強欲の魔女』像が、スピンクスの研究に迷いを生んだ。

すでにこの時点でスピンクスが誕生してから三百年以上が経過しており、造物目的を果たすための研究を前進させたい考えはあり、スピンクスは再び決断を迫られた。

そして、スピンクスは決めたのだ。——これまでと、大きくやり方を変更すると。

×　×　×

──アベルとプリシラの二人が兄妹《きょうだい》。

スピンクスからもたらされた衝撃の事実は、しかし、スバルの中である種の納得と結び付いて、これまでの数々の疑問点と符合され、解きほぐされていった。

プリシラが帝国の内乱に介入したことや、セリーナを始めとして帝国に交友関係を持っていたこと。時折、帝国関係者と意味深な過去を匂わせる会話をし、アベルとも只《ただ》ならぬ関係がありそうな素振りがたびたびあったこと。

そして、アベルと同じで異様なまでに傲岸《ごうがん》で偉そうな性格だ。

アベルが偉そうなのは、皇帝だからで解決できた。では、プリシラが偉そうなのはどうしてなのか。その答えも、皇族だからで解決だ。

──違う。正しくは皇族だったから、だ。

「皇帝の決め方って、兄弟姉妹で殺し合うって頭おかしいルールじゃなかったか？」

「『選帝の儀』の仕組みの是非について、貴様と議論するつもりはない」

「議論も何も、お前が皇帝やっててプリシラが生きてるって時点で、お前ら兄妹がそのルールをどう思ってるかは大体わかるだろ」

聞けば聞くほど納得しかないアベルとプリシラの血縁関係だが、知れば知るほど現在の状況が帝国にとってはありえないものであるということもわかる。

本来、ヴォラキア帝国では帝位継承権を持つもの同士が殺し合い、最後の一人にならなければ皇帝は決まらないルールだ。──アベルは、これに違反している。

つまり、アベルとプリシラは共謀し、『選帝の儀』に背いた立場ということだ。

「共謀はしていない。俺が決め、俺が実行した。プリスカは死に、プリシラが残った。ただそれだけの話だ」

「それだけって……あ⁉　それだともしかして、プリシラって絶対帝国に戻ってきちゃいけない立場だったんじゃねぇか⁉」

「城郭都市《じょうかくとし》で、俺がどれほど心労を味わったか貴様に想像がつくか？　そもそも、それを言い出すなら王国の王選と、その候補者について聞いたときからそうだ」

「珍しく、それはお前に同情するわ……」

外野のスバルには想像もつかないが、妹であるプリシラを逃げ延びさせるため、アベルは相当に危ない橋を渡ったはずだ。きっと今でも、この情報が外部に知れれば、アベルの皇帝としての地位が危うくなるほどの爆弾。

それだけ苦労して逃がした妹が、ちょっと目を離した隙に隣国の次の王様候補にノミネートされていたり、帝国の内乱の窮地に助《すけ》っ人《と》参戦してきたりなんてされ、アベルもあの悪ふざけみたいな鬼面の裏で地獄の胃痛と戦っていたのかもしれない。

ともあれ――、

「お前らが兄妹《きょうだい》って話はともかく、スピンクスがプリシラに興味を持ってる的な情報は悪くない。プリシラが水晶宮《すいしょうきゅう》で生かされてるって、『魂婚術《こんこんじゅつ》』の裏付けにもなる」

「――。察するに、プリシラと『魔女』めの関係は良好とは言えぬようだがな」

「自覚ないのかもしれないけど、お前ら、兄妹揃《そろ》って取っつきづらいから直した方がいいよ。味方でもそうなんだから、敵なら余計にそうなんじゃね？」

「その不敬、仮に俺が目こぼししても、プリシラはせぬぞ」

兄妹という情報を明かした途端、躊躇《ちゅうちょ》なく血縁絡みの話を飛ばしてくるアベル。

実際のところ、無礼者をしばく実行力を持たないアベルよりも、不愉快とみなした相手を容赦なく叩《たた》っ斬《き》るプリシラの方が怒らせるのが怖いのはそう。

「叩っ斬るって言えば、プリシラがブンブン振り回してるあの剣も――」

「――『陽剣』ヴォラキア」

近くでまじまじと見せてもらったことはないが、プリシラがよくいきなり空中から抜いているものがとんでもない力を秘めた宝剣であることはわかっていた。

それを話題にしたスバルに、アベルがこれ以上ないぐらいの答えをくれる。

「……もしかしてだけど、あの『陽剣』って帝国に代々伝わる的なやつ？」

「そうだ」

「じゃあ、正体隠すとか隠さないとか以前にあいつが持ってちゃダメじゃん！」

「――。そうだ」

硬い声で答えたアベル、スバルもプリシラの傍若無人さに頭が痛くなってくる。

それはそうだろう。――ヴォラキア帝国の元皇族であり、生きていると知られれば皇帝の治世を脅かしかねない爆弾で、なのに王国の王選候補者として堂々と表舞台に立ち、挙句にたびたび自重せずに帝国由来の宝剣をブンブン振り回す。

道理で、以前のプリシラを知るものが出てくるたびに、彼女の過去を知っていそうな意味深ムーブをするわけである。本人がこれだけ何も隠していなかったのだから。

「エミリーって名乗るだけでいけると思ってるエミリアたんかよ……」

それも、エミリアは天然で可愛《かわい》い絶世の美少女だが、プリシラの場合は自分の置かれた立場がわかっていているだろうにやっているから性質《たち》が悪い。

いずれにせよ──、

「本当なら、『陽剣』はお前が持ってなくちゃいけないんじゃないのか？」

「────」

そのスバルからの問いかけに、アベルは沈黙を守った。

違うなら違うと、それこそ雄弁に理屈をこねくり回して答えるのがアベルのはずだ。その彼がそうしないということは、そういうことだと考えるべきだろう。

だから──、

×　　×　　×

「──馬鹿が」

考えてみれば、血と一緒に吐き出されたその悪罵《あくば》は誰に向けられているのか。

とっさに突き飛ばしてまで庇《かば》ったスバルたちか、あるいは容赦なく子どもを狙った敵のスピンクスか。――あるいは、その後の選択肢を狭めたジャマル自身か。

もちろん、前者のどちらかであって、最後の可能性であるはずもない。

確かに、ジャマルがスバルたちを庇った行為は、『死に戻り』をして状況を打開するスバルからすれば何の意味もないお節介だった。

もしもジャマルが庇わなければ、スピンクスの奇襲でスバルの頭は蒸発し、そこで『死に戻り』が発動して、それより前の状況から対応が開始する。

それが今と同じで、スピンクスとの接触後か、その前になるかはわからない。

ただその場合、ジャマルが傷を負わなくて済むため、スピンクスとの戦いが回避できない状況で戦略の幅は広がったはずだ。

結果的に、ジャマルが魔法に倒れたことで、スバルたちはジャマルという戦力を一人失い、さらに瀕死《ひんし》の彼を救うためにベアトリスも治癒魔法に行動を縛られた。

起きた出来事だけを見れば、ジャマルの行動はかえってスバルたちを苦しめたのだ。

しかし――、

「――――」

剣狼《けんろう》の一人であることを誇りに思い、その剣で妹の未来を切り開こうと意気込んだジャマルが、スバルたちを庇って倒れることになった献身を、無意味にはさせない。

命とか本能とか心とか、そういうものはそういうモノではないのだから。

「想定した対象は被害を免れましたか。ですが――」

「お前には靴を食わされた！　でも、今のでチャラだ！」

「――」

倒れるジャマルに狙いを外され、何事か言いかけたスピンクス。その『魔女』の言葉を塗り潰すように、スバルは大声でジャマルにそう言った。

そのスバルの大声が、今のジャマルに届いたかどうかはわからない。

だが、ヴォラキア帝国に飛ばされてすぐの野営地で、スバルはジャマルからひどい仕打ちを受けた。それを今、許した。――ジャマルも、紛《まぎ》れもなく仲間の一人だと。

「ベアトリス！　ジャマルを治してくれ！」

「――っ、わかったのよ！」

続くスバルの指示に、ベアトリスが素早くジャマルへ駆け寄る。彼女の細い指の感触が離れていく中、次いでスバルは反対の手を繋《つな》いだスピカを引き寄せながら、

「スピカ、頼む！」

「あー、う！」

意気込む表情のスピカが地を蹴り、弾むゴム毬《まり》のような勢いでスピンクスへ飛ぶ。

長い金髪を躍らせるスピカの跳躍、それを目前にしながら、自分の発言をキャンセルされた事実も余所《よそ》に、スピンクスがその両手を持ち上げる。

生み出される十条の光の剣――そこへ、スバルはジャマルの剣を投げ込んだ。

「エル・ジワルド」

「──う！」

白光が回転するジャマルの剣を溶かし、その向こうにいたスピカをも狙う。だが、それが届くより早く、スピカの姿は街路の脇へ転移。同時にスバルも後ろから伸びたアベルの手に頭を下げさせられ、スピンクスの反撃の回避に成功する。

「よくぞ即座に切り替えた。だが、あとが続かねば意味がないぞ」

「わかってる！　言っとくが、ジャマルは見捨てねぇ！」

「──。遺族には十分な恩賞を与える」

「それじゃ救われねぇもんを救いたいんだよ、俺は！」

合理に徹するアベルにそう言い返し、スバルは倒れかけた体で踏みとどまる。その姿勢のまま、攻撃を避け切られたスピンクスを睨《にら》み、

「スピンクス！　お前を殺せるのは俺だ！」

「──」

「俺は屍人《しびと》のお前を殺せる。蘇《よみがえ》りの魔法だって万能じゃない。嘘《うそ》だと思うか？」

「……説得力はあります。事実として、あなたたちは私の『不死王の秘蹟《ひせき》』を塗り替え、死者の魂に干渉していますから。私だけ例外ということはないでしょう。ただ」

自分に注意を引きつけるため、そう挑発するスバルにスピンクスは首を横に振った。彼女はスバルの主張の説得力を認めた上で、

「――いえ、あえて口にする必要はありません。要・検証です」

自分の天敵であるスバル――正確には、スピカの『星食』を警戒しているにも拘《かかわ》らず、その心象と真逆に思える微笑を浮かべるのだ。

『魔女』の微笑、その正体だけはわからない。知る必要も、究極的には、ない。

「お前はビビるなよ」

そう小声でスバルに言われ、一瞬、隣に並んだアベルが眉《まゆ》を顰《ひそ》める。その黒瞳《こくどう》に意図の説明を求められ、スバルはその説明を流れに任せた。

微笑の余韻を残したまま、スピンクスがアベルの方を見て、

「一つ、要・確認したいことがありました。そちらのあなたは――」

「――こいつはヴィンセント・ヴォラキアで、この国の皇帝だ。それと、プリシラの兄貴で間違いねぇよ」

「――――」

その、スピンクスの問いかけにスバルの回答が先回りした。

それをされた瞬間、スピンクスが初めてレベルではっきりした驚きに眉を動かす。事前に忠告したアベルも同じくらい驚いているが、必要経費だ。

「うー、あう！」

その諸経費に見合った働きを、スピンクスに飛びかかるスピカがする。

猫の狩りを思わせるしなやかな俊敏さで『魔女』へ迫るスピカだが、その振るわれる腕

は猫の爪よりも、虎や獅子《しし》、あるいは熊の一振りの威力だった。

屍人《しびと》の戦士でさえ、まともに喰《く》らえば一発でお陀仏《だぶつ》になるような打撃、それをスピカが容赦なく、スピンクスの細身に叩《たた》き込《こ》む――、

「驚きました。あなたの特異性は、魂への干渉以外にありそうです」

「あぁう!?」

静かなスピンクスの分析は、スピカの驚く甲高い声と重なっていた。

スピカが驚くのも無理はない。彼女の渾身《こんしん》の一発はスピンクスに届いている。ただし、スピンクスは掲げた腕の一本で、それを巧みに受け流していた。

青い目を見張ったスピカ、その少女を『魔女』の金瞳《こんどう》がじろりと見やり、

「驚かれましたか？　『亜人戦争』での私の敗北には体技の未熟もありました。それを踏まえ、私も一から学ぶことにしたのです。もっとも――」

「うう!?」

「この複製体では『流法《りゅうほう》』による性能の向上にも限界がありますが」

言いながら、スピンクスが受け流しの勢いを利用し、スピカを頭から投げ落とす。

その流麗な身のこなしと技は、生中な修練で身につくものではない。『魔女』は自分で告白した通り、かつての敗北を糧に学んだのだ。

昔、『魔女』に殴り勝った相手というのが余計なことを、と思わされる。

「スピカぁ！」

「──うー、あう！」

張り上げたスバルの声に、スピカが強く歯を噛《か》んだ。

瞬間、頭から地面に落ちる寸前で身をひねり、スピカが再び猫の如《ごと》く体を使う。膝《ひざ》を柔らかく着地し、スピカは素早くスピンクスから距離を取ろうとした。

「あう⁉」

しかし、下がろうとしたスピカの動きが止まる。見れば、彼女は右手の袖をスピンクスに掴《つか》まれたままで、右手と離脱を封じられていた。──そこから、少女と『魔女』が互いを見合い、手の届く距離での超至近戦が開始した。

「う！　あう！　あーあう！　ああう！」

片手を掴み合ったまま、最小限の動きでハイレベルな攻防をするスピカとスピンクス。

スピカの一撃必殺のぶん回しに、スピンクスは柔よく剛を制すと言わんばかりの滑らかな技と、時折、指先から放つ魔法を織り交ぜて対抗する。

「ベア子！」

「もうちょっとかしら！」

激しい戦いを目の当たりに、叫ぶように呼んだスバルにベアトリスが応じる。手元を光らせるベアトリスは、倒れたジャマルの治癒魔法に全力だ。

それでもまだ、戻ってこられないベアトリスを待ち、援護を見送るべきか。

「そんなわけにいくか！」

立ち尽くす選択を消して、スバルはとっさに腰《こし》の裏のギルティウィップを取る。と、その判断を下すスバルの肩を、アベルが乱暴に引き止める。

「待て、ナツキ・スバル。迂闊《うかつ》に動けば――」

「馬鹿野郎！　言ってる場合か！」

鋭いアベルの訴えにこれでもかと大声で言い返し、彼を振り切って走り出す。

背後でアベルの舌打ちが聞こえたが、スバルは立ち止まらずに、スピンクスの体術と魔法を織り交ぜた戦法に翻弄されるスピカの援護に鞭《むち》を振り上げた。

「し――！」

振るわれる鞭の先端が、子どもの腕力と侮れない速度で飛ぶ。

正確性は元の体のサイズだったときより劣るが、極限状態での集中力がうまく働いた。縮んだ体が鞭を使いこなすまでの訓練の日々を忘れても、気力が奇跡を起こす。

空気を切り裂いた鞭が、蛇の牙のようにスピンクスの背中に吸い込まれ――、

「――な」

「庇護《ひご》心や焦燥感は判断を誤らせる毒にもなり得る。感情とは何たるか、些少《さしょう》でも理解したからこそその恐ろしさがわかります」

淡々と、そう応じたスピンクス、その右手はギルティウィップに搦《から》め捕られていた。だがそれは、スピンクスがあえて差し出した右手だ。スピンクスは左手でスピカの右袖を掴み、右手をスバルの鞭に縛られ、両手を封じられたことになる。

しかし――、

「あ、う……っ」

痛々しい苦鳴をこぼし、左足の太腿《ふともも》を白光に貫かれたスピカが膝《ひざ》をつく。――両手の使えないスピンクスが、その屍人《しびと》の金色の右目から発した一撃によって。

「魔法の発動には手指や道具の補助がいる。魔法を知らないものがしがちな勘違いです」

「スピカ――うおぁっ⁉」

痛みに声を上げられないスピカ、彼女の代わりに叫んだスバルが、身を回したスピンクスに思い切り鞭《むち》を引かれ、足が浮かされる。そのまま思い切り地べたに落とされ、あちこち打ち据えたスバルが『魔女』の足下へ引き倒された。

歯を食いしばって痛みに耐えたスバル。すぐ傍《かたわ》らに片膝をついて痛がるスピカの顔と、頭上にはこちらを見下ろすスピンクスの顔がはっきり見えた。

その、熱の感じられない金瞳《こんどう》と目が合い――、

「――何故《なぜ》、笑うのですか？」

「ここまで組み立てた通りだからだよ」

地べたに仰向《あおむ》けのスバルの表情に、スピンクスが疑問を口にする。

その疑問に答え、スバルはわざと手放さなかった鞭を手放し、空いた手で作った指鉄砲をスピンクスに向けた。

そして――、

スバルの指先がわずかに光り、直後、形成された紫紺の結晶矢が放たれる。意表、至近距離、油断、アカデミー賞ものの演技――様々な要素が絡み合い、スピンクスにスバルの仕込みを回避する術《すべ》はなかった。

「――ミーニャ！」

「――要・反省、です」

とっさに顔を傾けたスピンクスが、わずかにひび割れた声で呟《つぶや》いた。

そのスピンクスの右目に、スバルの放った紫矢が着弾し、貫いている。紫矢の当たった位置から結晶化が始まり、スピンクスの青白い肌を侵食していく。

元々、陰魔法は屍人特効というべき効果を発揮したが、覿面《てきめん》だ。

「俺をただの利発そうなガキだと思ったか。みんなやりがちな勘違いだぜ」

――スバルは、可愛《かわい》くて有能なベアトリスと契約した精霊術師だ。

たとえ体が縮んでいようと、ベアトリスとの繋《つな》がりが断たれることはない。ベアトリスとスバルはゲートで繋がり、スバルのマナを利用してベアトリスは魔法を行使する。

その逆もまた然りだ。スバルも、ベアトリスの力を借りて魔法を使える。それこそ、ベアトリスと契約した初陣では、大兎相手に魔法で無双したものだ。

もっとも、四百年間溜《た》めに溜めたベアトリスのマナは初陣で使い切って、今のスバルにできるのは、ベアトリスの見える距離で使える一発限りの切り札だけ。

でも、重要なのは切り札があることと、使いどころを間違えずに使えること。

「スピカ、もうひと頑張りだ！」

「う！」

魔法の衝撃にスピンクスがのけ反り、そこでスバルは一気に畳みかける。

足を撃たれ、痛みに強張《こわば》った表情を負けん気で覆って、スピカが跳ね起きるスバルの手を取り、ぐっとその場に立ち上がった。

傷は痛々しい。だが、何度やってもこれ以上の軽傷にはしてやれなかった。

だからこれが、全員が生き残って先へゆくためのベストな展開——スバルがスピカの左足の代わりを引き受け、スピカの『星食』を届かせ、スピンクスへ向かう。

「バルガの策を見抜くだけありました。要・称賛です」

結晶化の範囲を右目から広げながら、スピンクスがスバルをそう称賛する。

そのまま『魔女』は固まり始める顔で笑みを象《かたど》り、自分の顎《あご》下に左手の人差し指をピタリと当てた。その指は、スバルへの意趣返しのように指鉄砲を作っていて。

「——っ」

瞬間、それが『死に逃げ』の予備動作だとスバルは直感する。

自ら頭を吹き飛ばして自害し、状況をリセットする目算だ。——ここで自殺され、スバルたちの知識を持ち帰られれば、二度とスピンクスは目の前に現れない。

『星食』を届かせるためのチャンスが、下りてこなくなる。

それを止めようと動くより早く、スピンクスの指先に微《かす》かな光が灯《とも》り――、

「――馬鹿がぁ!!」

血を吐くような罵声を伴う斬撃が、スピンクスの左手を肘で切り飛ばした。

「――――」

くるくると回転し、飛んでいく腕にスピンクスが目を見張る。

スピンクスの目論《もくろ》んだ『死に逃げ』、それを阻止したのは刀身を抉《えぐ》られた剣を投げ、その腕を断った血走った目をしたジャマルだった。

重傷を負ったジャマルの攻撃、起き上がった彼の体をベアトリスが支えている。その傷に治癒魔法を発動させながら、ジャマルの投擲《とうてき》をフォローしたベアトリスが。

一瞬、驚嘆するスピンクスと、治療に時間がかかると返事をしたはずのベアトリスとの視線が交錯し、

「嘘《うそ》っぱちなのよ」

舌を出したベアトリスが、ジャマルの奇跡の復活劇が奇跡ではなかったと種明かし。

とはいえ、左手を一本落とされても、残った右手でスピンクスには同じことができる。

――否《いな》、ベアトリスとの一瞬の間がなければできた。

「肝を冷やしたぞ」

言葉の内容と裏腹に、紡がれた声はいつも通りに冷然としていた。

ただ、実際に危うさはあったかもしれない。――投げ渡すというには、ジャマルの剣に

は勢いがつきすぎていたから。

「要・称賛です」

「不要だ」

起きた出来事に無事な左目を見張ったスピンクスに、アベルが冷たく応じる。そのまま黒髪の皇帝は、受け取った剣を振るい、スピンクスの右腕を肩から断った。

「あぁ……」

左手を失い、右手を断たれ、逃れようとした体のバランスを崩し、スピンクスが帝都の街路に背中から受け身も取れずに豪快に倒れ込む。

入れ違いに地べたに仰向《あおむ》けの『魔女』を、スバルは深々と息を吐いて見下ろす。

ここまで詰めるのに十重二十重の駆け引きと、それどころでない試行錯誤があった。その全部で辿《たど》り着《つ》いた域に、スバルはスピンクスの前に立つ。

「俺たちの勝ちだ」

「……そうですね。認めましょう。私の、負けです」

ジャマルの重傷と、スピカとスバルの負傷、ベアトリスとアベルの無事は結果論でしかない領域、それをわかった上でのスバルの宣告に、スピンクスは頷《うなず》いた。

両腕はなくても、スピカを攻撃したように目から何か飛ばしてきかねない。すでに顔の右半分は結晶化していたが、何もやらせないのが最優先だ。

「スピンクス」

それが、呼びかけではないことをスピンクス本人も理解していた。

今のはスピカへの働きかけであり、彼女の権能である『星食』の道筋を整えただけ。スバルの肩を借りて、スピカの手がスピンクスへと伸びる。

屍人《しびと》となった『魔女』の魂に干渉し、この『大災』を終わらせようと――、

「――ジワルド」

次の瞬間、スピカの指が届く寸前で、結晶化の進んだスピンクスの顔が消滅――放たれた白光が、『魔女』の頭部を吹き飛ばし、こちらの目論見《もくろみ》を打ち砕いた。

「――――」

横合いからまんまとスピンクスを殺され、スバルたちが息を呑《の》む。目の前のスピンクスはバラバラと砕け散り、すぐさま塵《ちり》と化していた。

そして、それをしたのは――、

「見たところ、非常に危険な場面だったと判断しました。要・対応です」

「『不死王の秘蹟《ひせき》』の効果は有用ですが、その有用性を体感すると、その場ですぐに情報を共有できないことがもどかしく感じます。要・改良です」

「その前に、彼らの排除を優先すべきでしょう。要・対処です」

立て続けに聞こえてきた声に、スバルは肩を貸しているスピカの体が強張《こわば》ったのをはっきりと感じた。おそらく、スピカも同じように感じたはずだ。

それぐらい、衝撃を味わって当然だろう。

「「「――要・戦闘です」」」

追い詰めたスピンクスを始末したのは、ぞろぞろと集まってきた無傷で複数の『魔女』スピンクスたちだったのだから。

8

――『亜人戦争』への介入は、スピンクスにとって非常に都合がよかった。

親竜王国ルグニカの国内で高まっていた人間と亜人との対立感情は、ほんの些細《ささい》な火種を原因に大火へ燃え上がり、長くあった仮初《かりそめ》の平和を打ち壊した。

内戦への関与の有無に拘《かかわ》らず、亜人というだけで迫害の対象とされる環境は、スピンクスが亜人連合に接触する不自然さを綺麗《きれい》に消してくれた。ハーフエルフと名乗れば、連合に参加するそれ以上の大義名分は必要ないのだから。

そこで、亜人連合の主要な指導者であるバルガ・クロムウェルと、リブレ・フエルミの二人と出会えたことは、スピンクスにとって僥倖《ぎょうこう》だった。

特に巨人族のバルガは、その猛々《たけだけ》しい外見と裏腹に優れた知恵者であり、スピンクスの有する知識や魔法の実力の有用性に気付くと、それを大胆に作戦に組み込み、多くの戦場

で亜人連合の勝利を量産した。

スピンクスも、それまで決して開帳しなかった『強欲の魔女』の知識をいくつも開示し、バルガの企てに協力、あるいは逆に助力を得たものだ。

──『不死王の秘蹟《ひせき》』も、亜人連合のおかげで再現に成功した禁術だった。

術式そのものの知識はありつつも、実現するための細部を埋める研究と、実際に術式を使用した作戦の立案と、そのためにバルガは『亜人戦争』をうまく誘導してくれた。

スピンクスは亜人連合の勝利には興味がなく、あくまでその環境を利用しただけだったが、当時のバルガたちの存在には大いに助けられた。もっとも、バルガと並んで指導者の立場にあった蛇人《へびびと》のリブレは、そうしたスピンクスの取り組みを危ぶんでもいて、あまり良好な関係は築けていなかったのだが。

ともあれ、『亜人戦争』ではスピンクスの欲したものの多くが手に入った。

中でも、最も観察したいと考えていた『愛』──造物目的を果たす上で、不完全なスピンクスに最も足りないらしいモノ。『愛』と一般的に定義されるらしい執着を、間近にする機会をたびたび得られたのは大きな収穫だった。

バルガにも、リブレにも、多くの亜人にも人間たちにも、それはあった。

その実在と、確かに自分に欠けているという確信が、スピンクスの最大の収穫だ。

ただ、三百五十年以上も動きのなかった状況を動かせたことで、スピンクスも欲を掻《か》いたというべきなのだろう。──忘れていた脅威と、彼女は再会した。

それは、スピンクスが『強欲の魔女』の魂を複製する目的で造られたと知っていて、その存在を消したくてたまらない執念深さを持つ、『強欲の魔女』の弟子。

――最終的に、スピンクスはその『強欲の魔女』の弟子に敗れることになる。

9

恐れていた事態は、恐れていた瞬間にこそ訪れる。

それをスバルは、口の中にねじ込まれる冷たい指の感触と、そこにあることに慣れ過ぎた薬包を引き抜かれる感覚に思い出させられていた。

思い知る羽目になった。

「自害用の毒薬でしょうか？　不可解な備えです」

「不可解というわけでもないのでは？　戦場へ赴くならば、一般的に死を覚悟します。また、敵対者に捕縛され、情報を聞き出される余地をなくすことも有効です」

「その一般的という表現に不適切な戦場では？　ここで命を落とすことが、必ずしも確実に口を閉ざすことにならないと彼らも知っているはずです」

同じ声、同じ口調、同じ調子の検討が重ねられ、最後に複数の目がスバルを見る。

同じ顔をした『魔女』たちは、そのスバルの黒瞳《こくどう》を同時に覗《のぞ》き込《こ》み――、

「『要・回答です』」

と、羽交い締めにしたスバルから自害の手段を奪い、そう尋ねてきた。

――新たに現れた複数のスピンクスたちは、たった一人のスピンクスを追い詰めるのに苦戦したスバルたちを、ものの一分とかからずに制圧した。

「うあ、う……」

地面に組み伏せられたスピカが、囚《とら》われのスバルを助けようと必死にもがく。だが、治療のできていない足の傷は深く、自分を押さえ込むスピンクスを振りほどけない。

スピカだけではない。ベアトリスとジャマルもボロボロの状態で街路に倒れている。

特にジャマルは完全に意識をなくすまで、ひたすらにスピンクスたちに罵声を浴びせ続けたため、その分入念に痛めつけられる羽目になった。

そして――、

「次から次へと、よくも飽きずに迷い出るものよ」

「これほど追い込まれて、なおも屈服しない精神性には感心します。妹の……プリシラ・バーリエルとの血縁を感じさせますね」

「ふん、プリシラの名を出せば俺が揺らぐとでも？　ラミアの真似事《まねこと》だけでなく、ずいぶんと『魔女』というものは小癪《こしやく》なことをするのだな」

そう言って、敵意の眼差《まなざ》しでスピンクスを見据え、口の中の血を吐き捨てるアベル。

今、スピンクスたちと対峙《たいじ》し、二本の足で立てているのはその彼と、羽交い締めにされているスバルの二人だけ。それも、アベル一人になった。

スバルを拘束するスピンクスが、後ろからスバルの膝《ひざ》を蹴り、その場に跪《ひざまず》かせる。そうして動きを封じたまま、三人のスピンクスがアベルを見た。

一人はスバルを拘束し、一人はスピカを組み伏せ、最後の一人が自由な状態だ。

対するアベルは、短い抵抗の中で少なくない傷を負っている。服は汚れ、破れ、頬《ほお》を伝った血を袖で拭い、足下には刀身のなくなった剣が放り捨てられていた。

だが、これだけ痛めつけられても、アベルは致命傷を負わされていない。

それはこの土壇場で開花した、アベルの非凡な剣才のおかげ――などではなく、スピンクスたちが意図して、アベルを生かしているためだ。

「ラミア・ゴドウィン、彼女に学んだのは事実です。彼女の本質を視《み》る眼力は確かなものでした。彼女は、私よりもよほど『魂』の真理に近かった」

「彼女のおかげで、『不死王の秘蹟《ひせき》』の並列再現には成功しました。望んだ結果とはやや違いますが、一段階、先へ進めたことは事実です」

「それがなければ、こうしてあなたの前に姿を見せることも困難だったでしょう」

言葉を連ねるスピンクス、同一の屍人《しびと》が複数出現する芸当は、連環竜車を襲ったアベルの妹――ラミア・ゴドウィンが使った、『不死王の秘蹟』の悪用だ。

正直、スピカの『星食』が万全なら、屍人の増殖は的を増やす行為に他ならない。それがわかっているから、スピンクスはスバルとスピカを引き離し、拘束した。

そして、スピンクスたちがただ一人、アベルを生かしておくのは――、

「――ヴォラキア皇族である、あなたの『陽剣』は脅威でした。要・警戒です」

「――――」

無手のスピンクスの言葉に、アベルがわずかに黒瞳《こくどう》を細める。

スピンクスの警戒する『陽剣』ヴォラキア――絶大な力を秘めた帝国の秘宝、その宝剣を『魔女』が気にするのは当然だ。スバルも、振るわれる『陽剣』の強大な力と、その真紅の斬撃を浴びたものの末路をこの目で見たことがある。

ただし、そのときの『陽剣』の所有者はいずれもアベルではなく――、

「――プリシラ・バーリエル。あるいはプリスカ・ベネディクト」

「ぐ、アベル……！」

「彼はヴォラキア皇帝、ヴィンセント・ヴォラキアのはずです。あなたの、アベルという呼び方は愛称や異名に不適切では？　要・訂正です」

些細《ささい》な発言の不備を指摘し、羽交い締めにされるスバルの顔が地面に押し付けられる。そうして呻《うめ》くスバルの方をちらとも見ず、スピンクスはアベルに首を傾《かし》げ、

「どうやら本当に、『陽剣』をお持ちではないようですね」

そう、はっきりと、アベルに対して――ヴィンセント・ヴォラキアに対して、皇帝の証《あかし》である『陽剣』を所持していないと、断定的に言った。

「――っ」

そのスピンクスの断言に、アベルは無言を守ったが、スバルは喉を鳴らした。

それがどれほどヴォラキア皇帝として屈辱的なことか、スバルにはわからない。だが、それは『選帝の儀』で殺したはずの妹を生かしていた事実と同じか、それ以上に皇帝の資質を問われる許されざることなのはわかる。

そして、それを確かめることこそが、スピンクスがアベルを生かした目的だった。

「ご同行いただけますか、ヴィンセント・ヴォラキア皇帝。よろしければ、妹御であるプリシラ・バーリエルとお会いいただけます。要・検討です」

「プリシラと会わせるだと？　何を企《たくら》む？」

「回答を拒否します。要・熟考です」

抵抗するための決定打を持たないアベルに、スピンクスは奇妙な提案をした。その提案の真意は語らず、従えばアベルはこの場での難を逃れられる。

だからといって、そうした申し出にのうのうと従う可愛《かわい》げは帝国の頂にはない。

「戯言《たわごと》を弄するな、『魔女』。プリシラと話す必要があるなら、貴様の許しなどなくとも自らそうする。俺を――余を、誰と心得る」

堂々と、そう応じるアベルが腕を組み、『魔女』の申し出を払いのける。

汚れ、血を流し、命さえ相手の掌《てのひら》の上に乗せられながら、しかし揺るがぬ姿勢を貫くアベルの姿は、紛《まぎ》れもなくヴォラキア帝国が尊ぶ剣狼《けんろう》そのもの。

「――要・反省です」

表情にも口調にも変化はないが、そのスピンクスの声には明らかな失望があった。

それがどんな理由でかは伏せられたからわからない。だが、スピンクスはプリシラの下にアベルを連れていけないことを残念がった。

そして、スピンクスは失望させられた事実を拒むように振り返り、

「このものたちの命と引き換えでは？　要・再検討です」

問いかけは、組み伏せられたスバルとスピカの二人を指して投げかけられた。その問いにさらに説得力を持たせるように、スバルを拘束したスピンクスの圧力が増す。

「あうう！　うー、うあう！」

「スピカ……っ！」

おそらく、同じようにスピカもプレッシャーをかけられている。ジタバタと、スバルよりも拘束から逃れる目があるスピカが、背中のスピンクスに抵抗しようとした。

その抵抗が身を結ぶ前に――、

「が、ぎ、ぎあああ……ッ」

「――要・反省です」

ミシミシと鈍い音に続いて響き渡ったのは、骨がへし折られる痛々しい破壊音。それはスピカではなく、スバルの右腕の肘が逆向きに折られた結果だった。

激痛が脳を突き刺し、瞬間的に他の打ち身や擦過傷の痛みが吹っ飛ぶ。噛《か》みしめた口の端から血泡がこぼれ、耐え切れない涙がボタボタと流れる。

その見せしめに、スバルの腕を折ったスピンクスも、スピカの腕を折る寸前までいったスピンクスも、それを指示したスピンクスも、欠片《かけら》も感情の揺らぎを見せない。

ただ、自分の望みを叶《かな》えるため、見せしめに効果があるか観察者の眼差《まなざ》しだ。

しかし――、

「――くどい」

アベルの返答は、スバルの腕が折られようと、一切の感情を譲らなかった。

それを受け、スピンクスはいよいよ、小さく吐息をつくと、

「できれば、あなたは生かしたまま連れていきたかったのですが」

「戯《たわむ》れるな。どうしてもそれを果たしたくば、俺を屍人《しびと》に仕立てて連れゆくがいい」

「それは難しいというのが、ここまでの検討材料による結論です」

そのスピンクスの返答に、アベルは思案するように片目をつむった。だが、その思案に進展が見られる前に、スピンクスたちが行動する。

スバルとスピカ、二人を組み伏せたスピンクスたちが指を一本立てた。――その立てた指を、引き起こしたスバルたちの後頭部に当てて。

「あ、アベル……」

折られた腕の痛みに、脂汗を浮かべたスバルが息も絶え絶えにアベルを呼ぶ。隣でもがくスピカも同じ状況で、スピンクスの狙いは明らかだ。

だが、無意味だ。見せしめが通用しなかったのだから。

「人質にも意味はない。それとも、『魔女』はその程度のこともわからぬか？」

「そうでしょうか？」

「なに？」

「庇護《ひご》心や情といったものは扱いの難しいものです。それは帝国の頂点であるあなたにとっても例外ではありません。──要・奮励です」

そう、唯一自由なスピンクスがアベルに告げて、その手をゆっくり持ち上げる。

そして、上げた手の指を一本立てると、それをアベルの胸に照準して、

「動かないでください。彼らの命が惜しいなら」

「──下郎」

短く、歯噛《はが》みするようなアベルの言葉が、スピンクスの口元に歪《ゆが》んだ微笑を生んだ。

その瞬間、スピンクスの指先に光が灯《とも》る。──アベルを狙った一人だけではなく、スバルとスピカ、二人の後頭部に突き付けられていた指にも。

──その『魔女』の、悪辣《あくらつ》な選択を待っていた。

「跳べ、スピカ!!」

「え？」

致死の光が放たれる寸前、スバルは痛みを忘れてそう叫んだ。それを受け、困惑したスピンクスの一人がその場から消える。──スピカの転移の、道連れだ。

そうしてスピカが跳んだのを合図に、スバルの方にも動きがある。それは、スバル自身

が動くのではなく――、

「いくら何でも無理しすぎかしら！」

そう声を怒らせたのは、倒れたままスバルの合図をじっと待っていたベアトリスだ。

辛抱強く我慢した彼女は、スバルの腕が折られた瞬間も堪《こら》えていた飛び出したい気持ちを紫紺の結晶矢へと込め、それをしたスピンクスへと叩《たた》き込《こ》む。

「――」

状況は、めまぐるしく入れ替わるように動いた。

スバルとスピカ、二人を拘束していたスピンクスの攻撃は未遂に終わる。それも、スバルの側はベアトリスが阻止したが、スピカの側を阻止したのは他ならぬスピンクスだ。

――転移したスピカは、アベルを狙って魔法を放ったスピンクスの射線上に割り込み、その光の熱線で自分を拘束するスピンクスを撃ち抜かせたのだ。

「これは――」

その望まぬ同士討ちを誘発され、ただ一人残ったスピンクスが目を見張る。

一人は自分の魔法に射抜かれて消滅し、一人は魔法の矢を浴びて紫紺の彫像と化した。

それでも、不意打ちでどうにかできるのはここまでだ。

「まさか、最後の一人まで立ち上がってくることはないようですね」

腕を折られたスバルも、身動きを封じたスピカも、意識がないと思われたベアトリスも反撃を試みた。だが、残念ながら念入りに叩かれたジャマルは立ち上がってこない。

それを見届けて、最後に残ったスピンクスは素早く両手を構え、その左右の五指から十条の光の剣を生み、今度こそスバルたちを切り刻もうとした。

そのせいで、一番、目を離してはいけない相手から、目を離したとも気付かずに。


「──抜剣、『陽剣』ヴォラキア」


静かで厳かな声が、腹の立つぐらいに頼もしく、スバルの鼓膜を叩《たた》いていった。

どんな喧騒《けんそう》でも、どれだけ大勢の人間がいる場所でも、どれほど過酷な戦いの繰り広げられる戦場でも、その男の声は届かせたい相手に正しく届く。

それはすなわち、人の上に立ち、人を導く宿命を背負ったものの、王器。

そしてそれを証《しょう》するように、その場にいた全員の目を眩《まばゆ》く、赤く照らし出すのは──、

「──あなたは、それを持たないはずでは」

「たわけ。──俺が一度でも、『陽剣』を手放したなどと口にしたものか」

ただ一度、その瞬間の勝機を引き寄せるためだけに、どれだけの苦難が立ち塞がろうと抜かれなかった真紅の宝剣が、空の鞘《さや》より引き抜かれる。

そして──、

「化かし合いは、俺たちの勝ちだ」

「見くびったな。──俺の、二人の軍師の策謀を」

痛みを堪《こら》えてスバルは勝ち誇り、アベルは切り札を失ったと『魔女』にさえ信じ込ませる策を仕込んだ、この場にいない軍師の力量を勝ち誇る。

——次の瞬間、『陽剣』を手にしたアベルが地を蹴り、飛んだ。

それは、これまでのアベルとは比べるべくもなく、確かな力あるものの疾駆。『陽剣』が自らの選んだ所有者を、それに相応《ふさわ》しき次元へと引き上げる。

まさしく、世界が陽光に照らされるかの如《ごと》く、アベルは力強く宝剣を振り上げ——、

「——『陽剣』は、俺が斬《き》ると定めたものを斬り、俺が焼くと定めたものを焼く」

「——」

真紅の一閃《いっせん》が斜めに奔《はし》り、それはとっさにアベルを迎撃しようとしたスピンクスの十条の白光を一切の抵抗なく焼き払った。

光が燃え上がるという不条理、それが起きて当然と信じ込ませる超常的な力が『陽剣』の輝きにはあり、それ故《ゆえ》に次の結末も必然的なものだった。

「——あ」

と、掠《かす》れた吐息を漏らし、大きく飛びずさったスピンクスが自分を見下ろす。

素早い身のこなしで下がった『魔女』は、しかし、その桃色の髪をひと房、『陽剣』の瞬きに斬られていて——刹那《せつな》、スピンクスの全身が発火する。

そしてそれは、斬られたスピンクスだけでなく、自らに撃たれて塵《ちり》となりつつあったスピンクスと、紫紺の結晶と化していたスピンクスにも延焼していた。

──『陽剣』ヴォラキアは、『魔女』スピンクスを焼き尽くすと定められた。

その結果が、ああして燃え上がるスピンクスたちの姿だ。

「───」

炎に包まれたスピンクス、それが燃え尽きる前の悪足掻《わるあが》きをするのを警戒するが──、

「無用だ。『陽剣』の焔《ほのお》に焼かれるということは、そういうことだ」

「……そうかよ。つくづく、土壇場までそれを隠しとくお前の神経を疑うぜ」

片手に『陽剣』を下げたまま、スバルの警戒を杞憂《きゆう》だと指摘するアベル。そのアベルに悪態じみた言葉を返すと、彼はそれには答えない。

ただ、立ち上る炎に焼かれ、その魂までも届く焔の中にあるスピンクスを見据える。

見据えながら、アベル──否《いな》、ヴィンセント・ヴォラキアは言った。

「此度《こたび》の献策。──大儀であった、チシャ・ゴールド」

幕間《まくあい》『魔女』

1

帝都ルプガナの水晶宮《すいしょうきゅう》、かつては謁見の間だったその場所で、忍《ひそ》び込んだシノビであるオルバルト・ダンクルケンは、肘から先のない右腕を振り、白眉を顰めた。

「やっとこ動かなくなったかよ。ったく、ジジイに気の滅入《めい》ることとさせすぎじゃぜ」

ゆるゆると肩をすくめ、嘆息したオルバルトの眼前、そこにシノビの怪老をもうんざりさせた異形——その姿かたちをおぞましく作り変えられた、もはや屍人《しびと》とすら呼ぶこともおこがましい、異貌《いぼう》のモノの残骸《ざんがい》が転がっている。

その異形異様のモノへの仕打ちを、オルバルトは介錯《かいしゃく》だとみなしていた。

死した屍人は記憶を持ったまま蘇《よみがえ》る。加えて、屍人を蘇らせるためには帝国の大地を支える『石塊《いしくれ》』のマナを消費する。——故《ゆえ》に、屍人殺しは最小限の指示だ。

「それでも殺してやった方がいい。ワシにそう思わせるとかヤバすぎるじゃろ」

人命の尊重だとか弱者への慈悲だとか、そういった心に余裕のある人間しか持てないゆとりを、老い先短くゆとりのないオルバルトはとうに捨て去っている。

そのオルバルトをして、謁見の間――否《いな》、『魂』の実験場は度を越していた。

「アラキを造った連中を思い出させるんじゃぜ、このやりよう。遊びでも復讐《ふくしゅう》でもねえのにこういうことしやがるから始末に負えねえのよな。始末したんじゃけど」

そうこぼすオルバルトの脳裏に、過去に始末したとびきりの外道集団が思い浮かぶ。

アラキアという『精霊喰《ぐ》らい』の完成形を造り出すため、膨大な数の犠牲者を出した下手人たちは、その動機を使命感だとか帝国の未来のためだとか語った。

この謁見の間の惨状――土塊《つちくれ》でできた器で蘇る屍人たちの魂に手を加え、魂が混ざったモノや変貌したモノ。この戦争に勝つためではなく、目の前の勝敗を度外視した目的のために行われた蛮行。異種異様なそれらを生み出した経緯にも、それらの外道たちと同じような、感情と切り離した成果を求める探求心を感じる。

そしてその探求の目的は、オルバルトも一端に触れられるからわかる。

「――魂に手を加えようとしてやがんのよな」

シノビの術技で他者の魂――オドを丸め、縮める技をオルバルトは使える。チシャにも盗み取られたそれは、しかし、あくまでその表層を撫《な》でているだけだ。

だが、この探求者はそれ以上の成果を求めている。

それが具体的に何なのか、探求者を知らないオルバルトには知る由もないが――、

「いや～な予感がするんじゃゃぜ、閣下。――やっぱり、ワシの裏切る余地なくね？」

2

――『亜人戦争』における亜人連合の敗北と、スピンクス個人の敗北。

その敗北に関して、多くを語る言葉をスピンクスは持たない。

三百五十年以上も生きたが、その月日のほとんどを隠れ潜み、生き延びることに費やし続けたスピンクスでは、彼女を討つと決めて鍛えた相手には敵《かな》わなかった。

起こった出来事を語るなら、ただそれだけの話である。

正直なことを言えば、『強欲の魔女』の弟子に倒され、敗死を目前としたスピンクスの脳裏には、これもやはりさしたる感慨はなかった。

元々、命に対する執着はないに等しい。長い年月を生き延びることを最優先に費やしたのは、そうすることが造物目的を果たすために合理的と考えたから。

そしていざ、その造物目的を果たせずに消えようというときにも、最後まであったのは造物目的を手放し難《がた》いという本能的な忌避感だけだった。

だから、決戦の地となったルグニカ王城の地下へ逃げ込み、そこで一度は『強欲の魔女』の弟子を振り切る気力を発揮したのも、その本能に従った結果だ。

ただ、その命に対する執着のない逃走劇が、スピンクスの運命を変えた。

「――貴様には使い道がある。役立ってもらうぞ、私の望みを叶《かな》えるために」

その男の濁った瞳《ひとみ》には、強烈なまでの野心の炎が揺らめいて見えた。

3

──『陽剣』ヴォラキアの焔《ほのお》は、滅ぼすと決めたものを焼き滅ぼす。

ヴィンセント・ヴォラキアとナツキ・スバルの画策は、皇帝が真紅の宝剣を何らかの理由で手放したと、そうスピンクスに信じ込ませた。

結果、信じ難い命の駆け引きの末、騙《だま》し合いに敗れたスピンクスを焔が焼く。

『魔女』スピンクスへと届いた『陽剣』の刃《やいば》は、屍人《しびと》として蘇《よみがえ》った『大災』の担い手の魂へと赫炎《かくえん》を届かせ、ヴィンセントたちと対峙《たいじ》する複数のスピンクスを、水晶宮《すいしょうきゅう》に待機するスピンクスを、帝都の各戦場を観察するスピンクスを、帝国全土へと攻撃を開始するはずだった無数のスピンクスを、一斉に燃え上がらせた。

「──要・対策です」

赤々とした炎に焼かれながら、斬《き》られたスピンクスがそう呟《つぶや》く。だが、痛覚に乏しい屍人の利点を活《い》かしても、焼失する己を長く留《とど》めることはできない。

では、すでに焼かれた複数の体を放棄し、この『死』を糧に学んだ新たなスピンクスで計画を遂行するか。――否《いな》、不可能だ。

『陽剣』の焔《ほのお》は、スピンクスの魂を燃やしている。

新たな屍人《しびと》のスピンクスを生み出そうと、その根幹である魂が燃えている以上、土塊《つちくれ》の体は燃えながら造られることを回避できない。

「――」

対策はない。そんな手詰まりの感覚を伴い、このスピンクスの体が崩壊する。

焼け死に、この『死』を学んで次へ向かっても、再構築されたスピンクスの体は燃え上がり、やはり対策はないと結論付けながら終わっていくだけ。

終わり、終わりだ。長い時間をかけて世界を巡った『強欲の魔女』の出来損ない、スピンクスの探求の旅は、ここで幕を閉じる。

手を尽くし、十全に罠《わな》も張ったが、及ばなかった。

それはかつて、『亜人戦争』の折に味わったのと同じ敗北だ。あのときも、スピンクスは手を尽くして及ばず、敗死する他になかった。

そうならなかったのは、スピンクス自身の行動ではなく、外野からの干渉が理由だ。

そして今回、それと同じことを望むことはできない。

だって、もう、あのときスピンクスを救った、あの野心の持ち主はいないのだ。

ライプ・バーリエルは死んだ。だから、もう――、

「――要・検討です」

不意に、焼かれるがまま、滅びを迎えるはずだったスピンクスは動いた。

その全身に『陽剣』の焔を灯《とも》したまま、スピンクスは自分の顎《あご》下に指を当てて、頭部にいる核虫ごとそれを吹き飛ばし、『死』を引き起こした。

そしてそれを、戦場に、帝都に、帝国全土にいるスピンクスが連鎖的に実行する。

「「──要・検討です」」

自棄《やけ》を起こしたわけではない。希死念慮に支配されたわけでもない。

ただ、スピンクスは死ぬことで、その記憶を魂へ統合できる。無数のスピンクスが一斉に死に、無数の記憶を統合することで、自分自身という集合知を積み立てる。

無論、その記憶が集まってくる魂は焼かれ、燃え尽きるのも時間の問題だ。

しかし、燃え尽きるまでの間、スピンクスは生まれながらに焼かれる自分を造り続けることで、状況と対策の検討と討議を無数に積み重ねる。

かつては、『死』に何の感慨もなかった。だが、今は、違った。

「「──要・抵抗です」」

抗《あらが》い、抗い、抗いながら、スピンクスはあらゆる可能性を掻《か》き集め、検討する。

各頂点の決着、水晶宮《すいしょうきゅう》での魂の実験、ヴォラキア皇族の歴史、『精霊喰《ぐ》らい』、王国からの異物、『星詠み』、天命、『大災』、あらゆる可能性を、万象の欠片《かけら》を。

──そして、

4

──牢《ろう》に繋《つな》がれるプリシラは、目の前のスピンクスに起こった一連の出来事の全《すべ》てを、その紅の双眸《そうぼう》でしっかりと目撃していた。

突如として、その全身を赤い焔《ほのお》で燃え上がらせた『魔女』、それがヴォラキア帝国に伝わる『陽剣』のもたらした赫炎《かくえん》と、プリシラには一目でわかった。

その赫炎を『魔女』へ届かせたのが、ヴィンセント・ヴォラキアであることも。

「ようやく伏せ札をめくったか。本当に、どこまでも食えぬ兄上よ」

ヴィンセントが『陽剣』を抜かず、切り札として温存していたことは、同じくヴォラキア皇族であるプリシラには自明の理だった。無論、『陽剣』の持つ厄介な特性上、ヴィンセントが軽はずみにそれを頼れなかったのも道理ではある。

ともあれ、騙《だま》し合いに敗北し、『魔女』は焔に滅ぼされる──はずだった。

「貴様、何をした？」

「──要・検討を」

『陽剣』の炎は焼きたいものを焼き、『陽剣』の刃《やいば》は斬《き》りたいものを斬る。

その道理を曲げることはできない。にも拘《かかわ》らず、プリシラの前で赤々とした炎に呑《の》まれていたはずの『魔女』は、ゆっくりとその赫炎から抜け出した。

炎は、『魔女』を燃やすことをやめたのだ。

『陽剣』の炎は焼きたいものを焼き、『陽剣』の刃は斬りたいものを斬る。

故《ゆえ》に、ヴィンセントの『陽剣』で焼かれ、斬られた『魔女』の運命は変えられない。

ただし――、

「貴様は、何者じゃ？」

焼くと決めたものが、斬ると届かせたものが、違うものとなれば話は別だ。

ヴィンセントは『魔女』を、スピンクスを『陽剣』で殺したのだろう。

だが、焔から抜け出したその『魔女《め》』の姿は、プリシラの知る『魔女』ではなかった。

ひび割れた青白い肌も、黒い眼に金色を沈めた瞳《ひとみ》も、童女のような幼い容姿も、いずれも脱ぎ捨てて、その存在はプリシラの前に立っていた。

長く背中まで届く白い髪に、透明で理知的な探求心を宿した黒瞳《こくどう》。――白と黒、その存在を描こうとすれば、その二色で表現し切ることができる。

「貴様は、何者じゃ？」

「――『強欲の魔女』」

重ねたプリシラの問いかけに、静かな、確信に満ちた答えがあった。

それは長い時の果てに己の造物目的を果たし、魂の在り方を作り変えた存在――『強欲の魔女』の現身《うつせみ》は、焔に焼かれる運命を脱し、告げる。

「造物目的は果たされた。――ワタシは、ワタシの生きる目的を叶《かな》えにゆく」と。

《了》

あとがき

37巻、最後までお付き合いありがとうございます！　長月達平が鼠色猫です！

長く長く続いております『Re：ゼロから始める異世界生活』という物語ですが、実はこの37巻という数字には思い入れがあります。というのも、作者の好きなとある作品の巻数が全37巻でして、本作も書き始め当初から長いお話になる感覚があったので、たびたび色んなところで「37巻で完結したらいいですね！」なんて話してたんですね。

もちろん、37巻なんてとんでもない巻数ですから、そこまで続けるなんて無茶な話ぐらいのジョークだったのですが、到達してしまいました。しかも全然終わってない。

作者も人間なので、止まらぬ時の中で書きたいものはどんどん増えるわけですが、リゼロはもはやその極致……乗ってるときは記憶がありませんからね。おかげで今年も、一月と二月の記憶がない。吹っ飛んでいる。よほど楽しんだのでしょう。

ともあれ、37巻やっても終わらなかった物語、作者も脳をビシバシ痺れさせながら続きを書いてまいりますので、どうぞ読者の皆様もついてきてくれれば嬉しいです！

さて、多くは語れぬ紙幅の中で、今回も恒例の謝辞へ移らせていただきたく。

担当のI様、リゼロ史上一番の修羅場を作ってしまい、本当にお力添えありがとうございました！　収めたい収まらないで、これまでで一番電話のやり取り多かった気がします。ご尽力、誠にありがとうございました！　次もよろしくお願いします！

イラストの大塚先生、今回も素晴らしいイラストの数々、本当にありがとうございます！　今巻はいつも以上に大塚先生に甘えてしまい、反省しきりです！　脱稿直後、倒れるように眠った夢の中でもずっと大塚先生に謝ってました！　現実でもありがとうございます！

デザインの草野先生、短編集との同時刊行のタイミングでは、より一層に草野先生の匠の仕事ぶりを実感します。今回も素晴らしいお仕事、ありがとうございました！

花鶏先生＆相川先生の四章コミカライズに加え、ついに高瀬若弥先生の五章コミカライズもスタート！　四章も佳境！　五章開始のワクワク感も楽しみ！　原作も負けられない熱量に、いつも力をいただいております！　ありがとうございます！

それから、MF文庫J編集部の皆様、校閲様や各書店の担当者様、営業様とこのたびもたくさんの皆様に感謝を。今回は特に、皆様のご尽力を感じました。

そして最後は、この物語を追い続けてくれている読者の皆様に最大限の感謝を！

ついに、執筆開始時の大言を超えた巻数になる38巻、長く続いた帝国編を締めくくれるよう、心血を注いで頑張ります！　今後も、どうぞよろしくお願いいたします！

ではまた、次の38巻でお会いできますよう！

２０２４年２月《三月どころか四月も消えそうな勢いに戦々恐々しながら》

「なんじゃ、兄上。ずいぶんとくるのが遅いではないか。このまま妾を退屈させ続けるようであれば、自分の足で出てゆくことを考えねばならぬな」

「囚われの身でよくも大言を吐けるものだ。そも、その呼び名は——」

「改めよと？　ようよう、凡愚にも妾との関係を明かしたのじゃ。であれば、装い続ける方が滑稽であろうよ。あの半魔の稚拙な偽名であるまいに」

「俺が自ら開示したような物言いはやめよ。伏せておけるなら、最後まで伏せておきたくあった帝国の内情だ」

「いまだ妾を内情とはな。いささか、兄上の情の深さは度を越しておる。——それが帝国の剣狼、その頂と知らぬものばかりなのが皇帝の宿業じゃ」

「ずいぶんと余所事の如く語る。貴様、自分の立場を忘れたか？」

「忘れるものか。こうして大勢が死力を尽くし、顔色を変えながら妾を求めてくるなど常日頃のことよ。故に、退屈じゃと言っておる」

「帝国の存亡をかけた今が退屈か。とかく、貴様を測ろうとするのが愚かしく思える」

「おお、妾は愚かな兄上など見たくもない。さ、どう妾の倦怠を癒してくれる？」

「そうだな。ひとまず、次巻である38巻の話をせねばなるまい。この帝国を巡る戦いも佳境、剣狼に牙を立てる奴輩を排さねばならん」

「兄上の内情たる妾も、囚われの姫君であるからな」

「38巻の刊行は六月の想定だ。今しばらく待つがいい。加えて、ルグニカ王国の方で起こった大規模な戦い……そちらのコミカライズの連載が開始している」

「水門都市プリステラ、かの地であった乱痴気騒ぎの話じゃな。やかましいが、妾さえ聞き惚れる歌女のいた土地よ。思えばあれも、不逞の輩を誅する一幕であった」

「その都市での出来事が巡り巡って、あれらを帝国へ呼び寄せる形となったと聞く。善果も悪果も、あらゆる物事は使いようの違いでしかない」

「道理ではある。して、どこで描かれる？」

「『アライブ＋』にて、『水の都と英雄の詩』の副題で」

「英雄……ふむ、英雄か」

「なんだ？」

「いいや、大きく出たものじゃと思ってな。——とはいえ、妾も英雄譚は嫌いではない。過去のものも現在のものも、未来のものも」

「囚われの姫君らしからぬ物言いだな」

「兄上の方こそ、皇帝らしく堂々と己の城へくるがいい。いい加減、待ちくたびれた」

「いいだろう。——また、俺の手で追放してやる、プリシラ」

「そんなに妾が愛しいか。やはり、兄上の情の深さは度を越しておるな」

MF文庫J

Re:ゼロから始める異世界生活37

2024年3月25日 初版発行

著者 長月達平

発行者 山下直久

発行 株式会社 KADOKAWA
〒102-8177 東京都千代田区富士見2-13-3
0570-002-301（ナビダイヤル）

印刷 株式会社広済堂ネクスト

製本 株式会社広済堂ネクスト

Printed in Japan ISBN 978-4-04-683470-6 C0193

●お問い合わせ
https://www.kadokawa.co.jp/（「お問い合わせ」へお進みください）
※内容によっては、お答えできない場合があります。
※サポートは日本国内のみとさせていただきます。
※Japanese text only

◇◇◇

【ファンレター、作品のご感想をお待ちしています】
〒102-0071 東京都千代田区富士見2-13-12
株式会社KADOKAWA MF文庫J編集部気付「長月達平先生」係 「大塚真一郎先生」係